VOCÊ acredita MESMO em AMOR à primeira VISTA?

♥ **FABI SANTINA** ♥

VOCÊ acredita MESMO em AMOR à primeira VISTA?

Outro Planeta

Copyright © Fabi Santina, 2018
Copyright © Editora Planeta do Brasil, 2018
Todos os direitos reservados.

Preparação: Fernanda França e Bianca Briones
Revisão: Maria Aiko Nishijima e Ana Grillo
Projeto gráfico e diagramação: Anna Yue
Capa e ilustração de capa: Foresti Design

Dados Internacionais de Catalogação na Publicação (CIP)
Angélica Ilacqua CRB-8/7057

Santina, Fabi
  Você acredita mesmo em amor à primeira vista? / Fabi Santina. – São Paulo : Planeta, 2018.
  224 p.

ISBN: 978-85-422-1432-1

1. Literatura brasileira I. Título

2021
Todos os direitos desta edição reservados à
EDITORA PLANETA DO BRASIL LTDA.
Rua Bela Cintra, 986 – 4º andar
01415-002 – Consolação – São Paulo-SP
www.planetadelivros.com.br
faleconosco@editoraplaneta.com.br

Dedico este livro ao meu noivo Leandro, que sempre me apoiou e me incentivou a realizar os sonhos que até eu mesma achava que fossem os mais inalcançáveis – como me tornar escritora. Lembro de quando contei a ele que gostaria de escrever a nossa história; na época ele virou o nariz e não achou que era uma boa ideia. Então eu sentei na frente dele e escrevi em um caderno o que hoje é o prólogo deste livro. Ele leu, chorou, me olhou e disse: escreve.

INTRODUÇÃO

Olá, caro leitor, seja bem-vindo ao romance da minha vida. Ou deveria dizer drama? Nas páginas a seguir, irei lhe contar uma intensa história de amor que começou na minha adolescência e se prolongou por alguns anos.

Você já viveu um amor avassalador em sua vida? Se já, acredito que em vários momentos irá se identificar com a história, e se ainda não viveu, fique tranquilo, o amor chega para todos.

Preciso fazer algumas ressalvas sobre minha narrativa. A primeira delas é que conto como eu a vi, vivi e principalmente senti na época em que aconteceu. Cada pessoa tem uma maneira diferente de interpretar a vida e os acontecimentos e é importante ressaltar que nós mesmos mudamos a forma como interpretamos as coisas com o passar dos anos e das experiências que vivemos. Então, ao longo do livro, a Fabi de hoje faz comentários sobre as reflexões e sentimentos da Fabi daquela época, que hoje parecem pessoas bem diferentes, mas são uma única Fabi, apenas separadas pelo tempo e amadurecimento.

Além disso, durante os dramas, romances e circunstâncias, você poderá sentir raiva, ranço e revolta por alguns personagens, que são pessoas reais, mas que neste livro são mostradas apenas pela minha visão e versão dos fatos. Então, venho alertá-lo, caro leitor, que toda história tem dois lados e que cada pessoa tem uma bagagem de vida que a molda e a faz enxergar o mundo do seu próprio jeito.

Com a minha história, quero mostrar a você que quando conhecemos o amor verdadeiro pela primeira vez podemos perder as estruturas, fazer loucuras, viver com mais intensidade e acabar até nos esquecendo de nós mesmos. Não que amar não seja bom, mas não vem com manual de instruções, nos deixa perdidos, sem saber como agir e anestesiados. O amor, por si só, deveria bastar! Mas somos seres humanos, queremos mais, criamos expectativas e sonhamos longe. Então a vida vem para nos ensinar a viver e por isso você verá que levei muitos tapas na cara, engoli sapos e passei por poucas e boas. Quem nunca, né? É uma linda história de amor que me fez aprender uma lição e venho repassá-la a você.

Mais uma vez, seja bem-vindo a essa leitura. Divirta-se.

E... Você acredita mesmo em amor à primeira vista?

PRÓLOGO

NEM SEMPRE
O *fim* É *fim*

É incrível como sempre pensamos que nos conhecemos e temos o completo domínio do futuro, não é?

Eu achava que estava preparada, que o controle da situação estava em minhas mãos, afinal, ele estava errado. Nem percebi que fui me cansando de tudo aquilo – e olha que fui muito paciente –, mas eu havia me enganado.

Os argumentos foram acabando e tudo caminhava para uma direção. Eu tentei inverter a situação, consertar as coisas, recuperar algo que havia muito tempo já estava perdido. E não tem coisa pior do que perceber que estamos lutando sozinhos.

Foi então que ouvi as fatídicas palavras saírem da boca dele! Eu precisei dizer para mim: *Calma, Fabiana, não esquece de respirar.* Fiquei chocada! Por mais que eu soubesse que aquilo poderia acontecer, não podia acreditar que de fato tinha acontecido. O poder da situação agora era dele e eu tinha perdido o chão. Tudo bem que sempre fui muito sonhadora e romântica, mas sempre olhava para baixo para ter certeza de que não estava longe demais do solo.

Será que aquilo realmente estava acontecendo? Será que eu ouvi direito? Será que aquele ser sentado na minha frente tinha noção do que havia acabado de acontecer? E se eu fingisse que não tinha ouvido? Será que eu ainda poderia fazer alguma coisa para ele voltar atrás? Por que chegamos a este ponto?

Tudo isso passava na minha cabeça ao mesmo tempo. Era como se a Terra tivesse parado de girar para fazer daquele momento horrível o mais longo da minha vida! Sempre fui bem dramática, mas neste caso não era drama, o meu maior pesadelo estava prestes a se tornar realidade. Afinal, se felicidade dura pouco, isso só pode querer dizer que tristeza não tem fim! Não é mesmo?

Fim? Foi isso mesmo que aconteceu. Era o fim! Fim de longos anos! Fim de um relacionamento! Fim de uma linda história de amor! Fim do nosso futuro! Fim da minha vida!

Pera aí! Fim da minha vida? Era isso mesmo? Eu estava apostando todas as fichas da minha vida e felicidade em alguém? *Você tá louca, Fabiana?!* (Sim, eu falo sozinha às vezes). Foi duro e muito difícil, mas foi nesse momento que eu percebi que não era o fim...

CAPÍTULO 1

Amor À PRIMEIRA VISTA: REAL OU *coisa de filme*?

Quinze anos! Uma época maravilhosa da nossa vida, que um dia todos lembrarão com saudade! É a fase em que começamos a sair mais com as amigas, os pais dão mais liberdade, começamos a ir para festinhas e nos preocupar mais com a aparência. Tem menina que já é vaidosa muito mais cedo, mas confesso que eu era largada e dos catorze para os quinze anos comecei a pintar as unhas, fazer chapinha e usar rímel! Um superavanço!

Ah, não posso me esquecer de que é aí que começaram as paqueras, os lances, ficadas, namoros e por aí vai. (Fabiana, não mente, vai, você começou a paquerar bem antes disso, né?) Sempre fui muito namoradeira, mas isso não vem ao caso.

Meu nome é Fabiana, mas minhas amigas me chamam de Fabi. Prefiro o apelido. O nome é muito formal e só é usado no consultório médico ou quando alguém me dá bronca. Dependendo de quem diz Fabiana, eu já começo a me preocupar. Eu era uma menina magricela, sem muito peito nem muitas curvas (coisa que me incomodava, eu sonhava em mudar e coloquei silicone anos depois), com um metro e sessenta e cinco de altura, cabelos e olhos naturalmente castanhos, rosto redondo e diria que eu mantinha meu bronzeado palmito em dia. Meu cabelo era liso escorrido, mas em grande quantidade e ia até a cintura. Usei aparelho durante anos, mas ainda assim tinha um sorriso meio tortinho e amarelado. Não era a menina mais linda do mundo, longe de ser uma personagem principal de qualquer filme, mas até que me achava bonitinha.

Foi com essa idade que eu comecei a frequentar mais festinhas na casa de uns amigos do prédio em que eu morava. Um ano antes, eu não conseguia ir, porque estava fazendo cursinho à tarde e estudando de manhã, sem contar as aulas de balé à noite e aos fins de semana. Parece que eu era uma supernerd, mas nunca fui muito fã de estudar. Já deu pra ver que eu não tinha tempo, né? Isso quer dizer que minhas amigas já conheciam toda a turma que frequentava essas festinhas e eu não. Porém, foi em uma dessas festas que a minha vida mudou. Parece algo grande demais para se dizer aos quinze anos, certo? Mas foi exatamente o que aconteceu.

Foi em um belo sábado à noite, 6 de dezembro de 2008, que tudo começou. Fomos todas para o apartamento do meu amigo Raufh, já que os pais dele estavam viajando, ou seja, casa liberada. O apê era bem parecido com o meu, já que morávamos no mesmo prédio: três quartos, sendo que um era suíte, sala grande com sala de jantar junto, uma cozinha estreita e comprida, um banheiro no corredor, lavanderia e uma varanda relativamente pequena. No começo só tinha o Raufh, que era o dono da casa; um pouco mais velho do que eu, tinha cabelos castanhos levemente encaracolados nas pontas que ficavam para fora do seu boné de aba reta, uma barba e um bigode que ainda começavam a querer aparecer, era bem magricelo, mas também o mais animado da turma. A Fer, namorada dele, também já estava lá, assim como a Bella (amiga de infância) e a Letícia, mais conhecida como Lele (amiga mais doidinha que eu tenho), que também sempre foi bem magricelinha, mas, diferente de mim, tinha peitos, uma coisa que eu invejava de leve. Eu cheguei junto com a Nina, minha querida irmã mais nova, que era mais alta do que eu, loira, bonita. Muita gente acha que somos parecidas e outros acham que não temos nada a ver uma com a outra. Eu acho que parecemos um pouco sim, mas ela puxou mais à nossa mãe e eu mais ao nosso pai. Como temos apenas um ano de diferença, sempre fomos muito próximas, criadas quase como gêmeas, o que nos fez ter uma amizade e cumplicidade lindas. Claro que nem sempre foram flores, já brigamos muito e brigamos até hoje.

Estávamos todos no quarto do Raufh, que era o primeiro do corredor do lado direito, as paredes eram brancas e os móveis de madeira amarela clarinha, tinha uma bicama de solteiro encostada em uma parede, um armário de quatro portas do lado oposto e uma pequena escrivaninha com um computador daqueles trambolhudos, e era nele que a gente estava escutando música.

— Raufh, quem mais vem hoje? — perguntei.

— Acho que vem o fulano, o sicrano e o Leandro — respondeu o Raufh.

— Ahhhh... Fica com o Leandro, Fabi — falou a Lele com ar de malícia.

— Mas, gente, quem é esse Leandro? Eu nem conheço. Ele é bonito pelo menos? — perguntei meio desconfiada.

— Ahhh... Ele é muito simpático e tem um sorriso lindo! — disse a Bella sem passar muita confiança.

— Verdade, o sorriso dele é lindo! — Letícia disse rindo.

Ai ai ai! Nessa hora eu já pensei: *esse menino deve ser um cão chupando limão!* Eu pergunto se o cara é bonito e os únicos elogios que elas conseguem fazer são esses. Conhecendo essas garotas como eu conheço, já sei que simpático quer dizer que o cara é feio, mas é gente boa. *Mas por que raios eles querem que eu fique com ele? Será que eu estou encalhada ou pareço desesperada?* Se soubesse que naquela noite eu iria conhecer um cara eu teria me vestido melhor; eu estava de shorts jeans, camiseta branca, sapatilha preta, cabelo solto e liso e praticamente nenhuma maquiagem. A única coisa, além da máscara de cílios, com que eu me preocupei foi o perfume; na época eu gostava de passar aqueles bem doces.

Bom, mas ainda tinha o detalhe do sorriso lindo dele. Se as duas repararam, era porque devia ser algo realmente bonito e um ponto a ser destacado. Percebi que nem tudo estava perdido e o melhor a fazer era parar de criar imagens na minha cabeça e esperar ele chegar. Detalhe importante: naquela época (aqui estou eu sofrendo crise de velhice antes da hora) não existia Instagram, Facebook, Snapchat e essas coisas. A internet era discada e se você não sabe o que é isso, dê graças a Deus. Não existiam smartphones e nem todo mundo tinha celular. Então não era como hoje, do tipo: "Amiga, abre o Insta dele e me mostra uma foto pra ver se vale a pena". Era tudo na base da imaginação mesmo, o que na minha opinião é bem pior, porque a gente gosta de fantasiar e em segundos você já imagina o cara inteirinho e depois tem que lidar com o confronto da expectativa *versus* realidade.

Quando a campainha tocou, meu coração disparou, parecia que estava rolando uma balada eletrônica dentro de mim, as borboletas na barriga dançavam loucamente, me deixando superansiosa. Afinal, todos ali esperavam alguma coisa e eu só torcia para ele ser bonito e legal, enquanto as minhas amigas torciam pra gente se dar bem e ficar. Por que será que as pessoas querem ser cupido, né? Só porque alguém não está namorando não significa que essa pessoa precise ou queira ficar com alguém. Ou significa?

Fiquei tentando fingir que estava tranquila, afinal era só mais uma pessoa chegando pra festa, ou foi o que repeti para mim mesma o tempo todo. No fundo, eu estava tendo um ataque. Era só pra ser um dia legal. Só o dono da casa foi até a sala abrir a porta e recepcionar o amigo tão esperado. Todas me olharam com aquela cara maliciosa de quem quer perguntar: "E aí, tá preparada?".

Aqueles olhares me gelaram a espinha. Por que tanta pressão, gente? Já não bastava a prova de matemática que eu ia ter naquela semana, ainda tinha que passar por aquilo.

O Raufh entrou novamente no quarto e logo atrás dele estava o desconhecido. Não sei de onde surgiu o sentimento dentro de mim quando o vi pela primeira vez. Até hoje eu não compreendi totalmente, foi uma mistura de química, como o choque de dois átomos, com amor à primeira vista.

Amor à primeira vista, Fabiana? Você acredita mesmo em amor à primeira vista? Eu não sei, quem sou eu para julgar? Sempre achei meio cafona, coisa de filme hollywoodiano, mas nunca se sabe. Só sei que quando olhei para aquele menino, naquele dia, eu pensei: *ele vai ser meu namorado!* Eu sei que parece loucura e é, mas foi exatamente o que passou pela minha cabeça. Me lembro como se fosse ontem, consigo até sentir o frio na barriga e ter a sensação de que minha vida estava prestes a mudar. O quarto ficou pequeno, sabe? Até o ar pesava. Não tem como esquecer aquilo.

O tal Leandro, o causador desse turbilhão todo, sorriu olhando para todo mundo. *Ai meu DEUS, Fabiana, não fica vermelha.* Tarde demais, eu já estava parecendo um pimentão de tanta vergonha. E o calor? Era uma noite de verão em São Paulo, mas naquele momento eu sentia como se estivesse dentro de um forno, de tanto que suava.

Parece que tudo foi ficando em câmera lenta e fiquei nervosa – claro que a pressão da galera colaborou pra que eu ficasse assim, mas não era só isso. Ele era lindo, alto, cabelos castanhos com um topete arrepiado com gel, magro, nada muito atlético, com cara de menino virando homem, rosto lisinho de quem fez a barba e um sorriso de roubar suspiros. Sim, suspirei (contidamente, é claro). Minhas amigas tinham razão, pelo menos até aquele momento minhas expectativas só aumentavam e meu tom de vermelho já estava beirando um roxo berinjela.

Ele cumprimentou a todos. Foi aí que meus amigos resolveram sair do quarto e nos trancar lá. Atitude superadulta, só que não, né! Que coisa infantil!

Eu já estava *suuuper* nervosa e tendo um colapso nervoso. Ninguém mais sabe ser discreto? O cara acabou de chegar, poxa! Fiquei sem graça, não sabia o que fazer, o que dizer. Nem conseguia olhar pra cara dele de tanta vergonha! Valeu mesmo, amigas, suas fofas. Por alguns minutos, nós dois evitamos nos olhar, ninguém abriu a boca. Tudo o que podíamos ouvir eram as risadinhas atrás da porta e possivelmente as batidas do meu coração também.

Então ele me olhou com aquela cara de "Como nossos amigos são trouxas". Nossa, que olhar penetrante, que sorriso lindo, que... (Se concentra, Fabiana, foco!). Ele sentou ao meu lado, perguntou meu nome, se apresentou e trocamos algumas palavras, nada realmente importante, senão eu me lembraria. Mas a única coisa de que me lembro é de ter ficado hipnotizada por aquele sorriso! Só espero não ter ficado com cara de idiota olhando pra ele de boca aberta e babando, tipo cachorro olhando frango de padaria! Ah, a quem eu quero enganar? É bem provável que eu tenha feito isso.

E, então, aos poucos senti uma mão tocar o meu rosto, afastar os meus cabelos lentamente, colocando-os atrás da orelha, e senti meu corpo todo arrepiar. Ele continuou olhando nos meus olhos, eu nem piscava, acho que nesse momento eu só estava ali de corpo presente e meus pensamentos voavam bem longe.

— Então você é o Leandro, né? — *Que pergunta idiota, Fabiana.*

— Sim, sou o Leandro. E você é a famosa Fabi, né? — perguntou com um jeito que me deixou mais encabulada, se é que isso era possível.

— Sou, mas por que famosa? Já falaram de mim antes? — A curiosidade é sempre um ponto fraco em mim, mas também uma ótima forma de puxar conversa.

— O Raufh já tinha me falado de você em outras festas, mas você deve ser muito ocupada, nunca apareceu em nenhuma. Já estava curioso para conhecer você.

— Ah, é? E você conhece o Raufh há quanto tempo?

— Muitos anos... estudamos juntos desde pequenos, ele é como um irmão pra mim. E agora fazemos faculdade juntos.

— Faculdade? Faculdade de quê?

— Administração. Tô no primeiro ano, praticamente acabei de entrar. Mas estou gostando. E você, faz o quê?

— Eu ainda tô no colegial, primeiro ano. — Percebi a cara de surpresa no olhar dele assim que falei.

— Ah legal, quantos anos você tem?

— Tenho quinze anos.

Continuamos conversando, demos algumas risadas e ele foi chegando mais perto; eu já tinha esquecido completamente que nossos amigos estavam atrás da porta. Na verdade, já tinha esquecido onde estava, quem eu era e tudo mais, só sabia que aquilo tudo não parecia estar acontecendo. E, quando fiquei sem saber o que mais poderia acontecer, ele me beijou. Que beijo! Ai ai... Que beijo! Saí do chão, parecia estar viajando por mundos nunca antes visitados! A felicidade não cabia dentro de mim, nem meu coração parecia caber. Esse momento sempre ficará marcado na minha memória. Sei que pode parecer exagero por apenas um beijo, mas, acredite em mim, se você nunca foi beijado assim, torça para ser. É algo que nos tira da órbita.

Sabe quando o beijo encaixa? Foi isso que aconteceu, parecia que a gente já havia se beijado antes. Então a gente parou e se olhou. Alguns segundos de silêncio que pareciam horas. Fiquei olhando pra ele ali na minha frente, com um sorriso bobo e um olhar de "vou te beijar de novo". A única coisa que passava pela minha cabeça era: *Fabi, você vai namorar com ele. Ele é o amor da sua vida.*

Loucura, né? Mas não era não.

Depois do beija-beija, fomos pra sala com todo mundo e curtimos o resto da noite com nossos amigos. Claro que todos ficaram felizes pelo novo casal que havia se formado. A operação cupido, ou missão desencalhar a Fabi, tinha sido concluída com sucesso. Outras pessoas chegaram e a noite continuou com muita música, conversas, risadas e mais alguns beijos aqui e ali.

Quando fomos embora, eu e minhas amigas fomos para a casa da Lele, que morava alguns andares acima, para fofocarmos e dormirmos por lá. Não fui a única da noite que tinha ficado com um *crush* novo e tinha coisas pra contar. Porém acho que era a mais ansiosa para colocar todo meu sentimento pra fora.

O quarto da Lele era branco com detalhes em rosa, a cama era de casal, onde nós nos apertávamos para dormir em três, às vezes até em quatro meninas, e de frente para a cama tinha uma escrivaninha com uma televisão. Sentamos formando uma rodinha: eu sentei no chão, a Nina estava na cadeira da escrivaninha e a Bella e a Lele na cama.

Contei como foi a conversa, como ele foi fofo, engraçado, simpático e como elas estavam certas sobre o sorriso. Aquele sorriso fazia qualquer uma perder o foco. Todas deram risada.

— Não falei? Ele é bonito, mas o sorriso é a primeira coisa que você repara. — Bella confessou.

— Nossa, e o beijo? Como foi? — perguntou a Lele, sempre curiosa.

— Foi mágico — contei com detalhes tudo o que havia sentido. — O beijo estava em sintonia. Ai, gente, estou apaixonada — falei com aquele brilho nos olhos.

— Ah, Fabiana, você é muito exagerada, nem conhece o cara direito — disse a Nina, muito mais pé no chão do que eu.

Eu sei que parecia exagero, que pra muita gente não fazia sentido, mas foi o que eu senti. Não adiantava querer explicar isso para os outros ou fazê-los acreditar numa coisa que até pra mim parecia loucura e ainda parece. Mas lá dentro eu sabia que ele era um cara diferente e que algo especial tinha rolado ali. Talvez as pessoas não entendam porque nunca passaram por algo assim, ou prefiram ser mais racionais quanto às questões do coração.

Um detalhe importante é que alguns dias depois ele me adicionou no MSN Messenger. Era um programa de mensagens instantâneas da época, similar ao WhatsApp, mas só para o computador. Nesse programa você podia colocar sua foto de perfil, nome (nick) e um subnick, que normalmente era uma frase de efeito ou trecho de música. Foi por esse bate-papo que começamos a nos conhecer melhor, conversar, marcar novos encontros e tudo mais.

Como homem é muito desligado, e eu sou muito ansiosa, mal conheci o cara e já queria namorar, dei o primeiro beijo e já estava planejando o casamento! Sim, exagerada, mas é assim que minha cabeça funciona, enquanto estão indo plantar o trigo eu já voltei com o bolo.

Quando ele entrava no MSN e não vinha logo puxar papo comigo, para não parecer que eu estava megainteressada ou correndo atrás, eu também não mandava mensagem. Mas tinha minhas táticas: ficava saindo e entrando no MSN para que ficasse aparecendo na tela do computador dele janelas com a mensagem: Fabi está online, Subnick: "E eu me pergunto todo dia como pude ter tanta sorte em ter encontrado você".

Sim, eu sei, que cafona, mas quem nunca passou por essa fase?

Conversávamos sobre várias coisas, a faculdade dele, meu sonho em ser bailarina, meus amigos e por aí vai. Sempre fazíamos muitas piadinhas, dávamos indiretas e jogávamos charminho, ou pelo menos eu achava que estava rolando alguma coisa ali. Ai, como eu queria ter o histórico dessas conversas.

Logo depois do primeiro beijo, começamos a nos ver quase todo fim de semana. Quando não era em festinha na casa dos nossos amigos, era no cinema, na pracinha, na balada ou até só sair para comer. Os encontros foram ficando mais frequentes e mais intensos também, eu estava mais apaixonada a cada minuto. E um dia, não muito tempo depois daquela noite marcante, rolou outra festa na casa do nosso amigo. As mesmas pessoas estavam lá, tinha música rolando, mas algo estava diferente. Dessa vez, eu já fui à festa sabendo quem estaria lá e ele estava lindo, usando uma calça jeans e uma camisa polo cinza, sentado no sofá, rindo com os amigos. Aquela risada forte, que preenche o lugar inteiro, sabe? Fiquei olhando por uma fração de segundo, antes que as pessoas notassem a minha chegada e o olhar dele encontrasse com o meu.

Mais uma vez aquele pensamento de que ele era o homem da minha vida veio à minha cabeça, mas nesse momento eu tinha certeza do meu sentimento. Por mais absurdo que pareça, eu queria ele ao meu lado pra sempre e estava decidida a embarcar nesse relacionamento, mesmo que eu ainda não o tivesse avisado disso.

A noite continuou, todos se divertindo, eu também estava curtindo, mas tudo parecia estar com um clima diferente, sabe quando você sente algo rolando no ar? Fui para a varanda olhar as estrelas e me distanciar um pouco de tudo. E logo senti ele chegando ao meu lado.

— O que você tá fazendo aqui fora? — ele perguntou baixinho, falando bem perto do meu ouvido.

— Ah, eu gosto de olhar as estrelas, fico imaginando que tem alguém neste instante, em algum lugar do mundo, que também está olhando pra elas — falei sem pensar, a verdade saiu da minha boca.

Fabiana, agora ele vai achar que você é louca, uma romântica doida, isso se já não tem certeza, né? Então ele deu um sorriso de canto e todos os meus pensamentos sumiram. Ele se aproximou, me puxou pra perto e me beijou. Me derreti toda, quem não se derreteria? Um beijo sob a luz das estrelas e uma troca de olhares.

Como não querer que alguém como eu suspire e flutue com tudo o que estava acontecendo? Era como se tudo o que sempre sonhei se realizasse. Como se cada situação amorzinho que já tinha visto em filmes e séries pudesse realmente acontecer.

Ele me guiou pela mão e fomos nos afastando do pessoal, prontos para construir mais uma lembrança que jamais se apagaria.

Eu acordei de madrugada, ainda achando que tudo não passava de um sonho, mas então senti os braços dele me envolvendo, conseguia escutar a respiração tranquila de quem ainda estava dormindo. Em alguns instantes, eu passei de sonolenta e sonhadora para acordadona e reflexiva. Milhares de coisas passavam pela minha cabeça, tudo aquilo tinha realmente acontecido e foi diferente de tudo que eu já tinha imaginado para aquele momento.

Claro, Fabiana, já falei que, quando imaginamos, nós gostamos de fantasiar e idealizar, achar que vai ser a noite mais romântica e mágica da sua vida, seguida de um pedido de namoro e um buquê de rosas. Mas a vida real é bem diferente, o que não significa que é um pesadelo, mas muito menos cor-de-rosa do que gostaríamos.

Fiquei olhando para o teto pensando em tudo, tentei voltar a dormir, mas sabia que não conseguiria. Então levantei devagar, pois não queria que ele acordasse. Como seria? O que iríamos conversar? Eu não tinha ideia de como agir, o que falar, então me vesti no escuro e saí sem fazer barulho. Passei pela sala, não tinha mais ninguém acordado àquela hora, fechei a porta com cuidado e subi pelas escadas até o apartamento da Lele. Por sorte, ela tinha deixado a porta aberta imaginando que uma hora eu chegaria, porque o combinado era que todas iam dormir na casa dela naquela noite.

Quando entrei no quarto, a Bella e ela ainda estavam acordadas conversando, as duas ficaram mudas e me olharam no mesmo instante com um sorrisinho no rosto, parecia que tinha sido ensaiado.

— E aí? Conta tudo...

Por alguns minutos, eu não disse nada, só dava risada, tentava me concentrar, pensava por onde começar, me preparava para falar, mas quando abria a boca, as palavras não saíam. Acho que era uma mistura de vergonha com o medo do julgamento, mas elas eram minhas amigas e eu tinha que me abrir para elas, afinal eu tinha acabado de perder a virgindade com um cara que não era meu namorado, mas por quem eu era loucamente apaixonada.

Criei coragem e contei, timidamente, mas não dei muitos detalhes e elas já foram logo me enchendo de perguntas. Passamos grande parte da madrugada conversando, o que pra mim foi ótimo, porque era muita coisa para absorver e eu não ia conseguir dormir. De manhã voltei pra casa, com umas olheiras horríveis e dei de cara com a minha mãe na sala. Ela me deu bom dia e perguntou se estava tudo bem.

Minha mãe se chama Marisa. Ela é bem alta, tinha cabelos curtinhos e loiros, eu acho; ela sempre foi muito vaidosa e já mudou a cor e o corte do cabelo diversas vezes. É perua que só, gosta de se vestir de uma forma bem extravagante, chama muita atenção pelo seu jeito caloroso e superfalante. Falante mesmo, se deixar não para mais. De certa forma, isso eu puxei um pouco dela, porque o jeito perua ficou para a minha irmã. Ela é uma mãe moderna, aberta, mas ao mesmo tempo sabe ser bem brava. Eu e a Nina brincamos que a gente nunca sabe o que esperar dela quando temos algo para contar, porque às vezes ela reage superbem e às vezes sai totalmente fora do nosso planejado.

Tudo passou na minha cabeça em questão de segundos, me veio uma grande vontade de contar tudo pra ela. Mas me pareceu muito coisa de cinema, a menina chegando em casa em uma manhã de domingo e sentando no sofá da sala com a sua mãe para ter um papo como melhores amigas sobre aquela noite fatídica. Aí pensei no Leandro, no que tinha acontecido, depois pensei que ela poderia não entender, afinal eu era nova e tinha o fato de que ele não era meu namorado nem nada, só um carinha por quem eu tinha me apaixonado. Então olhei pra ela e disse: "Tá sim, mãe!". Dei um leve sorriso, tentando não transparecer a confusão que tinha acabado de acontecer na minha cabeça e fui logo pro meu quarto, que ficava no fundo do corredor, tinha móveis brancos e paredes rosa claro. Minha cama era de solteiro e ficava embaixo da janela, que tinha cortinas de voal branco, no pé da cama tinha um móvel que ficava de quina e era um mix de penteadeira com escrivaninha. Na parede de frente pra janela ficava um armário grande de duas portas com espelho. Um quarto perfeito para uma adolescente, tirando o fato que era recheado de bichinhos pelúcia e até uma ou duas Barbies bailarinas. Eu ainda estava naquela fase que não queria aceitar que havia crescido.

Eu sentei na minha cama, finalmente sozinha e em silêncio, e comecei a processar tudo! Não foi mágico, não foi nada do que eu havia imaginado, mas eu não sentia nenhum arrependimento por isso. Aconteceu como tinha que ser, eu me senti pronta, não me senti pressionada para nada, simplesmente foi acontecendo. O que assombrava a minha cabeça não era o passado, o que tinha acontecido, mas sim o futuro que agora era incerto. *Como vão ser as coisas daqui pra frente? Será que a gente vai namorar? Será que isso vai estragar tudo? Será que nada vai mudar?* Eram muitas perguntas para muitas possíveis respostas e isso me deu uma revirada no estômago.

Depois de muito pensar no assunto, decidi que o melhor a fazer era agir naturalmente, como era antes, nada de diferente, e esperar para ver como ele agiria comigo. Mas no fundo, no fundo, eu não estava nada tranquila e, com o coração em alerta, eu entrava e saía do MSN, sempre checando se ele estava online. Mas nada, já tinha passado do meio-dia e nem uma mensagem. *Calma, Fabiana, ele deve estar dormindo, quem passou a noite em claro foi você.* Até que...

Leandrinho_lele:
Oi

> **Fabi_malukete:**
> Oi :)
> **Leandrinho_lele:**
> Td bem?
> **Fabi_malukete:**
> sim e você?
> **Leandrinho_lele:**
> Tô bem... ta em casa?
> **Fabi_malukete:**
> tô sim.
> **Leandrinho_lele:**
> Ta afim de sair pra almoçar?

SIIIIMMMM!! Sim, sim, sim! Mil vezes sim...! *Se controla, Fabiana, respira e responde com calma e naturalidade.*

> **Fabi_malukete:**
> ah... pode ser!

Boa, garota, respondeu como se fosse só mais um almoço, nada de mais. Então fui correndo tomar um banho, secar o cabelo, passar aquele perfume especial, escolher um look casual bonitinho, que pra mim era uma saia jeans, uma camiseta estampada e uma sapatilha, e passar uma máscara de cílios.

Fiquei no portão do prédio esperando e, quando ele apareceu dentro do carro, meu coração começou a bater mais forte, mas me mantive firme e fui em direção a ele, sentei ao lado dele e sorri. Um sorriso desajeitado, sem saber como agir. Ele já me cumprimentou com um selinho, como a gente vinha fazendo toda vez que se encontrava.

— E aí, tudo bem?

— Tá, sim! Aonde vamos comer? — Já fui logo mudando o assunto e óbvio que a primeira coisa que veio na minha cabeça foi comida.

Fomos para uma lanchonete ali pertinho, sentamos um de frente para o outro, passamos alguns minutos olhando o cardápio e fizemos o nosso pedido, dois x-saladas e duas Cocas com gelo e limão no copo.

O garçom anotou tudo e saiu, nos deixando sozinhos, frente a frente. Meu coração virou Ferrari, foi de zero a cem em poucos segundos.

— Eu queria saber como você está depois de ontem — ele me perguntou com sinceridade e eu achei isso muito fofo, porque afinal ele sabia que era a minha primeira vez.

— Ah... eu tô bem sim! Só estou tentando processar tudo ainda, sabe?

E nosso papo foi muito legal, comemos nossos lanches, falamos de outras coisas legais que tinham acontecido aquela noite e fomos embora. Ele me deixou na frente do prédio, me deu um beijo, mas dessa vez foi um beijo bem demorado, eu saí do carro e fiquei olhando ele se afastando na rua.

Não falamos sobre namorar, sobre o futuro nem nada parecido. Mas só aquele breve momento, aquela conversa, me fez perceber que ele se importava e ver que, além de tudo, existia uma amizade muito legal entre a gente. Isso já acalmou meu coração e claro que me encheu ainda mais de esperança.

A vida seguiu em frente, um novo ano começou, nós continuamos nos vendo quase todos os fins de semana, saíamos com nossos amigos, nos encontrávamos para jantar, ir ao cinema, mas não tínhamos nada sério e ele fazia questão de deixar isso bem claro, que estava adorando me conhecer melhor, que curtia ficar comigo, mas que era muito novo para namorar e tinha acabado de começar a faculdade.

Eu pensava: *que grande filho da p... quer fazer a rapa nas meninas da facu, né?* Eu queria ser mais segura de mim naquela época para poder responder: "Mas quem foi que disse que eu quero namorar com você, nem perguntei nada". Enquanto isso eu só pensava: *Me pede em namoro logo!* Ai, Fabiana, que tonta, vergonha alheia de você! Mas, vamos confessar, quem nunca?

Mesmo sabendo que o pedido de namoro poderia nunca acontecer ou demorar muito para ser feito, eu continuava saindo e conversando com ele sempre. Porque no tempo que passávamos juntos eu me sentia mais feliz. Mesmo o conhecendo tão pouco, eu sentia que não precisava fingir ser alguém diferente ao lado dele, eu podia ser eu mesma que estava tudo bem! É estranho isso, mas acho péssimo quando eu vejo uma amiga mudar toda a personalidade, o jeito de ser, por causa de um namorado. Isso quando ela não muda as amizades, a rotina, a vida e tudo mais para viver em função do cara. Aí, quando o relacionamento acaba, ela não sabe nem quem é ou o que quer da vida. O pior é que parece que quanto mais você tenta ajudá-la a enxergar a situação, mais ela se afasta de você e se afunda na areia movediça. É muito triste o quanto as pessoas podem se machucar por aquilo que acham que é amor.

Os nossos encontros eram constantes, parecíamos namorados quando estávamos juntos, queríamos saber tudo da vida um do outro, trocávamos carinho, andávamos de mãos dadas, nos beijávamos em público e tudo mais. Mas ele tinha um problema sério com essa coisa de namorar e os nossos amigos adoravam provocar. Falavam que estava na hora de ele assumir nosso namoro e ele ria todo sem graça. Isso se repetia com frequência e toda vez eu criava um pinguinho de esperança e logo me decepcionava. Isso foi me machucando aos poucos. Mas se tem uma coisa nesse mundo que eu sou – e me orgulho disso – é determinada! Quando eu coloco uma coisa na cabeça, ninguém tira, e eu vou até o final para conquistar o que quero! E o que eu queria era namorar aquele cara que tinha um piripaque só de ouvir a palavra namoro! Ai, Fabiana, você me cansa, não podia ter escolhido um cara mais fácil? Parece que você gosta de complicar a vida!

Às vezes eu até me esquecia de que não éramos nada além de um rolo e curtia o momento, ria, chorava, contava piada, sonhava acordada e simplesmente deixava as coisas acontecerem sem pressa. Queria eu que tivesse sido o tempo todo assim, só momentos bons, sem estresse, mas euzinha aqui sou muito acelerada, quero tudo pra anteontem, porque pra ontem já demorou demais! Tinha mania de dar indiretas e esperar que isso fosse mudar alguma coisa. Mas naquela época eu ainda não entendia que indiretas não funcionam muito bem para os homens. E às vezes nem diretas!

CAPÍTULO 2

EU *tive* QUE FAZER UMA *escolha*, MESMO *sem querer*

Foi chegando um dos melhores feriados do Brasil para quem quer se divertir – o Carnaval. Havia uns dois anos que eu ia para um Carnaval de rua no sul de Minas com a minha irmã e nossa amiga Paula, que conhecemos desde pequena quando tínhamos apartamento na praia e nos víamos as férias inteiras e quase todos os finais de semana. Nós nos consideramos primas de coração. Ela é uma fofa, sempre foi aquela menina que parece uma bonequinha, bonita, com cabelos castanhos e compridos, baixinha, muito educada e uma amiga pra vida toda.

Lá em Minas, tinha um menino, que era primo da Paula e que era meu *crush* de infância, meu primeiro namorico, sabe? Já tentamos namorar algumas vezes, mas como morávamos longe, nos conformamos em ter apenas uma amizade. Mas é óbvio, ÓBVIO!!!!, que toda vez que nos encontrávamos, no caso só no Carnaval e raríssimas vezes na praia, a gente acabava se beijando. Eu não sei explicar o que tínhamos, não era amor, era mais uma paixão de verão, sabe? Daquelas que a gente sabe que nunca dariam certo de verdade?

O Carnaval estava chegando, mas agora eu tinha o Leandro. Fabiana, corrige essa frase, você não tinha nada nem ninguém! Tá, agora eu tinha encontrado o cara dos meus sonhos, a gente não tinha nada sério, mas eu o amava. Ficava pensando: *Como vou fazer neste Carnaval? Se eu for pra Minas já sei o que me espera: aquele moreno alto, corpo atlético, lindo e que vai me beijar com certeza.* Se for parar pra pensar, não vejo nada de errado nisso. Mas na verdade eu queria beijar outro moreno, alto, lindo, com um sorriso apaixonante que ficaria em São Paulo.

Passei dias pensando o que fazer: ir ou não ir viajar? Mas aí a minha irmã Nina, sempre mais racional do que eu, me fez parar com esse drama todo. Ela disse: "Bi, para de sofrer por nada, o cara nem quer namorar com você. Se você ficar em São Paulo, pode ser que ele te chame para sair ou não. E se ele não chamar? Você vai ficar em casa, sozinha e sem fazer nada. Vamos pra Minas, como vamos todo ano, lá tem a Paula, todo o pessoal da cidade que é superlegal e lá a gente se diverte. Quando a gente voltar, o Leandro ainda vai estar aqui".

Ela me convenceu, afinal, não ia deixar de me divertir e fazer o que eu fazia antes por um amor que não queria saber de mim. Então começamos a planejar a viagem, conversamos com nossa amiga e tudo mais. Contei pro Le que ia passar o Carnaval no sul de Minas, que lá era muito legal, porque era cidade pequena, todo mundo se conhecia, mas o Carnaval de rua lá era superbombado e tal. Ele falou que iria ficar por aqui mesmo ou no máximo iria para o sítio do Raufh.

Liguei pro outro menino, batemos um superpapo, falei que iria encontrá-lo no Carnaval. Ele foi um fofo comigo, falou que não via a hora de me ver e tudo mais. Tudo certo, faltava uma semana, já tinha começado a preparar a mala e criar filmes na minha cabeça de como ia ser o feriado, como seria reencontrar o menino depois de um ano e por aí vai. Mas estava tudo normal demais, tinha que ter uma notícia bombástica. Entro no MSN e...

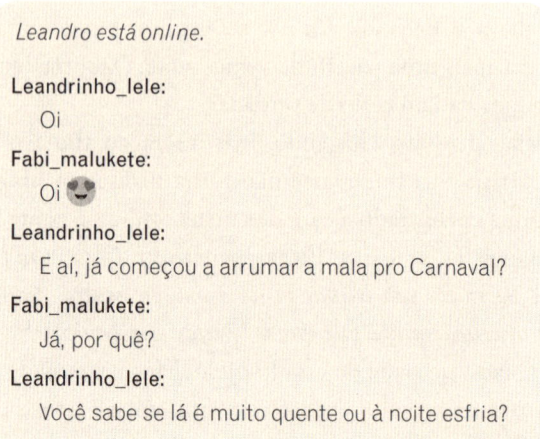

Fabi_malukete:
   Lá é muito quente o dia todooo! Por quê?

Leandrinho_lele:
   Tô arrumando a mala.

Fabi_malukete:
   Arrumando a mala pra quê?

Leandrinho_lele:
   Não tá sabendo?

(MEU CORAÇÃO TAVA DISPARADO, ELE NÃO VAI FALAR O QUE EU TÔ PENSANDO, NÉ?)

Fabi_malukete:
   Não, sabendo o quê?

Leandrinho_lele:
   Eu e o Raufh vamos passar o Carnaval com vocês!

(ELE SÓ PODE ESTAR BRINCANDO!)

Fabi_malukete:
   Como assim? Vc tá brincando, né?

Leandrinho_lele:
   Não! Nós não íamos fazer nada, mas aí vc falou do seu Carnaval, de como lá é legal e tudo mais. Aí procurei hotel lá, achei um que ainda tinha vaga, é bem perto do centro e estava em promoção. O Raufh topou, então nós vamos.

Fabi_malukete:
   Ah, que legal! Já volto. :)

Fabi está offline.

Ótimo, os dois meninos, um que eu amo e o outro de quem eu gosto, juntos no mesmo lugar? O que eu ia fazer? Eu andava de um lado pro outro do quarto. Agora eu teria que ligar novamente pro meu mineirinho e avisar que haveria mudanças de plano. Mas como? Eu pensei em várias formas de falar, mas nenhuma parecia boa, então decidi ligar logo e falar o que viesse na cabeça. E falei assim: "Oi, então, sabe o que é? Eu sei que todo ano eu vou aí pra sua cidade e a gente passa o Carnaval juntos e é MARA. Mas acontece que esse ano não vai ser mais assim, porque um menino que eu tô pegando em São Paulo vai também pra sua cidade. Então, como não posso ficar com os dois, eu vou ficar com ele, tá?".

ADIVINHEM? Ele ficou muito bravo! Falou assim: "Como assim? Como você tem coragem de trazer o seu peguete pra minha cidade? Você sabe que o Carnaval é o nosso momento. Eu já estava até sonhando com você, já falei para todos os meus amigos que você viria e que eu ia ficar com você em vez deles. E agora você vem me dizer que prefere ficar com ele do que comigo? Então tá bom!". Tu tu tu...

Pois é, ele ficou muito bravo e desligou na minha cara. Fiquei chocada, mas confesso que eu teria feito muito pior se estivesse no lugar dele. Eu tive que fazer uma escolha, não que eu quisesse, mas os dois estariam no mesmo lugar durante todo o Carnaval. E por mais que não fôssemos andar com as mesmas pessoas, a cidade é um ovo, então iríamos nos esbarrar o tempo todo. Tive que colocar na balança: o cara gato, mineiro, carinhoso, que sabia seduzir com as palavras, paixão de infância, que morava longe e que eu sabia que nunca iria dar certo, contra o cara lindo, paulista, simpático, que me deixava com frio na barriga, amor da minha vida, que morava a dez minutos de casa e que eu sabia que era com ele que eu queria casar. Sabia sim, me deixa.

Eu ficava me perguntando: *por que isso foi acontecer? POR QUÊ?* Não era justo, era o MEU Carnaval. Eu nem tinha convidado o Le – claro que queria passar o Carnaval com ele, mas não lá, na cidade do meu mineiro. Bom, a merda toda já estava feita, não tinha como mudar as coisas. Era hora de ir, tentar aproveitar o máximo e, claro, evitar encontrar com o outro.

O Le e o Raufh foram um dia antes para conhecer a cidade; já eu, a Nina e a Paulinha chegamos na manhã seguinte. Além de tudo que o Leandro já tinha causado no meu feriado, eu sabia que eles iam ficar uma noite sozinhos, ou seja, dois meninos solteiros no Carnaval de rua de Minas Gerais. Eu nem sei o que estava me tirando mais do sério!

Assim que chegamos fomos para a praça da igreja para ver o movimento, como era de costume. Eu estava usando um vestidinho florido bem fluido e uma sandália gladiadora, porque senti que estava mesmo indo para uma batalha. Encontramos alguns amigos da cidade e logo já encontramos os meninos. O Carnaval foi MARA, o Le não desgrudava de mim nem por um segundo, parecia até estar com ciúmes, o que me deixava superfeliz.

Tudo estava indo muito bem, até que o inevitável aconteceu: encontramos com o mineiro na praça. Ele veio nos cumprimentar, e como na hora já devia estar com um pouco de bebida na cabeça, foi meio que empurrando os meninos propositalmente, querendo arrumar briga. Como ele não sabia qual menino era, acabou empurrando o Raufh. Deu vontade de falar: "Opa, menino errado!". Mas ainda bem que não aconteceu nada, só rolou um ciúme mesmo, me senti A GAROTA! Porque tinha dois caras gatos com ciúmes de mim, quem diria? Sei que é bobo, mas para alguém como eu, que estava toda insegura, aquilo mexia comigo.

O feriado seguiu, curtimos muito, dançamos até não aguentar mais. Teve um momento em que eu precisava ir ao banheiro, já era de madrugada, e pedi para que a Paulinha fosse comigo atrás de um banheiro químico. Pedimos para o pessoal nos esperar por ali e saímos em busca de um banheiro, mas como já era muito tarde os banheiros químicos estavam fechados. Continuamos a caça e nada. Até que depois de andar muito encontramos uma padaria aberta que nos deixou usar o banheiro. UFAAA!!! Aquela sensação de alívio que é maravilhosa e indescritível!

Só aí que eu me dei conta que estávamos longe da praça e já estávamos andando havia muito tempo. Saímos da padaria e começamos a andar em direção aos nossos amigos, até que quando eu virei uma esquina dei de cara com o "meu" mineiro. Fiquei em choque, minha garganta deu um nó, meu coração acelerou e pude sentir a química no ar. Ele também sentiu, ficou no mesmo estado que eu. Os dois ali, frente a frente em silêncio. Então ele me puxou de lado, me encostou na parede, com o corpo bem perto do meu, dava pra sentir a faísca que saía de nós. Ele foi se aproximando, com os olhos fixos nos meus lábios, uma mão segurando a minha nuca e a outra na minha cintura. O coração acelerado, a respiração ofegante e os pensamentos congelados. Mas me deu um estalo na cabeça que despertou minha consciência.

— Não, para! — eu disse, afastando-o com as mãos. Confesso que não tinha muita firmeza na minha voz, mas eu disse.

— Para por quê? Ninguém vai ver — ele sussurrou no meu ouvido. A minha amiga Paula me olhou com uma cara de quem diz "eu finjo que não vi nada". E agora? Beijar ele ou não? E se o Leandro aparecer?

— Eu queria poder passar o Carnaval todo assim, do seu lado, te beijando, te abraçando. Eu sei que você também quer — ele disse. A vontade era grande, ele já estava com as mãos na minha cintura, olhando bem no fundo dos meus olhos e me falando essas coisas. Agora imaginem tudo isso sendo falado bem baixinho, perto do ouvido e com sotaque mineirinho... Não resisti!

Me julgue! Mas quem resistiria? Aquele moreno alto, agarrado na minha cintura, com olhos conquistadores, em pleno Carnaval, dizendo com todas as letras que queria ficar comigo! Eu sei que você deve estar se perguntando: mas, Fabi, e o Leandro, não é o amor da sua vida? Não está lá na praça te esperando? Pois é, por alguns segundos eu esqueci de tudo isso e me entreguei aos beijos do meu mineirinho. E que beijos! Quando me dei conta do que estava acontecendo e de que não era um sonho, empurrei ele e falei: "Desculpa, tenho que ir". Saí correndo e deixei ele lá na rua, sozinho, encostado no muro. Claro que se ele já estava muito bravo comigo antes, depois disso provavelmente eu não conseguiria ficar com ele nunca mais. Mas não posso dizer que não aproveitei aqueles minutos.

Saí correndo desesperada procurando meus amigos e o Le, eu já nem sabia mais quanto tempo havia se passado desde que eu havia saído em busca do banheiro, só sei que o dia estava amanhecendo. Cheguei na praça e cadê eles? Cadê a Paula? Meu coração já estava quase entrando no ritmo de uma escola de samba prestes a entrar na Sapucaí de tanto nervoso! E se o Leandro descobriu? Calma, não tem como ele ter visto nada, foram só alguns beijos em uma rua pouco movimentada, coisa rápida!

Encontrei o Raufh, a Nina e umas amigas na praça.

— Raufh, cadê o Leandro? — perguntei tentando disfarçar o nervosismo.

— Faz um tempão que você sumiu, ele saiu sozinho por aí atrás de você.

Droga, o que eu faço agora? Decidi sair atrás dele sozinha. Andei rápido por entre as ruas de paralelepípedo, desviava dos grupinhos de pessoas, virei várias esquinas procurando por ele e nada. Meu coração já estava começando a ter um colapso, minha cabeça não parava de brigar comigo: *Por que, Fabiana? Por que você fez isso, e agora? Será que ele desconfia? Será que ele está bravo? Você estragou o Carnaval!* Afinal, o Leandro estava lá comigo e o Carnaval estava sendo incrível, não era justo nem certo estragar aquele momento! Mas só percebi isso depois que a merda já estava feita.

De repente vejo lá longe o Leandro andando sozinho e devagar pela rua, saí correndo em sua direção.

— Oi, te achei — falei rápido e sem pensar.

— Eu que estava te procurando. Você saiu pra ir ao banheiro e não voltou mais, ficou mais de uma hora por aí — ele disse muito bravo e seco.

— Eu não estava achando nenhum banheiro aberto, então eu e a Paula tivemos que andar bastante até achar um. Depois eu me perdi e não conseguia voltar pra praça — engoli em seco torcendo para que ele não percebesse a mentira.

— Sei, você tava dando perdido em mim. — Respirei fundo e tentei pensar rápido, porque ele já nem estava olhando na minha cara direito.

— É sério, eu me perdi! Desculpa. — Não sei se ele acreditou ou só preferiu ignorar. Sei que me senti muito mal por tudo aquilo.

No dia seguinte as coisas voltaram ao normal e curtimos o nosso Carnaval como tinha que ser, juntos, rindo e nos divertindo. Voltamos para São Paulo e essa viagem foi falada por semanas, porque foi muito incrível para todos, então sempre comentávamos ou lembrávamos de algum acontecimento. Me arrependi do que aconteceu na viagem e não conseguia tirar isso da cabeça. Em um dia em que estávamos falando sobre o Carnaval, os bloquinhos e tudo mais, eu decidi contar a verdade.

— Então, eu queria te contar um coisa — falei supernervosa, não sabia por onde começar, mas senti que precisava pôr aquilo pra fora. — Sabe aquele dia em que eu fui pro banheiro e me perdi? — Ele fez que sim com a cabeça, me olhando bem sério. — No caminho eu encontrei com o meu ex, aí ele me puxou e nos beijamos.

Mas foi sem querer, logo eu saí de lá e voltei pra praça. — Nesse momento era nítido o sentimento de raiva no rosto dele. Ele engoliu em seco.

— Eu não acredito que você teve coragem de fazer isso comigo e ainda mentir pra mim — ele falou com um tom de decepção na voz. Aquilo me cortou por dentro, se eu pudesse voltar atrás e manter a minha boca fechada eu teria feito isso, mas já era tarde.

— Me desculpa, não era pra ter acontecido. Eu não sabia como te contar.

— Eu sabia que você não tava demorando por causa do banheiro. Mas já que você me contou, vou te contar também.

Meu Deus, vai contar o quê? Não consegui nem respirar naquele momento, meu corpo suou frio. Ele fez uma pausa, suspirou, olhou pra cima e depois voltou a me olhar nos olhos.

— Na noite antes de vocês chegarem à cidade, eu e o Raufh saímos para curtir o Carnaval e eu também acabei ficando com alguém.

Fiquei arrasada, acho que eu preferia não saber e seria melhor não ter contado nada! Eu não consegui segurar os sentimentos que pipocavam com força dentro de mim.

— Você vem querer brigar comigo, mas fez a mesma coisa! — falei com raiva.

— Não é a mesma coisa, eu fiquei com alguém antes de você chegar. Você ficou com ele quando eu estava lá, te esperando com cara de bobo. Ainda saí pelas ruas preocupado te procurando. Não vem querer comparar. — Eu não acreditava no que estava acontecendo.

Ele ficou superbravo comigo, sendo que ele também tinha feito a mesma coisa. Tudo bem, eu estava errada, mas os dois ali estavam e quem quer exclusividade pede em namoro, mas não, só ficou me atacando, falando isso e aquilo. Me deixou muito brava como ele conseguiu virar a situação contra mim. Mas depois analisando a história percebi que isso podia ser interessante, porque pela primeira vez ele estava com a palavra ciúme estampada na testa.

Depois dessa viagem eu esperava que o nosso relacionamento começasse a engrenar de vez; afinal, ele demonstrou ciúme e sempre que possível não saía do meu lado. Mas logo percebi que tudo continuava igual, nos víamos todo fim de semana, mas não, ele ainda não queria namo... Shiiu, cuidado com essa palavra, porque é capaz de ele se arrepiar quando ler essa história. Brincadeira.

No meu aniversário de dezesseis anos, dia 10 de maio de 2009, fui com meus amigos ao shopping comer e ao cinema para comemorar. Depois fomos todos para uma pracinha escutar música. O dia foi incrível, nos divertimos muito com nossos amigos, o Leandro foi um fofo comigo durante todo o dia. Depois fomos para a casa do Raufh assistir filme e acabamos dormindo todos lá. Foi um dia incrível, mas eu queria mais! Então no dia seguinte já comecei a puxar papo sobre namoro e ele foi logo se esquivando.

— Le, eu adorei ontem! Obrigada por tudo.

— Magina, era seu dia — ele disse todo fofo e me deu um beijo. Me derreti toda e criei coragem de falar o que estava me deixando aflita.

— Você não pensa em namorar? — falei na lata, sem nem amaciar a carne antes. Acho que isso deve tê-lo assustado.

— Ah, não, ainda sou muito novo. Não sei se quero namorar, gosto do jeito que as coisas estão entre a gente, Fabi. — Tentei me segurar, mas eu não estava nem um pouco preparada para aquilo. *Foi um toco, uma decepção, um fora?* Até hoje eu não sei. Só sei que chorei. Chorei, mas pior do que isso, chorei na frente dele!

Não sei você, mas eu detesto chorar na frente dos outros, a não ser quando é de felicidade ou emoção! Eu sinto que estou me expondo demais e assim fico vulnerável! Pode ser bobeira, mas não gosto! Quando choramos na frente dos outros, principalmente se a pessoa é a causa do choro, damos um poder imenso a ela.

Então o fim de semana que estava sendo perfeito, naquele momento virou um fiasco. Tentei esconder o rosto, mas era impossível, as lágrimas rolavam com muita rapidez e ele ficou todo desconcertado, sem saber o que dizer. No rosto dele eu vi uma expressão que me espantou muito, não era uma cara de pena de mim, como seria de imaginar, mas sim uma cara de medo.

Cheguei em casa depois e só chorava, primeiro por ter me exposto daquele jeito e segundo porque o meu sonho, desejo e objetivo de namorar com ele parecia se tornar a cada dia mais impossível!

Com o tempo fui me acostumando com essa ideia de não namorar, falava para os outros que eu não ligava mais, que o que eu queria era curtir e só de ficar com ele pra mim já estava bom, pois éramos novos pra namorar! Ixi, conta outra, Fabiana!

É, no fundo eu sabia que tudo aquilo era mentira, mas aprendi que se você repete uma mentira pra si mesma muitas vezes, você passa a acreditar nela. Não custava nada tentar, mas não foi isso que aconteceu.

CAPÍTULO 3

EM UM *relacionamento*, PRECISAMOS *conquistar* MAIS DE UM *coração*

Continuamos saindo normalmente como fazíamos antes, nada mudou! É, na verdade eu só me apaixonava mais e mais por ele a cada semana! Que coisa cafona de dizer, eu sei, mas foi real. Continuei sofrendo! Até que ele me convidou para um churrasco que iria fazer com os amigos na casa da mãe dele! AHHHHHHHHH... Desculpa, tive que dar esse gritinho, me imaginem pulando de alegria!

Solange. É esse o nome da mulher que deu à luz o homem da minha vida, que no caso ainda não sabia que seria minha sogra um dia. Ela é alta, loira, com cabelo curtinho, toda perua, estava toda produzida com um batom vermelho, bonita, sorridente e supersimpática. Os pais do Leandro são separados há muitos anos e nessa época ele morava com o pai, que eu ainda não tinha conhecido. Mas as festinhas eram feitas na casa da mãe dele. Ela é uma mulher independente, que criou seus dois filhos, o Leandro e a Natália, sozinha, sem nenhuma ajuda, sem marido ou companheiro. Acho isso admirável, mães que são pai e mãe e dão conta do recado, mesmo com dificuldades.

Quando chegamos, foi a Solange que nos recepcionou. Passamos pelo portão branco de entrada que dava acesso à garagem, entramos pela porta da frente, passamos pela sala bem ampla, com dois sofás azuis, um bar marrom de canto cheio de taças e continuamos caminhando em direção ao fundo. Seguimos pela cozinha, que era bem grande, com móveis na cor creme e detalhes em marrom; junto com a cozinha tinha a mesa de jantar e depois passamos pela lavanderia e no final tinha uma porta para o quintal dos fundos, onde o churrasco já estava acontecendo. O quintal era bem espaçoso, o chão era de porcelanato amarelo, tinha algumas mesas e cadeiras de plástico brancas dispostas, uma rede pendurada; do lado direito ficava a churrasqueira e um balcão com pia e a geladeira ao lado. Mais ao fundo do quintal havia uma edícula que servia de escritório e um banheiro.

Eu não fui sozinha, cheguei junto com a Nina, a Bella e a Lele, mas a casa já estava cheia, muita gente ali eu nem conhecia, provavelmente eram os amigos da faculdade do Leandro. Me deu um frio na barriga de ver aquela galera ali. Logo comecei a olhar atentamente para cada menina, como boa taurina ciumenta que sou, para tentar identificar se o Le já tinha ficado com alguma delas. Me dá até uma raivinha só de pensar.

A mãe do meu futuro namorado foi muito legal, além de abrir a porta e me levar até o churrasco, me ofereceu bebida e bateu um papo comigo.

— Fica à vontade, viu? Se precisar de alguma coisa é só me chamar, eu sou a Solange.

— Obrigada, eu sou a Fabi — falei toda envergonhada; queria poder abrir um buraco no chão e enfiar a minha cabeça nele. Mas ela estava ali sendo toda educada comigo e eu queria mais do que tudo passar uma boa primeira impressão, né?

— Então você é a Fabi? Você é muito bonita — ela disse com um sorrisinho que me deixou vermelha da cabeça aos pés. *O que ela quis dizer com "Então você é a Fabi?", será que o Leandro já falou de mim para ela?* Pronto, meu coração acelerou, os pensamentos voaram longe e a minha esperança mais uma vez ganhou forças, porque isso só podia ser um bom sinal. Enquanto eu pensava tudo isso devo ter ficado com cara de boba olhando pra ela, dei uma respirada profunda e voltei à consciência.

— Obrigada — respondi com um sorriso envergonhado e não consegui falar mais nada. Ela se afastou, foi falar com mais algumas pessoas, mas não ficou muito tempo com a galera. Acho que pra deixar a turma mais à vontade. Tudo bem, não tive a chance de conquistar o coração da mãe dele de primeira, mas chances não iriam faltar, né?

Afinal, aprendi que quando você escolhe uma pessoa para entrar na sua vida, a família vem de brinde. E se a família não gostar de você, são duas alternativas: você desiste e cai fora ou sua vida será um inferno!!! Não desejo isso a ninguém!

O dia foi superdivertido como de costume. Já estava me tornando amiga de quase todos os amigos dele. Achei que isso era um bom sinal, ainda não tinha a aprovação da família, mas a aprovação dos amigos também pesa na hora de tomar uma decisão.

Aconteceram vários outros churrascos na casa dele, toda vez eu tentava puxar o saco da futura avó dos meus filhos (que exageradaaaaaaaa). Mas eu sempre ficava muito tímida, então conversava só um pouco. Acho que, mesmo assim, consegui passar uma boa impressão. Conheci também nessas ocasiões a irmã mais nova dele, a Natália, ou Nana, que tinha só três anos na época e era uma fofa! Ela era pequenininha, tinha os cabelos encaracolados, curtinhos, olhos grandes e um sorriso fofo de criança com cara de levada. Ela ficava querendo brincar, sempre aparecia no quintal e depois se escondia. Como é bom ser criança, né?

Conforme a frequência de churrascos e festas na casa da mãe dele foi aumentando, ele começou a me convidar para passar a noite. A primeira noite que eu dormi lá foi muito estranha, eu não estava confortável com a situação, mas ao mesmo tempo estava animada, pois vi aquilo como mais um passo no nosso relacionamento. A mãe dele não estava lá naquele dia, então quando todos foram embora do churrasco, nós recolhemos as coisas e subimos as escadas. No segundo andar havia três quartos: o da mãe dele, o da irmãzinha e o quarto dele, apesar de ele não morar lá.

O quarto era no final do corredor, com uma cama de casal, na lateral, um armário grande de madeira pintado de amarelo que ficava de frente para uma janela e na outra parede uma escrivaninha cheia de papéis em cima. Além disso havia uma prateleira acima da cama cheia de carrinhos e motos de brinquedo. As janelas do quarto eram cheias de adesivos de todos os tamanhos, tipos e marcas. Achei engraçado ver aquilo, porque no quarto a gente tem várias coisas que fazem parte da nossa história, no caso da infância dele, de quando ele morava lá, e essas coisas têm significado. Eu também já tive essa mania de colar adesivo em todos os lugares, eu tinha até álbum de coleção de adesivos, desde os mais simples até os com *glitter* e alto-relevo e vivia brincando de trocar com as amigas. Então, eu observava os dele pensando no que significavam.

Ele abriu o armário, pegou um pijama pra ele e uma camiseta dele pra mim, afinal eu não tinha levado nada pra passar a noite lá. Assistimos a um pouco de televisão e logo já caímos no sono, já que a festa durou o dia todo e era bem tarde. No dia seguinte levantamos cedo e descemos. O quintal estava uma zona, então ele começou a limpar e eu me ofereci para ajudar; afinal, eu não sabia nem como agir naquela situação. Quando estávamos lavando o chão do quintal escutamos o portão da garagem abrir. Gelei, ele nem pareceu se abalar e eu fiquei mais calma quando vi a reação dele. Se ele estava tranquilo sabendo que a mãe dele estava entrando e ia ver que eu tinha dormido lá, eu tinha que agir com naturalidade também. Ou pelo menos tentar.

Ela entrou e viu nós dois com vassouras nas mãos, de chinelos, pisando no quintal todo ensaboado. Deu um sorriso, olhou para o filho e depois pra mim.

— Bom dia! — ela disse e eu continuava com a sensação de que precisava impressioná-la.

— Bom dia, mãe. Veio bem na estrada? — Ela tinha passado o fim de semana com a família no interior de São Paulo.

— Sim, estava tranquilo. E como foi a festa ontem?

— Foi legal, veio bastante gente.

— É, dá pra ver — ela disse olhando em volta, reparando na zona e quantidade de copos. — A Fabi ficou pra ajudar? — Gelei de novo, pensei que ia passar despercebida, não tinha sido notada até aquele momento durante a conversa deles, mas eu não era invisível, né?

— Oi, bom dia. Sim, tô tentando limpar aqui — falei sem saber bem o que dizer, olhando mais pro chão do que pra ela. Minha vergonha estava estampada na testa, ou melhor, nas bochechas que estavam ardendo de tão quentes.

— Boa limpeza pra vocês, eu vou dar uma saidinha pra ir ao mercado e já volto. Você vai ficar pra almoçar, Fabi?

Quê? Aquilo era um convite? Será que minha limpeza tinha causado a boa impressão que eu queria? Ou era só uma pergunta educada? Fiquei muda e olhei pro Le, com uma cara de "socorro, responde pra mim".

— Não, mãe, a gente vai terminar aqui e sair pra almoçar com o pessoal. — Agora eu estava confusa, não estava sabendo daquele almoço. Já comecei a pensar que ele não queria que eu ficasse e então arrumou aquela desculpa.

Ela foi embora e nós dois terminamos a faxina, nos trocamos, eu peguei minhas coisas e saímos. Eu achei que estávamos indo pra minha casa, mas não queria perguntar. Sabe aquela sensação de não querer que o dia termine? Era isso que eu sentia, mas ao mesmo tempo a curiosidade estava me deixando maluca, o caminho não parecia ser o de sempre e então ele entrou no estacionamento de um restaurante. Minha barriga até roncou de felicidade.

Entramos e fizemos nossos pedidos, acho que eu não era a única que estava faminta.

— Eu não entendi por que você falou que íamos almoçar com a galera.

— Ah, eu queria mais um tempo só para nós dois.

Para tudo, pega um pano pra limpar o chão que eu me derreti todaaa! Sério, meus olhos brilharam, fiquei vermelha, não contive o sorriso de orelha a orelha e suspirei! Pela primeira vez tínhamos passado a noite toda juntos e agora ele me fala isso? Quer jeito melhor de terminar o fim de semana? Não tem. Na verdade, tem sim, Fabiana, vê se controla essa sua boca e não vai se meter em confusão perguntando o que você já sabe a resposta. Era só ele fazer essas coisas, ser fofo e tudo mais que a esperança de que ele ia me pedir em namoro florescia como flores na primavera dentro de mim. Mas me contive, almoçamos, conversamos, rimos e ele foi me deixar em casa. Quando eu já estava descendo do carro, ele me puxou pelo braço e me deu mais um beijo de despedida, daqueles bem demorados.

Ahhhhh... suspirei!

CAPÍTULO 4

FIQUEI MORRENDO DE *medo*, MAS FUI COM A *cara* E SEM A *coragem* MESMO

Além da Natália de três anos na época, o Leandro tem outra irmã, que estava com oito anos, chamada Larissa, a Lari. Ela é filha do pai dele, chamado Waldemir, com sua segunda esposa. Um dia, daquele mesmo ano, ele me chamou para ir ao cinema ver um desenho com a irmã dele. E lá fui eu, com frio na barriga e a esperança sempre apertando meu peito. Fomos até a casa do pai dele para buscá-la. Quando ele estacionou e disse "vamos subir?", eu fiquei morrendo de medo. Não estava preparada para conhecer meu "sogro" assim de surpresa e não fazia muito tempo que eu havia conhecido a minha "sogra". Mas fui com a cara e sem a coragem mesmo!

Subimos o elevador até o apartamento do pai dele, que também era onde ele morava. Fiquei falando pra mim mesma: *calma, Fabiana, respira, não tenta fantasiar, é só mais um passeio.* Mas ao mesmo tempo eu estava tendo um conflito interno: *como ele pode não querer nada sério e ao mesmo tempo me apresentar para a família dele?* Já tinha conhecido a mãe, a irmã mais nova e agora estava prestes a conhecer o pai e a outra irmã dele. Como não ficar confusa e fantasiar com a ideia de que talvez ele estivesse começando a querer algo mais sério também?

Quando chegamos lá foi supertranquilo, ele só me apresentou falando meu nome, cumprimentei o pai dele e a esposa, que foram muito simpáticos comigo. Fiquei surpresa em ver como o pai dele parecia ser a versão do Leandro no futuro, bem parecidos, até no jeito supersimpático de ser. Ele me apresentou a sua irmãzinha Lari, ela pegou uma blusa e fomos embora. Ela era superfofa, cabelos castanho-escuros e de comprimento médio, sorriso que lembrava o do irmão e aparentemente bem vaidosa, porque ela estava toda de rosa, com uma bolsinha na mão e de batom.

No carro, ele foi conversando bastante com ela, perguntou da escola, da aula de teatro, quis saber sobre as amigas dela e muito mais. Como é lindo ver uma relação de irmãos como a deles que, apesar de muitos anos de diferença, são superpróximos. E como sempre deixo a imaginação ir muito longe, longe até demais, quando me dei conta já estava imaginando como seriam os nossos filhos, a gente brincando com eles de pega-pega na grama... *Ai, como ele vai ser um bom pai!* Será que você, que está lendo, me acha louca e sonhadora demais ou faz exatamente a mesma coisa?

No shopping, ele deu uma mão pra ela e a outra pra mim, andamos de mãos dadas como uma família feliz. Não é fofo isso? Ela não pareceu ter ciúmes de mim nem ficar acanhada com a minha presença, pelo contrário, era uma menina alegre, solta, gostava bastante de conversar. Eu me vi um pouco nela, porque, quando tinha a idade dela, eu era assim, toda solta, e a palavra timidez não existia no meu dicionário. Mas a vida é complexa demais e alguma coisa aconteceu no meio do caminho, e o meu jeito espontâneo e leve de levar a vida foi guardado dentro de uma gaveta do meu cérebro que eu vivo esquecendo de abrir. Mas olhando para ela, com aquele jeito lindo de criança, eu só conseguia torcer para que ela continuasse sempre assim, sem perder aquele jeito meigo e descontraído. Isso é tão raro. É engraçado pensar que tem pessoas que a gente acaba de conhecer na vida, mas já torce muito pela felicidade delas, né?

Assistimos a um filme superbonitinho, mas eu sou suspeita para falar, adoro desenhos e filmes infantis. Ele sentou no meio, ela de um lado e eu do outro. Durante o filme, várias vezes ele me dava a mão, me olhava. Novamente, lá estava eu me enchendo de esperanças bobas, achando que ele estava me mandando sinais! Só mais tarde fui aprender que quem manda sinal é antena de celular.

Mande um sinal
Dá um alô, dá uma chance pro amor, pois eu não tô legal
Mande um sinal

Se a saudade aumentar vai ser golpe fatal
Mande um sinal
Eu preciso dizer que a minha vida parou sem você, tá um caos

("Mande um sinal", Pixote)

CAPÍTULO 5

ÀS VEZES, VOCÊ VÊ QUE O *negócio* NÃO VAI PRA *frente*, MAS INSISTE EM SEGUIR AQUELE *caminho*

Os meses foram passando e nada mudava, saíamos nos finais de semana, mas ele continuava sem querer nada sério. O pior é que, mesmo quando ele não me chamava pra sair, eu dava um jeito de sairmos juntos! Sempre fui de planejar as coisas e fazer de tudo para acontecerem do meu jeito. No momento que eu percebia que ele não ia ligar nem mandar mensagem, já ia logo mandando mensagem para o Raufh, nosso amigo em comum, chamando ele pra fazer alguma coisa.

Fabi_malukete:
Oi

Raufh:
Oi, Fabi.

Fabi_malukete:
E aí, nada de bom pra hoje?

Raufh:
Ah, sei lá, acho que não. Tô em casa jogando videogame.

Fabi_malukete:
Ah que chato! Vamo agita alguma coisa, topa?

Raufh:
O quê?

Fabi_malukete:
Vamos chamar a galera e fazer uma festa ou ir pro cinema. Qualquer coisa, é sábado, não rola ficar em casa sem fazer nada.

> **Raufh:**
> Tá, vou falar com o Le aqui e já te aviso.
>
> *Fabi_malukete mudou seu subnick para "Quer? Então faça acontecer, porque a única coisa que cai do céu é a chuva".*

BREGA! Ai, Fabiana, você se supera cada vez mais. Pronto! Era quase sempre assim, de uma forma ou de outra a gente acabava saindo, nem que eu tivesse que mandar mensagem e convidá-lo pra fazer qualquer coisa, na cara de pau mesmo. Tá, pode parecer coisa de gente desesperada, que não sai do pé e fica correndo atrás do boy, mas... Mas nada, era isso mesmo e eu assumo!

E assim fomos seguindo. Às vezes rolavam umas festas, churrascos na casa da mãe dele, jantares mais românticos, o clima parecia estar esquentando, mas sempre que tocávamos no assunto de começar um relacionamento sério, tudo ia por água abaixo e dávamos alguns passos pra trás.

O que é estranho é que, apesar dessa enrolação e sofrimento todo, eu aprendia a gostar cada vez mais dele. Acho que eu não sou normal, né? Você vê que o negócio não vai pra frente, mas insiste em seguir aquele caminho. Chegou uma época que eu sofria tanto por isso, que a Nina virou pra mim e falou:

— Chega desse Leandro, o cara não tá nem aí pra você. Ele tá te fazendo de trouxa e você tá deixando. — A Nina falou quase que me dando um *chacoalhão* para me trazer de volta pra realidade. Eu sei que todo mundo via isso com clareza, como em um filme em que ele fazia o papel do monstro, eu estava fazendo o papel da mocinha tonta e todo mundo gritava: "Não entra aí! Não abre essa porta! Não faz isso! Desiste dele!", mas, mesmo assim, ela vai lá e faz tudo que não era pra fazer.

— Nina, mas eu gosto dele. Gosto muito! Eu sei que ele tá me enrolando, mas eu posso esperar mais um pouco. — IDIOTA, era isso que eu tinha que tatuar na minha testa, para toda vez que olhasse no espelho, quem sabe percebesse o papel que eu estava fazendo. Eu acho que no fundo, no fundo eu sabia, mas como nos filmes, se a mocinha não fizer sua parte, não existe história, né?

Até o Raufh, que além de meu amigo sempre foi um amigo-irmão do Le, falou que estava na hora de eu desistir dele, porque o Le não queria nada sério, que isso ia acabar me magoando e ele não queria isso. Minha mãe também chegou a falar que eu era tonta de correr atrás de um menino que não queria namorar. Eu nem dava ouvidos, ou fingia que não dava, mas aquilo me magoava de verdade.

Quando a galera o pressionava, por brincadeira ou de verdade, falando que estava na hora de ele me pedir em namoro, que ele estava me enrolando havia muito tempo já, que ele estava com medo de compromisso e essas coisas, ele sempre dizia a mesma coisa: "Eu sou muito novo pra namorar, não quero assumir um relacionamento agora. Não quero começar a namorar a Fabi e depois terminar. A Fabi é pra casar!".

Quando as pessoas me contavam isso, e não foi só uma ou duas vezes, foram várias e várias pessoas diferentes, eu não sabia se ficava feliz ou triste. Até cheguei a ouvi-lo falando isso uma vez, quando estávamos no sítio de uns amigos; eu estava dentro da piscina e escutei uma amiga minha falar com ele sobre o quanto eu o amava e que essa situação estava me fazendo sofrer, e escutei mesmo que baixinho ele dizendo: "Eu gosto muito da Fabi e é por isso que não quero namorar agora. Sou muito novo, quero fazer muita coisa ainda e ela não é menina de namorar só um pouco. Ela é menina pra casar mesmo!".

Fingi que não tinha ouvido, mas estava difícil conter o turbilhão de sentimentos que rolavam dentro de mim, era pior do que uma montanha-russa, porque, ao mesmo tempo que eu dava pulos de alegria (não de verdade, tá? Não paguei esse mico de verdade, mas por dentro eu dava piruetas), achando que isso significava que um dia ele me pediria em namoro, também comecei a chorar, já que aquilo tudo me fazia sofrer demais, aquelas palavras pareciam facadas no estômago, mas facadas dadas pela pessoa que eu mais amava! E são essas que mais machucam, porque se uma pessoa de quem você não gosta te decepcionar é ruim, mas se for uma pessoa de quem você gosta muito, a coisa é difícil de ser superada. Não consegui conter as lágrimas que começaram a rolar sem controle pelo meu rosto, então mergulhei na piscina e comecei a nadar para que ninguém percebesse, mas foi um choro sofrido, daqueles que vêm de dentro.

Apesar de várias pessoas sendo contra a gente continuar ficando, eu era persistente. E o que coloquei na cabeça no primeiro dia em que a gente se conheceu? Que ele seria meu namorado um dia! Confesso que na época achei que seria fácil, mas eu continuava determinada, até chegar o dia, nem que fosse por birra. Porque algo me dizia que ele era o homem da minha vida. Apesar de todos dizerem o contrário, como você desiste de tudo e muda de direção, se seu coração e seu instinto dizem que ele é o caminho pra sua felicidade?

CAPÍTULO 6

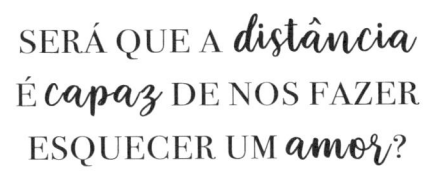

SERÁ QUE A *distância* É *capaz* DE NOS FAZER ESQUECER UM *amor*?

Eu decidi que queria fazer intercâmbio. Sim, foi uma coisa que eu pensei que seria legal, aprender inglês, morar em outro país, ser mais independente, conhecer novas pessoas, então decidi que queria isso. Sou assim meio doida, quando decido uma coisa, coloco na cabeça e ninguém tira.

Mas e o Leandro? Depois de quase um ano juntos nessa enrolação toda, achei que a melhor coisa pra mim era me afastar e tentar seguir em frente. Afinal eu o amava demais, não conseguiria simplesmente parar de sair e falar com ele estando próxima. E continuar a situação do jeito que estava pra mim não era mais uma opção, pois aquilo me machucava muito. Direto eu saía com ele no fim de semana e passava o resto da semana chorando! Pensei que morando em outro país eu poderia pôr um ponto-final nisso e libertar meu coração para que outra pessoa pudesse entrar e cuidar dele.

Pode parecer infantilidade saber que um dos motivos de eu querer fazer intercâmbio foi um amor não correspondido, mas eu também tinha outros sonhos, como ser bailarina profissional e um dia morar fora do país. Eu já fazia balé naquela época e era a aluna mais dedicada da escola; não estou dizendo que era a melhor, porque não era. Só não faltava a nenhuma aula, ia de segunda a sábado, fazia as minhas aulas e as aulas das outras turmas, participava de festivais, competições e apresentações sempre.

Minha mãe não queria de jeito nenhum que eu saísse de casa, mesmo sabendo que seria ótimo para meu amadurecimento e aprendizado. Mas mãe é mãe, né? Nunca quer ver a filha crescer, bater asinhas e voar.

Não foi nada fácil convencê-la a me deixar ir, mas como já disse antes, sou uma pessoa determinada e também muito persistente, chego até a ser irritante quando quero. Só falava sobre isso em casa, até que minha mãe disse: "Tá bom, Fabiana! Eu deixo você ir. Não quero que vá, mas deixo. Só que eu não vou mexer um pauzinho para te ajudar. Se você quer tanto ir, você vai correr atrás de tudo sozinha. Eu só vou assinar e pagar".

Em dois meses eu já tinha resolvido tudo, escolhi a agência de intercâmbio, fiz a prova de inglês, preenchi toda a papelada, escolhi o país e a cidade para onde eu queria ir, até fiz a carta da minha mãe me descrevendo, ela só teve que assinar e pagar. Era esse o combinado, não era?

Quando tudo estava decidido já era novembro, e em janeiro do ano seguinte eu estaria embarcando para estudar na Austrália. Loucura, né? Hoje, quando eu penso em tudo isso, me pergunto como pude ser tão determinada e corajosa mesmo sendo tão jovem.

Aí comecei a contar pra todo mundo, amigos da escola, família, pessoal do balé e chegou o momento de contar para o Leandro. Claro que ele já sabia que eu estava correndo atrás e tudo mais, mas agora era definitivo, eu iria para a Austrália em dois meses!

Não contei um detalhe importante! Nessa época, o nosso amigo Raufh estava na Austrália fazendo intercâmbio, não na mesma cidade para a qual eu iria, e quando comecei a cogitar a possibilidade de estudar fora, adivinha quem achou uma boa ideia?

Sim! O Leandro também decidiu estudar fora para aprender inglês e no mesmo período que eu iria, porém enquanto eu estaria na Austrália, ele estaria no Canadá. Agora sim eu tinha certeza que nós estaríamos longe, cada um vivendo um momento único na vida, conhecendo culturas diferentes, pessoas novas entrariam em nossas vidas e nós estaríamos a um oceano de distância.

Tentamos não pensar muito no assunto até o momento da despedida se aproximar. Isso foi muito doido, pois vivemos os últimos meses e semanas antes da viagem com mais intensidade. Nos víamos cada vez com mais frequência e aproveitávamos cada momento juntos! Mas, confesso, chorava quase todas as noites quando eu pensava que tudo aquilo estava chegando ao fim.

Como eu poderia me imaginar feliz e curtindo a viagem sabendo que tinha deixado o amor da minha vida pra trás? Eu sabia que tudo iria mudar, tanto pra mim quanto pra ele. Pois eu tenho uma frase que levo pra vida: "Você sempre volta diferente de uma viagem!". E isso é verdade, independentemente da distância ou do tempo da viagem, as experiências nos marcam e nos fazem mudar.

Eu tinha certeza de que, depois de um ano longe, nada mais seria como antes, nós iríamos nos afastar, nossos interesses iriam mudar e nós viraríamos apenas velhos conhecidos e nada mais.

Na época eu pensava em ficar um ano no intercâmbio, mas depois mudei de ideia, pois, como fui fazer High School, eu queria me formar com a minha turma, então voltei na metade do ano e terminei o ensino médio aqui no Brasil.

Quando chegou final de dezembro de 2009, o Le marcou um churrasco de despedida, chamou todos os amigos, inclusive eu! Ele iria viajar no dia 31 de dezembro e eu só ia no dia 28 de janeiro. Porém, no dia 20 de dezembro eu ia viajar com a minha família para os Estados Unidos, para curtir o Natal e Ano-Novo!

ADIVINHEM? O churrasco dele seria no dia 20 de dezembro. E agora, o que eu iria fazer? Eu queria ir ao churrasco, mas tinha que chegar cedo no aeroporto. Como a gente ia se despedir direito se teríamos pouco tempo e muita gente na festa?

Então decidimos que iríamos ter a nossa despedida sozinhos, uma noite antes do churrasco. Só de pensar nesse momento eu já tremia toda e chorava. Agora eu já tinha certeza de que eu poderia estar do outro lado do mundo, poderia ficar longe por anos, mas nunca me esqueceria dele.

Eu queria que nossa despedida fosse algo especial, para que ele não me esquecesse, queria deixar uma marca nele, assim como ele havia feito comigo. Então passei dias preparando um presente diferente e uma cartinha superfofa. Escrevi de coração, lembrei de várias coisas e momentos que tínhamos vivido juntos, falei o que eu sentia por ele e tudo mais. Confesso que queria que ele se emocionasse, pra mim isso já me daria a sensação de dever cumprido.

Saímos para jantar, só conversamos coisas bobas durante o jantar e depois fomos para a casa dele. Lembro que não tinha ninguém em casa, assim nós poderíamos conversar mais à vontade. Mas acho que nenhum dos dois sabia o que falar naquele momento. *Como dizer adeus? Era esse o fim?* Ficamos um tempão nos olhando em silêncio, e apesar de por alguns instantes nenhum dos dois pronunciar sequer uma palavra, foi nesse momento que realmente dissemos um pro outro o que tínhamos de mais profundo para dizer. Sim, através dos olhares tivemos a conversa mais sincera que poderíamos ter. Eu ouvi uma pessoa dizer uma vez que só quem se ama consegue passar um bom tempo olhando um no olho do outro sem falar nada. Eu sentia o olhar dele bem penetrante e as lágrimas que saíam dos meus olhos nessa altura já pareciam cachoeiras. Foi um sentimento de tristeza muito grande, eu sabia que seria difícil, mas ainda nem tínhamos aberto a boca e já estava sendo um momento de muita dor. Só de lembrar as lágrimas voltam a escorrer pelo meu rosto enquanto escrevo.

— Não chora, não! — ele disse com a voz engasgada, quebrando o silêncio e tentando enxugar minhas lágrimas. Mas foi só um gesto de carinho, pois até ele sabia que naquele momento seria a mesma coisa que tentar enxugar gelo.

— Eu não acredito que não vamos mais nos ver — eu falei no meio de muito choro e soluços; sim, eu soluçava de tanto chorar.

— Fabi, não fica assim! Nós vamos nos falar, mesmo que longe nós vamos continuar nos falando.

— Você promete? Mas os nossos horários vão ser muito diferentes.
— E quanto mais eu falava, mais eu chorava. Naquele momento, eu não me importava se estava chorando na frente dele, se estava vulnerável ou mostrando fraqueza. Eu só queria chorar e colocar todo aquele sentimento pra fora e eu sabia que poderia ser verdadeira com ele.

— A gente dá um jeito. Sempre que quiser conversar é só me mandar mensagem, pode ser no MSN ou a gente pode se falar pelo Skype.
— Jura?
— Sim, você acha que eu não vou querer saber como estão indo as coisas com você na Austrália? Vou querer saber, sim. — Fala sério? Fofo, né?

— Le, eu vou sentir muita saudade de você! — falei mesmo e o choro só aumentava, já estava abrindo o berreiro.

— Eu também vou, Fabi — ele disse com sinceridade.

— Você sabe que eu gosto muito de você, não sabe?

— Eu também gosto muito de você! — ele disse isso me olhando nos olhos. Meu choro não diminuiu, mas de alguma forma aquelas palavras aqueceram meu coração. Ele me abraçou e eu soluçava. Aquele abraço, eu não queria lagar nunca mais, era tão apertado e confortável que me trazia paz.

Continuamos conversando no meio de muitos soluços e abraços. Falamos como iríamos sentir saudade um do outro, dos nossos amigos, das coisas boas que fazíamos juntos, das risadas e até das brigas.

Nos beijamos como se o mundo fosse acabar e aquele fosse nosso último momento juntos. Meu choro parou um pouco e nós conseguimos aproveitar aquela noite que, apesar de ser triste pela despedida, foi a noite mais sincera e com mais amor envolvido que nós já tínhamos passado juntos.

Depois ficamos um tempo deitados na cama dele de conchinha debaixo das cobertas, eu podia sentir o calor do seu corpo no meu, sua respiração soprava meus cabelos, ele acariciava meus braços e, apesar de todo aquele clima de amor e calmaria, meus pensamentos não paravam nem por um segundo de me assombrar.

Aí chegou o momento de dar a ele o meu presente, uma caixa que na verdade era um porta-retratos com fotos nossas, dos nossos amigos e algumas minhas, para ele se lembrar de mim. Dei também uma almofada em formato de braços com mãos e uma carta. Pedi que ele lesse naquele momento, afinal, queria ver a reação dele e garantir que ele iria ler. Já comecei a cair no choro novamente.

CARTA DA FABI PARA O LE

Dezembro de 2009.

Le, meu cabeção... haha [era assim que eu o chamava às vezes]

Um ano é muito tempo? Tudo é relativo. "O tempo é muito lento para os que esperam, muito rápido para os que têm medo, muito longo para os que lamentam, muito curto para os que festejam. Mas para os que amam, o tempo é eterno." (William Shakespeare)

É, um ano juntos, agora um ano separados. Quantas coisas a gente já viveu, né?

Quantas coisas a gente já aprontou? Algumas mentiras, sair escondido...

Quantas vezes a gente já brigou? Perdi as contas.

O quanto eu te conheço? O suficiente pra saber que quando você não fala nada, você tá dormindo. (rs)

O quanto a gente se gosta? Não sei explicar o quanto, só sei que te amo!

Quantas besteiras já falamos? Quantas eu não sei, mas a pior foi a do cocô grande [piada interna].

Quantas vezes você já dormiu no rolê? Essa eu já perdi as contas meeeeeesmoo! [O Leandro sempre acabava dormindo, porque trabalhava muito. E em várias situações dormia sem avisar, no cinema, na casa do Raufh e por aí vai.]

Quantas vezes já fomos ao McDonald's de madrugada? O suficiente para conhecer a moça do drive-thru.

Quantas vezes eu já dormi na sua casa depois dos churrascos? O suficiente para ajudar na limpeza no dia seguinte.

O quanto a gente curtiu o Carnaval de Minas? Foi o melhor Carnaval da minha vida.

Quantas vezes eu chorei por você? O suficiente para você ser único pra mim.

Quantas vezes eu já quis desistir de ficar com você? Quase todas as noites do começo do ano.

Quantas vezes já madrugamos juntos? Não sei dizer, só sei que pra mim os dias nasceram diferentes.

Quantas risadas já demos? Não é à toa que nos chamavam de casal sorriso.

O quanto eu tenho vergonha de dizer "eu te amo"? Agora não importa mais, por mais que para uns possa parecer ridículo, eu te amo muito!

Quantas vezes não fizemos nada? Eu fico feliz só de estar com você.

Quantas coisas eu aprendi com você? Não dá para falar tudo, mas resumidamente, eu aprendi a me divertir.

Como eu posso te esquecer? Só esquecendo os meus melhores momentos.

Quantas fotos? Ah... poucas.

Quantas histórias? Muitas.

Quantas lembranças? Praticamente para tudo que eu olho eu me lembro de você.

O quanto a gente já se divertiu? O suficiente para ficarmos um ano longe. MENTIRA.

É, a gente realmente aproveitou bastante!

Nós dois estávamos na hora certa e no lugar certo. Naquele momento, tudo foi tão perfeito. Cada segundo que eu passei com você, tentei aproveitar o máximo possível.

Adoro ficar ao seu lado, sentir seu abraço, o seu cheiro, seu calor, você! Seu beijo me faz acreditar que é possível ser feliz! Se eu pudesse voltar e congelar o tempo, com certeza o momento escolhido seria a nossa última noite juntos! Mas o tempo já se foi...

Já não pertencemos um ao outro, tomamos rumos diferentes (Austrália e Canadá). "Escolha uma estrada e não olhe pra trás." ("Não olhe pra trás" – Capital Inicial). Mas pode ter certeza de que eu nunca vou te esquecer! E pode ter certeza de que cada momento, de que cada pensamento meu foi sincero!

Não vou mentir, tá sendo difícil pra mim. E mesmo que a gente nunca mais se encontre, vou seguir em frente feliz, pois quando eu olhar pra trás, você estará lá, fazendo parte de um momento especial do meu passado.

Você sabe que é muito especial pra mim. Espero que eu tenha sido uma pessoa importante pra você, e que no mínimo eu tenha feito você feliz por um tempo suficiente para você não me esquecer! "Vai ser impossível não lembrar, vou estar em tudo que você vê." ("Eu vou estar" – Capital Inicial). Você vai fazer mais falta do que imagina!

Fico triste de não poder estar aqui para te levar ao aeroporto, mas pode ter certeza de que vou estar pensando em você. Na verdade, pode ter certeza de que eu vou estar o tempo todo pensando em você (rs). Espero te encontrar no aeroporto quando eu voltar ou você voltar, depende de quem voltar primeiro, hahaha.

Quando eu voltar, eu sei que muita coisa vai estar diferente, mas espero que apesar das mudanças a gente continue do jeito que estava até agora, pois pra mim esses últimos meses foram os melhores da minha vida! E tenho muito medo de que depois de muito tempo longe a gente vire só amigos. Porque, sinceramente, pra mim você sempre vai ser muito mais que um amigo ou qualquer coisa a que se possa dar nome e explicar!

De qualquer forma, a distância não impede a gente de conversar. Dá até pra matar um pouquinho da saudade! Mas só um pouquinho mesmo.

Te amo muito de verdade! Vou sentir saudade da pessoa que até hoje foi a mais importante e especial pra mim: você!

Eu vou, mas eu volto! Hahaha. "Um dia tudo volta para o seu lugar." ("Como devia estar" – Capital Inicial).

Boa viagem, aproveite muito! Faça dessa viagem a sua oportunidade de aprender um pouco de tudo e acima disso se divertir muito! Seja feliz!

Obs: A mãozinha é pra você se lembrar dos momentos de carinho que passamos juntos e que sempre vou estar por perto! O álbum é pra você não esquecer quais foram alguns dos melhores momentos da minha vida, todos aqueles depois que te conheci. A carta é para você entender o quanto eu te amo, e o quanto você é importante pra mim. As minhas últimas lágrimas são pra você nunca se esquecer de que sempre vai ter alguém pensando em você!

Eu não sei por quê, mas sempre fui melhor com as palavras escrevendo do que falando. Ele se emocionou, não chorou, o que me decepcionou um pouco, mas ele gosta de fazer o tipo de homem durão que não se abala fácil. Qual o problema dos homens, né? Eu já estava fazendo um escândalo de tanto chorar, parecia que ele estava morrendo e eu nunca mais iria vê-lo. Sou um pouco exagerada, sentimental da unha do pé até o último fio de cabelo.

— Muito obrigado! Claro que eu não vou te esquecer, né? Você também é muito especial pra mim. — Ele me deu um longo abraço e eu só conseguia chorar!

Foi uma noite muito especial, conversamos muito, aproveitamos cada minuto, nos abraçamos, nos beijamos e chegou a hora de ir embora. Não embora para outro lado do mundo, só pra casa mesmo. Mas pra mim era como se fosse nosso último momento juntos na Terra, chorei muito. Quando digo muito, é de ficar com os olhos inchados, escorrer toda a maquiagem até eu ficar parecendo um baiacu com olhos de panda. Dá para imaginar?

— Eu te levo pra casa. Mas isso ainda não é o último tchau, nos vemos amanhã, né? — Pra mim era como se fosse o último tchau da vida, pra sempre.

— Sim, mas só vou ficar um pouquinho. — Nem sei se ele conseguia compreender uma palavra do que eu dizia de tanto que eu chorava.

Cheguei em casa e só conseguia chorar, chorava de doer na alma, de dar um vazio na barriga (Fabiana, isso se chama fome), de arder os olhos, até não escorrer mais uma gota. E enfim caí no sono.

Eu não sei você, mas quando eu choro muito antes de dormir, no dia seguinte eu acordo com a cara de um lutador do UFC depois de uma derrota por nocaute. Meus olhos ficaram tão inchados que mal conseguia abrir direito e não existe maquiagem no mundo que resolva isso! E esse dia tinha o quê? O churrasco de despedida.

Era hora de levantar da cama, sacudir a poeira e começar a me arrumar. Era cedo ainda, mas sabe como é mulher, né? Não era meu primeiro encontro com ele nem o último (pelo menos eu rezava para que não fosse); na verdade, não era nem um encontro, mas eu tinha que estar MARAVILHOSA! Afinal, eu provavelmente não seria a única, como posso chamar, "ficante" dele na festa, então tinha que ser a mais gata, o que, com aquela cara de derrotada, seria meio difícil.

Me maquiei, o máximo que eu conseguia naquela época (pó, rímel e blush), fiz cachos no cabelo e escolhi um look lindo e fofo, porque eu tinha um estilo bem menininha e romântico. Conforme foi chegando a hora de ir pro churrasco, fui entrando em pânico. Já não gostava de chorar na frente dele, imagina chorar na frente de todo mundo e ainda mais das concorrentes? Eu não podia! *Se controla e engole o choro, Fabiana, nós somos fortes!*

Meus pais me levaram para a casa dele. Naquela época eu já conhecia mais da metade dos amigos dele, afinal, era um ano saindo quase todo fim de semana juntos.

Toda a família dele estava lá. A mãe, Solange, que já me adorava, sempre me oferecia comida e bebida nos churrascos, lembrava meu nome (ponto importante, sinal de que as outras não eram tão marcantes), perguntava da minha vida e tudo mais. As duas irmãs, a Nana e a Lari, e o pai dele também estavam lá, mesmo que os pais já fossem separados havia anos. Era despedida do Leandro, todos os amigos dele e familiares estavam na festa. Quer dizer, pra caber a família toda o churrasco teria que ser feito num estádio de futebol, não é só porque a minha família é pequena, mas acho que nem ele sabe o nome de todos os tios e primos que tem. Mas grande parte da família mais próxima estava lá.

Cheguei supernervosa, desci do carro como se estivesse a alguns passos de pular de um *bungee jumping*. Era exatamente isso que eu sentia que iria acontecer, mas confesso que a sensação de pular (posso falar porque já pulei de três) é bem diferente de uma despedida. Antes de os meus pais saírem com o carro, eles me falaram: "Não esquece que às oito horas você tem que estar em casa, senão vamos nos atrasar para o aeroporto".

Me senti a Cinderela indo ao baile, tudo bem que ela chegou deslumbrante e tinha até a meia-noite para conquistar o príncipe antes de voltar a ser a gata borralheira e sua carruagem virar abóbora... Já eu cheguei meio acabada, só tinha até as oito da noite para curtir os últimos momentos com um "príncipe" que não era meu, antes que ele partisse e meu coração virasse saco de pancada.

Fui com minhas amigas Bella e Lele que também já eram da turma. Ir sozinha não era uma opção! Como naquela festa eu estava só como amiga, no caso mais uma amiga (queria que a frase fosse mais que só uma amiga, mas tenho que encarar os fatos), não podia esperar que ele fosse me beijar, abraçar ou coisa do tipo na frente dos outros, isso é coisa de namorados. Mas também, depois da noite anterior, não esperava ter tão pouca atenção dele, só que tinha tanta gente lá que nem que ele se dividisse em três daria conta de conversar com todos.

Aproveitei o máximo que pude com a galera, puxei um pouco o saco da minha "futura" sogra, pois apesar de tudo eu ainda tinha esperança, olhei milhares de vezes para o Leandro e suspirei de tristeza por dentro, mas tomei muito cuidado para não parecer uma louca obcecada que não tirava os olhos esperando uma oportunidade para tirar uma casquinha. Lembro bem que nesse dia tive uma conversa com o Raufh:

— Vai sentir falta do Le, né, Fa? Mas, relaxa, vocês ainda vão casar, tenho certeza! — disse o meu amigo.

— Besta, nada a ver — eu disse rindo, tentando desconversar.

— Sério, Fa, vocês combinam muito, já falei isso antes. Mas o Le é muito novo, precisa viver um pouco mais — continuou o Raufh, com uma cara que eu não sabia se ele estava falando sério ou me zoando. Claro que aquilo me encheu de esperança, como sempre, mas só piorava minha ansiedade. Como ele podia falar aquilo quando nós dois estávamos prestes a nos afastar por seis meses ou mais?

As horas passaram muito rápido, quando eu vi já eram quase oito horas e escutei os sinos da Cinderela soarem alertando o final da magia (era só meus pais me ligando no celular mesmo, haha). Hora de ir para casa, hora de dizer adeus.

Primeiro fui dando tchau para os amigos, pois eu os veria novamente antes de ir para o intercâmbio, afinal eu só estava indo fazer uma viagem com a minha família para curtir o Natal e Ano Novo, era o Leandro que logo estaria embarcando rumo ao Canadá. Então era hora de me despedir dele, e como podemos dizer adeus para a única pessoa no mundo que é capaz de ser a tampa da sua panela? (Que coisa mais cafona, Fabiana.)

Ele me acompanhou até o portão e fiquei aliviada, porque não queria dar um simples tchau e abraço, como fazemos com os amigos quando sabemos que os veremos no próximo fim de semana. Ele me abraçou forte e eu o apertei com mais força, fechei os olhos e tentei esvaziar a cabeça, o que pra mim é uma missão quase impossível, para tentar sentir e registrar aquele momento na minha memória.

— Fabi, aproveita muito a sua viagem, tá? E vê se você se comporta, mocinha — ele disse todo sorridente. Fiquei alguns segundos em silêncio só olhando aquele sorriso – que sorriso! –, também queria guardá-lo na minha memória.

— Você também, aproveite muito e comporte-se — dei um sorriso meio de lado. Nesse momento meus olhos encheram d'água e não consegui segurar as lágrimas. Abracei-o de novo com força. — Eu te amo, Leandro, vê se não some.

— Pode deixar, vamos nos falar por Skype — ele disse com uma voz mais fraca. Senti que ele estava triste também, mas logo se recuperou, afinal, ele ainda tinha a noite toda para se divertir com os amigos e as invejosas.

Minha avó que foi me buscar, entrei no carro e já caí no choro de novo! CHOREI LITROS! Fui chorando até o aeroporto, meus pais e minha irmã não entendiam, me achavam exagerada, sentimental demais, dramática e coisas desse tipo. Não que eu não fosse, mas eu estava triste, muito triste e tinha o direito de "curtir" a minha tristeza extravasando em lágrimas.

Sempre que faço voos longos fico toda inchada, os sapatos apertam, os anéis não cabem e as calças deixam marcas nas pernas. Mas só para vocês terem noção, chorei tanto que não sobrou líquido para o meu corpo reter e inchar dessa vez, inchar eu só inchei nos olhos mesmo.

A nossa viagem em família foi incrível, uma das melhores viagens da nossa vida, o que foi ótimo para eu esquecer um pouco essa lamentação e curtir meus pais e meus irmãos, porque em breve eu embarcaria para o outro lado do mundo e teria que me despedir deles. Ou seja, mais um chororô!

Claro que alguns dias depois do churrasco as fofocas se espalharam e minhas amigas correram para me mandar mensagens no MSN.

Bella:
> Fabi, algumas horas depois que você foi embora da festa o Le beijou uma menina. Desculpa, mas tinha que te contar.

Fabi_malukete:
> QUE? COMO ASSIM? 😶

Bella:
> Foi uma mina lá, amiga de um amigo dele. Parece que eles nunca tinham ficado antes. Foi depois que a maioria da família dele já tinha ido embora e estavam só os amigos mesmo.

Fabi_malukete:
> E como ela era? Bonita? Fala que era feia, por favor!!!

Bella:
> Então, pior que a mina era igualzinha a você, a sua cara! Tão igual que todo mundo ficou chamando ela de Fabi até o final do churrasco. O Raufh até falou pro Le: "Nossa, tudo isso é saudade da Fabi? Ela nem foi embora e você ficou com uma mina igualzinha a ela?" hahaha

Fabi_malukete:
> ☹️

Fabi_maluke alterou o subnick para: "Escolha uma estrada. E não olhe, não olhe pra trás" (Capital Inicial)

Bella:
> Desculpa, amiga, só ri porque a menina era realmente igualzinha, parece irmã gêmea separada na maternidade. Mas ele é um fdp, não fica triste não, curte sua viagem aí e logo, logo você vai pro seu intercâmbio conhecer uns australianos gatos! 😊

Fabi_malukete:
> 🙂

Fabi_malukete saiu.

Quer dizer que eu fiquei chorando e sofrendo por horas e horas, não tinha nem parado de soluçar ainda e ele já estava dando uns amassos em uma mina igualzinha a mim? (Tá vendo, Fabiana, isso aconteceu para você aprender a parar de ser trouxa, sofrer por quem não está nem aí pra você.) Como ele podia fazer aquilo depois de tantos abraços e olhares que trocamos na "nossa" despedida? Coloquei na minha cabeça que teria que aproveitar, que iria me afastar dele e de todos para virar essa página. Chega de Leandro na minha vida. CHEGA!

CAPÍTULO 7

VOCÊ TAMBÉM TEM A *sensação* DE QUE IR À *escola* NO PRIMEIRO *dia de aula* É COMO IR AO ENCONTRO DE UM *monstro*?

Já era janeiro de 2010. Estava chegando a hora de ir. Minhas malas já estavam prontas. Confesso que comecei a prepará-las quase dois meses antes. Eu não consigo levar pouca coisa na mala nem pra um bate e volta na praia, que dirá uma viagem de seis meses. Eu só tinha direito a duas malas de 32 quilos, como faz para enfiar todo o seu guarda-roupa dentro?

Fiz meu próprio churrasco de despedida uma semana antes, chamei minha família, amigos do prédio, da escola e do balé. Foi muito legal, nos divertimos muito, mas eu só tinha a sensação de que a pessoa mais importante não estava lá, pois já tinha embarcado para o Canadá uns dias antes.

Eu queria que fosse possível conversar com nosso coração para entender qual é o problema dele. Sério! Porque se não fosse ele sempre querer escolher as coisas mais difíceis, a nossa vida seria tão mais descomplicada! Mas, vamos lá, porque, se não fosse isso, não teríamos essa história. Acho que às vezes o coração sabe para onde deve nos levar.

Depois da última vez que vi o Le pessoalmente, não nos falamos mais. Trocamos pouquíssimas mensagens no MSN, coisas como boa viagem, se cuida e tal. Nada de mais, afinal eu ainda estava querendo dar uma voadora nele desde que me contaram como ele foi o cara mais babaca da face da Terra. Só que é óbvio que, mesmo com tudo isso, o meu coração problemático insistia em sofrer de saudade dele. Vai entender... Só de lembrar de tudo isso, fico me perguntando, por que eu nunca fui chamada para participar de uma novela mexicana? Eu seria a personagem principal e o nome da novela seria "Coração bandido".

Dia de ir. Finalmente fechei minhas malas com um pouco de esforço, quando digo esforço, imaginem eu sentando em cima para o meu pai conseguir puxar o zíper. Meu pai se chama Luiz, ele é um cara baixinho se comparado a minha mãe, barrigudinho, tem cabelo liso e preto que chega a brilhar, tá ficando carequinha, mas isso é segredo, ops, ou era. Quando ele dá pra ser bravo, chega a dar medo. Sempre fui uma criança levada, então já dá pra imaginar as broncas que eu levava, mas apesar disso, ele sempre foi um pai fofinho, que fala pouco, mas faz muito, mesmo que seja ajudando nas pequenas coisas.

Fomos todos para o aeroporto, minha barriga agora abrigava uma escola de samba, a bateria tocava e todos desfilavam como na Sapucaí. Que MEDO! Em poucas horas eu entraria em um avião sozinha, pra cruzar o mundo e estudar, morar e viver em uma realidade completamente diferente. Eu não sabia como ia ser, essa era a parte mais assustadora, tudo novo e desconhecido.

Check-in feito, malas despachadas, jantamos todos juntos e agora era inevitável, a hora da despedida novamente tinha chegado para mim, mas dessa vez era para dizer tchau para minha família por seis meses ou mais, afinal eu ainda não havia decidido se iria ou não estender para um ano. Mas eu estava muito animada com a viagem. Escolhi cada detalhe, queria viver aquilo, queria passar por toda a experiência, pois no fundo sabia que seria uma das coisas mais incríveis que iria fazer na vida.

Abracei meus pais, eles me falaram muitas coisas fofas, minha mãe chorava como eu chorei para o Leandro, meu pai é mais durão, mas estava visivelmente triste, dei tchau para os meus avós, e minha avó Wilma, que sempre foi como uma segunda mãe pra mim, também chorou. Ela é mãe da minha mãe; apesar de a minha mãe ser alta, ela é baixinha, tem os cabelos tingidos de um castanho avermelhado, é gordinha (um dos apelidos dela é gordinha, chamamos ela assim carinhosamente, ou de princesa) e tem um rosto bem fofinho. Até aí eu ainda estava com um sorriso de orelha a orelha e os olhos secos como o deserto do Saara.

Era um momento triste, pois depois eu morreria de saudade deles, mas a minha felicidade de realizar o sonho de fazer um intercâmbio era tanta que eu não conseguia me abalar. Abracei meu irmão, Bruno (na família o chamamos de Nino), que é oito anos mais velho que eu e é durão assim como meu pai, ele tem a fisionomia que lembra o meu pai, porém é alto e tem bastante cabelo. Ele não estava triste como o resto da família, até porque ele já havia feito intercâmbio quando mais novo, o que acabou sendo uma inspiração pra mim. Ele me abraçou e desejou boa sorte. Até que fui me despedir da Nina, e estávamos numa fase de irmãs BFFs, ela chorou muitooo, aí não me aguentei! Mas fizemos uma promessa uma para outra, que iríamos nos falar quase todos os dias, sempre que possível.

Entrei no avião e voei rumo à Austrália, fiz uma escala em Sydney e depois voei para a cidade em que eu iria morar, Brisbane. Nos primeiros dias foram só passeios, conheci a casa onde eu iria ficar, a família que iria me hospedar, arrumei meu quarto e tudo mais. Meu quarto era todo branquinho, com carpete branco e uma cama de solteiro com lençóis vermelhos encostada em uma das paredes. Na parede oposta à da cama havia uma arara onde eu pendurava as minhas roupas, uma estante onde eu guardava livros, roupas, lanchinhos da madrugada, entre muitas outras coisas; tinha também uma mesa, que eu usava de escrivaninha, e uma grande janela que dava vista para o jardim lateral da casa. Lembro que não tinha cortinas na janela, e quando eu queria dormir até mais tarde nos dias quentes do verão da Austrália, com a brisa da manhã entrando para me refrescar, eu tinha que pendurar uma canga com a bandeira do Brasil que eu havia levado para segurar a luminosidade. Tudo perfeitamente normal, diferente, mas eu estava adorando! Não era muito boa em inglês na época, mas me virava, sempre fui boa em mímica.

Eu estava finalizando a arrumação das minhas roupas, pois o dia de começar as aulas estava chegando e eu não queria deixar nada fora do lugar. Fui puxar a minha mala que estava no canto do quarto, perto da janela, quando de repente... um bicho preto saiu correndo de baixo da minha mala em minha direção. Eu comecei a pular e gritar! Imagine a cena!

Primeiro, eu estava em um lugar desconhecido; segundo, era a Austrália; terceiro, um mês antes dessa viagem eu assisti a um documentário sobre os animais mais perigosos do mundo e 99% eram da Austrália. Pois é, o que você teria feito no meu lugar? Eu nem tinha visto que bicho que era, mas já imaginei o pior. Então o bicho saiu de baixo da minha cama e correu pelo carpete branco do meu quarto, foi aí que eu entendi o que era. Era um lagarto, do tamanho de uma lagartixa, mas era preto. De uma coisa eu tinha certeza, eu não ia conseguir dormir naquele quarto com aquela miniatura de crocodilo dividindo o mesmo teto que eu.

A minha única alternativa era pedir ajuda. Fui até a sala e a Sally, filha da dona da casa, estava lá. Ela devia ter uns vinte e cinco anos, era linda de dar inveja, tinha olhos claros e cabelos curtos de um tom de castanho quase loiro. Como ela foi simpática e receptiva comigo desde o primeiro dia, não tive dúvida de que pediria ajuda. Comecei a falar com ela em inglês, expliquei que estava arrumando a mala e de repente um pequeno bicho preto apareceu, mas como se falava lagarto em inglês? Eu não fazia a menor ideia, então fui tentando explicar que era um bicho pequeno, fui fazendo gestos com a mão, demonstrei o tamanho, falei que era preto e que ele correu e ao mesmo tempo que eu tentava me explicar, as minhas mãos tentavam ilustrar aquilo tudo. Então ela, mesmo sem entender direito, veio até o meu quarto e lá estava ele paradinho no meio do carpete. Apontei na direção dele e ela então disse sorrindo: "It's a little lizard" ("É um lagartinho"). Ela se agachou, pegou o pequeno réptil com as mãos e foi embora do meu quarto; fiquei boba com a situação, eu apavorada com o bicho e ela o pegou na mão. Mal sabia que pouco tempo depois eu estaria fazendo exatamente a mesma coisa. Eu só tive tempo de agradecer! Mas uma coisa eu nunca mais esqueci daquele dia: lagarto em inglês é *lizard*.

Chegou o dia de ir para a escola. Iria conhecer as salas, escolher minhas matérias e horários e comprar o uniforme. Eu não sei você, mas até hoje, quando tenho que ir para o primeiro dia de aula, mesmo que não seja em uma escola nova e que eu já conheça todos os meus colegas, sinto como se estivesse indo ao encontro de um monstro. Fico com um medo de que alguma coisa muito ruim vai acontecer!

Chegando à escola fiquei maravilhada; era enorme, parecia um bairro de tão grande. Tivemos umas dinâmicas com outros intercambistas de vários lugares do mundo, nos apresentamos, conversamos, nos conhecemos, conhecemos a escola, as regras e por aí vai. Foi muito legal, senti que tudo ia começar de verdade.

Fomos um a um conversar com a diretora para escolhermos nossa grade. Como eu teria balé todos os dias na parte da manhã inteira, sobravam poucas opções de aula, porque a maioria era de manhã. E para piorar, como eu teria que fazer algumas matérias obrigatórias para o Brasil, como Física, não podia fazer Matemática 1, que era mais fácil, tinha que fazer Matemática 2. Havia vários tipos de aulas de Inglês: o mais fácil, que era para os alunos de outros países, meu caso; o Inglês Comunicativo, que era fácil também, basicamente conversação; o Gramatical; e o pior de todos, Literatura. A única opção para o período da tarde, adivinhe qual era? Literatura, fazer o quê? Grade montada, uniforme comprado, voltei pra casa feliz e empolgada. Por falar em uniforme, fui para lá achando que iria usar aqueles lindos uniformes de high school que vemos nos filmes. Mera ilusão, meu uniforme era tão feio, que eu parecia uma jeca. Saia verde abaixo dos joelhos, camisa branca nada acinturada, gravata verde com listras vermelhas e um sapato preto bem masculino.

Foi um primeiro dia tranquilo, porque na verdade as aulas não tinham começado; foi só um dia para conhecer o lugar. O segundo dia foi realmente o primeiro.

Na época, ser bailarina pra mim era mais do que uma paixão, era meu sonho de carreira. Então escolhi uma escola na Austrália que teria o melhor balé para a minha idade. Confesso, hoje me arrependo de ter escolhido a cidade só pela escola de balé, mas mesmo assim amei aquele lugar. E por ser uma escola de balé tão boa, tinha que ser feito um teste para poder entrar na turma. Lá fui eu, brasileira, recém-chegada no país, dezesseis anos, magricela, mal falava inglês, mas estava lá com a cara e a coragem.

Um pouco antes de a aula começar, todas as outras bailarinas estavam sentadas no chão de carpete, amarrando suas sapatilhas, terminando seus coques, fofocando e por aí vai. Eu não queria chamar atenção, não conhecia ninguém, então sentei também em um canto, bem quietinha e comecei a arrumar minha sapatilha. Mas todos ali se conheciam, eu era a única estranha, então elas me olhavam e sussurravam umas com as outras. Me senti o patinho feio.

Até que algumas garotas se aproximaram de mim e começaram a conversar (foi tudo em inglês, tá):

— Oi, você é nova aqui? Qual seu nome? — perguntou a menina 1.

— Oi, sou sim. Meu nome é Fabi. — Já estava colocando meu inglês a teste.

— De onde você é? — disse a menina 2.

— Sou do Brasil — respondi com orgulho.

— Ah, brasileira? — falou com desdém outra menina.

— As brasileiras são todas putas — falou a menina 1.

— É mesmo, lembra daquela Paula, que fez balé com a gente ano passado? Era supermetida, se achava, aquela garota — emendou a menina 2.

— Você conhece a Paula, Fabi? — já nem sei quem me perguntou.

— Não! – resmunguei. Estava indignada, queria brigar, xingar, mas com o nível de inglês que eu tinha, o máximo que eu conseguiria argumentar viraria piada, então preferi me calar. Mas pera lá, só porque uma menina que elas achavam metida era brasileira, isso não faz que todas sejam assim. E, querida, o Brasil é enorme, como vou saber quem é a tal da Paula?

Fui para o teste, fiz a aula normalmente, fiquei focada e tentei não pensar em nada. No final, deu tudo certo, passei no teste e já começaria as aulas de balé no dia seguinte. Peguei minhas coisas e voltei para a escola. O balé era dividido, metade da semana em um ginásio dentro da escola e a outra metade em uma academia profissional do Estado, fora da escola. Depois da dança, tomávamos banho e chegávamos à escola na hora do almoço.

Fui direto para onde os outros brasileiros, que eu tinha conhecido no dia anterior, estavam. Formamos uma rodinha, onde estávamos eu, dois brasileiros, a Giovana e o Guilherme; dois colombianos, a Maria e o Henri; e dois alemães, cujos nomes não lembro nem saberia escrever. Tivemos uma hora bem tranquila, conversamos, nos conhecemos mais, contamos sobre nossas aulas, até que o sinal tocou. Hora de ir para a minha primeira aula do dia, Inglês Literatura.

Cheguei à sala e adivinhe quem faria aula na mesma turma que eu? As meninas queridíssimas do balé que odiavam brasileiras. Senti que estava caminhando para a forca, sentei no fundo da sala quietinha, torcendo para ninguém me notar. A aula começou, a professora decidiu fazer uma brincadeira, cada pessoa tinha que falar uma palavra e a próxima tinha que falar uma palavra diferente, mas que tivesse ligação com a anterior! Senti um arrepio na espinha, meu coração acelerou, eu estava com o corpo todo preparado para sair daquela sala mais rápido do que um carro de Fórmula 1. Afinal, meu inglês era péssimo, não que hoje seja algo extraordinário.

Minha sorte foi que me pularam, porque todo mundo falava muito rápido, havia palavras ali que eu nunca tinha ouvido na vida, como falaria uma palavra que fizesse sentido se eu nem sabia o que a anterior queria dizer? UFA... Metade da aula se passou e eu continuava viva, suando como um camelo, mas respirando.

A professora começou a explicar o que ela ensinaria naquele ano, como seriam as aulas, as provas e tudo mais. Distribuiu um papel para cada aluno, com os nomes dos livros na ordem que deveríamos ler naquele ano para a aula. Primeiro livro da lista: não entendi nem qual era o nome, só sei que era do William Shakespeare! E ela disse: "Hoje vocês já podem ir à biblioteca pegar o primeiro livro, semana que vem vamos fazer um debate sobre ele e na outra semana prova". Não respirei mais nem ouvi mais nada até o fim do dia.

Voltei pra casa como se fosse um zumbi, eu nem olhava para os lados, só segui meu caminho. A única coisa que passava na minha cabeça era: *O QUE EU VIM FAZER AQUI? NÃO CONSIGO LER SHAKESPEARE NEM EM PORTUGUÊS, QUE DIRÁ EM INGLÊS!* (Tá tudo em caps lock para você imaginar o desespero que eu estava passando, queria gritar!) Me controlei até chegar em casa, mas não conseguia mais falar nem ouvir nada em inglês, estava em pânico, paralisada. Comecei a chorar, abri o berreiro!

A Carol, que era minha "host mom", ficou superpreocupada, veio conversar comigo, tentou entender o que tinha acontecido. Mas nesse momento eu só conseguia falar em português, precisava conversar com alguém na minha língua. Abri o Skype e o MSN para ver quem estava online, mas na Austrália são doze horas a mais que no Brasil e como estava com horário de verão eram treze horas a mais. Então na Austrália eram cinco horas da tarde o no Brasil quatro da manhã. Ninguém estava acordado ainda, meu desespero só aumentava, eu precisava falar com alguém naquele momento, senão ia fazer minhas malas, pegar um táxi para o aeroporto e voltar pro Brasil. Que exagerada!

Quem era a única pessoa online? Tinha que ser o Leandro. Como ele estava no Canadá, o fuso era de seis horas a menos que no Brasil, pois estávamos em horário de verão no Brasil. Então nossos fusos batiam melhor, porque enquanto na Austrália eram cinco horas da tarde, no Canadá eram dez horas da noite!

Tive que engolir o orgulho de não querer falar com ele e mandei mensagem!

> **Fabi_malukete:**
> Oi, Le.
>
> **Leandrinho_lele:**
> Oi, quanto tempo!
>
> **Fabi_malukete:**
> Que horas são aí?
>
> **Leandrinho_lele:**
> Aqui são 22:15, e aí?
>
> **Fabi_malukete:**
> 17:15
>
> **Fabi_malukete:**
> Você tá podendo falar agora?
>
> **Leandrinho_lele:**
> Tô, por quê?
>
> **Fabi_malukete:**
> Então abre o Skype.

Então fomos conversar pelo Skype. Assim que conectou, eu já estava chorando. Ele ficou sem entender nada, falei que tinha acontecido uma coisa na escola e precisava conversar com alguém, mas que não conseguia conversar em inglês naquele momento. Ele foi supercalmo, conversou comigo, entendeu o que tinha acontecido, me acalmou e sugeriu que eu conversasse com a Carol, para ver se ela poderia me ajudar a resolver isso com a escola no dia seguinte.

Conversamos por algumas horas, fiquei mais calma, falamos sobre outros assuntos, ele me contou como estavam as coisas por lá, mostrou a casa onde estava morando, contou sobre as aulas e tudo mais. Foi um fofo, esqueci que estava com raiva dele e meu sentimento por ele voltou a crescer. Nossa, Fabiana, você me cansa.

Passado o nervosismo, conversei com a Carol, expliquei a situação, falei que não conseguiria ler aquele livro e ela me entendeu. A Carol era uma senhora baixinha, ruiva, de cabelo curtinho, era professora de Culinária e Moda na escola em que eu estudava. Então no dia seguinte fomos para a escola mais cedo, ela foi comigo conversar com a diretora e explicar a situação. A diretora era muito legal, ela falou para eu ficar calma, que normalmente era para eu fazer o Inglês mais fácil, mas como não tinha horário à tarde, o que ela poderia fazer era me deixar em literatura, porém em um ano abaixo, ou seja, no segundo ano do ensino médio e não no terceiro.

Não era exatamente o que eu queria, mas pelo menos já sabia que ler Shakespeare estava fora de cogitação! Aceitei e saí de lá bem mais tranquila. As coisas continuaram normalmente. Depois disso, eu e o Leandro passamos a conversar através do Skype quase todos os dias. Às vezes nos falávamos por poucos minutos, às vezes passávamos horas batendo altos papos. Quem diria?

O que é mais engraçado de tudo isso é que não tínhamos mais uma conversa ou um comportamento de quem é só seu ficante ou futuro namorado. Nos tornamos amigos, grandes amigos e só. Pois sabíamos que cada um estava vivendo um momento diferente e único na vida, o que nos impossibilitaria de namorar naquela época.

— Oi, tudo bem por aí? — perguntei pra ele em um dia no Skype, mas dessa vez a conversa era sem estresse, sem expectativa, sem intenção de conquista. Era uma conversa entre amigos, uma conversa sincera, uma curiosidade sobre a vida do outro, mas no bom sentido.

— Tudo e você? Pera aí, eu tô na sala e vou pro quarto. — Ele saiu com o computador na mão, a câmera balançando, mas pude ver que os dois amigos que dividiam a casa com ele estavam na sala. Logo ele chegou ao quarto, posicionou o computador e sentou na frente dele. — Pronto, agora sim. A gente tinha acabado de jantar.

— Ah, esqueço que os horários são diferentes. — Dei risada, aquilo me deixava feliz, eu o considerava um amigo, amigo com quem eu podia compartilhar minhas alegrias e angústias.

— Mas e aí, o que me conta de novo, mocinha? — ele perguntou fazendo graça.

— Agora começou tudo mesmo, as aulas, as matérias. O balé é muito legal, as aulas são todas com pianista, uma das aulas é em uma sala de vidro de frente para umas árvores, bem lindo, sabe? Mas os professores são bem rígidos.

— E como estão as amizades?

— Ah, no balé até que comecei a conversar um pouco com algumas meninas, mas nada muito profundo, sabe? Pra mim o melhor é a hora do almoço, quando me encontro com a Gi, que é brasileira, e a Maria e o Henri, que são colombianos. Eles são legais, a gente conversa bastante, até combinamos de sair amanhã depois da aula para comer uns churros que têm no centro. — Desembestei a falar, adoro conversar, ainda mais vivendo tantas coisas incríveis, experiências novas e tudo mais. Precisava compartilhar aquilo tudo com alguém, mas com meus amigos no Brasil estava difícil, sempre falava por mensagem e às vezes ligações rápidas, porque o fuso atrapalhava muito.

— Que legal, fico feliz em saber que já está até marcando passeios por aí. Mas isso dos professores, sei lá, às vezes é a cultura que é muito diferente ou é porque ainda está no começo.

— É, vamos ver. Mas e você, curtindo o apartamento com seus amigos?

— Sim, foi a melhor coisa ter saído da casa de família e ter vindo pra cá, foi uma experiência legal lá, mas aqui tenho mais liberdade. Os meninos são brasileiros também, então sem problemas, sabe? Só estamos terminando de organizar nossas coisas por aqui para já marcar a primeira festinha.

— Que legal! Aí sim, hein? Mas vê se você se comporta, morando aí com dois amigos solteiros — fiz uma cara de brava, mas de brincadeira. Naquele momento eu sabia que ele ia aprontar muito e isso de alguma forma não me incomodava.

— Sim, senhorita! Pode deixar que sou um santo! — ele disse rindo e deu uma piscadinha. Como eu poderia imaginar que um dia teríamos uma conversa assim, tão tranquila, como bons amigos e através de uma tela de computador, separados por quilômetros e mais quilômetros de distância? É, Fabiana, às vezes, mas só às vezes, a vida consegue superar essa sua imaginação.

E era assim que nós conversávamos. Nos dias em que nossos horários não batiam, apenas trocávamos algumas mensagens, mas às vezes acabávamos até estendendo mais o nosso tempo de bate-papo. Eu contava tudo pra ele, como tinha sido a semana, as provas, os problemas e até sobre os paqueras. E ele também. Viramos melhores amigos, dispostos a compartilhar tudo um com o outro e, mais do que isso, a torcer de verdade pela felicidade do outro, por mais que essa felicidade talvez não significasse estar junto. Doido isso, né?

Nos dias em que eu estava triste ou entediada, a gente ficava jogando joguinhos juntos, escutávamos músicas brasileiras e cantávamos. Parece tudo muito louco, mas essa era nossa rotina. Me lembro de uma vez que estávamos conversando no Skype e ele saiu para ir ao banheiro, mas deixou o computador na sala onde os amigos dele estavam e um deles veio para a frente do computador e disse: "Você então que é a Fabi com quem o Leandro tanto conversa?". Mas antes que eu pudesse responder o Le já tinha voltado, então o amigo disse pra ele: "Bonita ela, hein, Le. Agora eu entendi por que você passa tanto tempo no computador". Fiquei meio tímida, mas confesso que feliz também.

Um bom tempo depois eu já conhecia bem os amigos dele, várias vezes eles invadiam nossas conversas, contavam algumas fofocas do Leandro ou piadas. E um outro dia, novamente aquele mesmo amigo dele disse: "Fabi, escreve uma coisa: vocês dois ainda vão casar um dia. O Leandro te ama, cara. Só fala de você". Fiquei em choque! *Calma, Fabiana, não entra em pânico, é só uma brincadeira.* Já fazia tanto tempo que eu não sofria com tudo aquilo, que eu não alimentava a esperança de um pedido de namoro, que aquele comentário feito de surpresa me marcou e me colocou pra pensar. Dormi triste aquela noite, pois como sempre minha cabeça vai longe e consegui imaginar um futuro onde nós dois seríamos apenas bons amigos e nada mais.

Mas não me deixei mais abalar por isso, eu estava em outro país, aprendendo uma nova língua e fazendo muita coisa diferente, minha cabeça vivia ocupada, o que era ótimo. Além disso, fiz algumas amizades por lá, praticamente só intercambistas mesmo e poucas australianas, a maioria brasileiras. Passeava bastante, viajava nos fins de semana, mas durante a semana não tinha tempo pra sair, então me sentia muito sozinha, sentia falta de casa. Eu não conversava só com o Le não, falava com a minha mãe também quase todo dia e eu e a Nina cumprimos nossa promessa, conversávamos sempre e ela acordava uma hora mais cedo antes de ir para a escola, para que a gente pudesse bater um papo e contar as novidades. Sentia muita falta de poder invadir o quarto dela, deitar na cama com ela e assistirmos a filmes juntas! :)

— Oi, acorda! — eu falava com a voz baixinha e rindo, porque ela estava com a cara toda amassada de quem tinha acabado de levantar da cama e não tinha nem lavado o rosto ainda. Era uma conversa nossa pelo Skype.

— Oi, Fabi. Nossa, que sono! Pera aí que vou na cozinha e já volto. — A gente conversava enquanto ela se arrumava para ir pra escola, então ela ia à cozinha e voltava, comia na frente do computador, ia ao banheiro lavar o rosto e voltava, arrumava o cabelo e até usava a câmera do computador como espelho às vezes.

— Nossa, Nina, esse fim de semana eu fui para uma ilha tão linda aqui, foi aquela turma de brasileiros de sempre e mais umas duas meninas novas. A gente pegou um trem e depois um barco, mas apesar da distância valeu a pena, era quase deserta a ilha, estava um sol de rachar o coco. — Como sempre eu contava minhas novas aventuras toda animada.

— Que legal, eu passei o sábado e o domingo estudando pra prova de matemática — ela falou fazendo piada.

— Minhas notas não foram das melhores nas últimas provas aqui, nunca tive uma aula de matemática tão difícil. — Isso era verdade, eu estava em uma turma de matemática tipo 2, que era bem diferente do que a gente aprende no Brasil, era uma aula pra quem queria ser engenheiro, físico e coisas do tipo, mas por conta dos meus horários do balé eu não tinha outra opção. E nunca fui do tipo de pessoa de exatas.

— Bi, eu acho que vou mais cedo pra escola, porque vou ver se encontro as minhas amigas antes da aula pra gente dar mais uma estudada. — Fabi sempre foi o meu apelido, mas pouquíssimas pessoas, como a Nina, me chamam de Bi, às vezes.

— Tá bom, vai lá. Boa prova! Tô com saudade, viu? — E estava mesmo, morrendo de saudade.

— Obrigada. Também tô. Boa noite!

Então meus dias durante a semana eram assim, eu conversava um pouco com a Nina, com meus pais e com o Leandro. Até hoje sou muito grata à Nina por ela ter acordado mais cedo todos os dias para que a gente pudesse conversar, mesmo que só um pouquinho. Aquilo significou muito pra mim, porque além da saudade que eu sentia de casa, dela e de tudo, passei por uns momentos difíceis lá na Austrália, de *bullying* e tudo mais. Então esses momentos de conversa eram o que me dava ânimo para me manter forte e feliz.

Mas como eu disse, com o Leandro era com quem eu passava mais tempo conversando por causa do horário e talvez porque ele estava assim como eu fora de casa, então a gente se entendia bem. Claro que por mais que conversássemos sobre tudo, quando ele me contava que tinha ficado com alguém eu sentia ciúmes, mas o que eu poderia fazer?

O que na minha opinião foi ótimo de tudo isso é que antes nós não tínhamos tanta liberdade nem tanto assunto para conversar. Os nossos papos eram sempre mais superficiais ou sobre os próximos encontros, mas com essa distância, passamos a falar sobre tudo, família, medos, sonhos e por aí vai. Claro que eu era a que mais falava, o Leandro, virginiano que só, sempre foi muito fechado – é mais fácil tirar água de pedra do que fazer ele falar sobre o que sente.

Às vezes as situações mais adversas podem fazer com que nos aproximemos mais daqueles que pensávamos que seriam os primeiros a se afastar.

CAPÍTULO 8

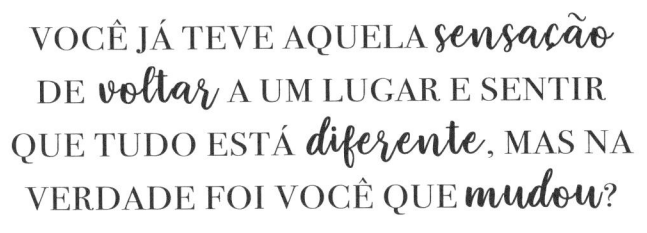

VOCÊ JÁ TEVE AQUELA *sensação* DE *voltar* A UM LUGAR E SENTIR QUE TUDO ESTÁ *diferente*, MAS NA VERDADE FOI VOCÊ QUE *mudou*?

Seis meses se passaram e estava na hora de fazer as malas e pegar o avião de volta pra casa! Foram meses de muita experiência e aprendizado que levo na memória pra vida. Senti muita saudade de casa, da família, dos amigos e até mesmo de coisas que nunca haviam passado pela minha cabeça, como por exemplo a comida brasileira, ou poder tomar banho por mais de quatro minutos. Sim, na Austrália, pelo menos na casa onde eu morei, era uma regra, o banho não podia passar de quatro minutos, lavando o cabelo ou não. Imagina o pânico.

No começo eu achei que seria a coisa mais impossível do mundo, mas depois de um tempo você começa a entrar no ritmo e pegar as manhas. Malas feitas, já havia me despedido de todos os amigos que fiz na escola por lá e até fora dela. Só faltava me despedir de uma pessoa, a Carol.

Eu não gosto muito de despedidas, acho que ao longo das páginas você já deve ter percebido isso, nunca sei o que falar, mas de uma coisa eu sabia, ela jamais sairia da minha memória, essa foi uma época muito marcante e importante na minha vida. Ela recebe novos estudantes a cada semestre, mas eu não gostava da ideia de ser só mais uma que passou por lá, queria fazer algo especial, para pelo menos mostrar o quão especial aquele tempo foi para mim.

Então, depois que coloquei todas as malas no carro, terminei de retirar tudo que havia no meu quarto, tirei a chave da casa que estava no meu chaveiro, deixei em cima da mesa, dei mais uma última olhada na casa, passei pelo corredor, com o coração apertado e a certeza de que eu não veria aquele lugar novamente. Entramos no carro, mas eu logo pedi à Carol que esperasse, disse que havia esquecido de pegar algo no quarto, assim ela ficou me esperando dentro do carro, enquanto eu pude entrar na casa sozinha novamente, retirar do esconderijo as flores que eu havia comprado para ela, deixar em cima da minha cama, que não seria mais minha, com uma carta que dizia o quanto tudo aquilo havia sido importante para mim. Sei que para alguns teria sido legal eu falar isso no aeroporto olhando nos olhos dela. Mas sempre fui melhor em me expressar através das cartas. E queria deixar algo que ela pudesse guardar e lembrar um pouquinho de mim.

No aeroporto nos abraçamos, trocamos algumas palavras, eu despachei minhas malas e embarquei no avião. Coração a mil, já não sabia mais se estava triste de partir ou feliz em retornar. Era um sentimento misto, que até hoje não sei descrever, e só de lembrar já me dá aquele frio na barriga e aperto no peito. Às vezes dá vontade de voltar no tempo e reviver as coisas do jeitinho como elas aconteceram, né? Sem tirar nem pôr. É até engraçado eu falar isso, porque também houve momentos bem ruins por lá, sofri muito *bullying*, saudade de casa, mas tudo tem um propósito, porque me fez ver as coisas com outros olhos e acredito que me fez amadurecer bastante.

Quando passei pelo portão de desembarque, o meu cansaço era extremo, mais de vinte horas de voos e escalas, e só queria banho, comida e cama. E lá estavam meus pais, meus avós e a Nina com uma faixa gigante escrito: "Bem-vinda de volta, Fabi". Bem cafona, mas fala a verdade, Fabiana, você queria que eles fizessem aquela cafonice toda. Fiquei feliz demais em sentir que eles sentiram minha falta como eu senti a deles. Nos abraçamos, nos beijamos, choramos e lá estávamos nós no carro indo pra casa. Por mais cansada que eu estivesse, eu adoro falar, puxei a minha mãe e minha avó Wilma neste quesito, falo mais que a boca.

Ao chegar em casa, por mais que nós já morássemos naquele apartamento havia mais de doze anos e eu só tivesse ficado fora seis meses, tudo parecia diferente! É igual àquela sensação quando, depois de adulto, você volta a um lugar que frequentava quando criança, em que tudo está igual, mas parece diferente, sabe? Tudo parece que encolheu, quando na verdade a gente é que cresceu! Nesse caso parecia que as coisas tinham mudado, estavam fora de lugar, mas na verdade eu é que estava diferente. De diferente na casa só tinha uma coisa: a minha mãe tinha mandado adesivar uma parede do meu quarto, do chão ao teto, com uma foto minha de bailarina em preto e branco, para me fazer surpresa.

E lá estavam alguns amigos, como o Raufh, o Caio (também do prédio e ex-namoradinho que virou só amigo), a Lele, a Bella, meus tios, meus primos pequenos Rick e Carol, minha prima Karina, que inclusive fez arroz com *strogonoff* para o almoço. Foi uma exigência minha, eu estava morrendo de saudade da comida brasileira e meu pedido especial foi o *strogonoff* de frango da Karina com guaraná. Bem clichê, né, Fabiana? Almocei, conversei, contei algumas histórias, matei um pouco da saudade, abri as malas, dei as lembrancinhas pro povo e tudo mais. Depois que todos foram embora, tomei um banho bem longo! Sei que não é legal, temos que economizar água e eu concordo com isso, se não cuidarmos do nosso planeta, ninguém vai cuidar para a gente. Mas pera lá, eu estava havia seis longos meses tomando banho "tcheco" de quatro minutos e uma única vez ao dia. Ahhh, tinha esquecido de contar esse detalhe: porque além do tempo, a outra regra era que nós só tínhamos direito a um banho por dia, fizesse chuva ou sol, mesmo que eu tomasse um banho e depois suasse, praticasse um esporte, entrasse na piscina e por aí vai, o próximo banho era só no dia seguinte. Então eu super tinha direito a um banho mais longo, afinal tinha pele morta encruada ali precisando de um banho quente de arrancar o couro.

Passando as primeiras semanas, entrei no ritmo novamente e tudo voltou ao normal, e começou a parecer que eu não tinha estado longe por muito tempo. Uma hora ou outra eu encontrava alguém que ainda não tinha visto e a sensação voltava, mas por pouco tempo. Eu ainda estava de férias da escola, então estava naquele período que você fica longe dos amigos e dá um friozinho na barriga de quando for voltar às aulas. Por mais que só tenha um mês de férias no meio do ano, quando a gente volta tudo parece diferente, as pessoas cortam os cabelos, mudam o visual e têm mil histórias para contar. Mas dessa vez eu estava fazia muito mais tempo longe, tudo podia estar diferente de verdade.

Com tudo isso acontecendo, todos esses sentimentos vindo à tona, e o Leandro estava lá, vivendo a vida dele no Canadá. Enquanto estive na Austrália, nós nos falávamos quase sempre, sabíamos tudo da vida um do outro, sempre tínhamos assunto para passar horas conversando via Skype, e mesmo quando não tínhamos o que falar, ficávamos cantando, brincando de adivinhar qual era a música. Tudo isso só para passarmos mais tempo juntos, mesmo que muito longe!

Ele foi um fofo comigo durante todos os meses que estive lá, e se a minha intenção com essa viagem tinha sido esquecê-lo eu havia falhado. E falhado com letras garrafais, Fabiana. Porque a única coisa que consegui fazer foi me apaixonar cada dia mais por ele e contar as horas para que a gente conseguisse se falar pela internet. Não deixei de curtir minha viagem nem por um segundo por causa disso, e nem ele; nos falávamos à noite durante a semana, no momento em que eu já estava em casa e fazendo lição. Nos fins de semana era um pouco mais difícil, pois eu saía, viajava e ele também, mas nunca deixamos de trocar mensagens ou contar as novidades sempre que possível!

Todas as vezes que nos "despedíamos" nas sextas ele me falava "Olha lá, se comporta, hein, Fabiana!". Aiiiiii... Essa sou eu suspirando, ele se preocupava comigo e até tinha ciúmes! E eu sempre respondia: "Pode deixar, sempre me comporto! Vê se você se comporta também!".

O dia do retorno dele já estava marcado, então eu e o Raufh decidimos ir juntos até o aeroporto para esperar por ele. Acordei cedo no domingo, me arrumei toda e encontrei o Raufh na garagem. Confesso que não consegui dormir nem um minuto na noite anterior, a ansiedade era tanta que eu já tinha comido todas as unhas e talvez até alguns dedos. O mix de sentimentos me atormentava, era uma felicidade enorme saber que finalmente estaríamos frente a frente novamente, eu poderia mais uma vez sentir o corpo dele encostado no meu envolvido por um abraço que me fazia querer parar o tempo e ficar ali. Mas ao mesmo tempo, como seria esse reencontro? Tantas coisas mudaram, a nossa amizade com certeza tinha se fortalecido muito, mas e o amor, a química e todo o lance que rolava entre nós antes da viagem? E a expectativa que existia tanto da minha parte quanto da dele.

Eu sabia que ele já não era mais o mesmo Leandro por quem eu tinha me apaixonado naquela noite em que ele entrou no quarto do nosso amigo e meu coração parou por milésimos de segundos quando nossos olhares se cruzaram. E sabia disso porque eu também não era mais a mesma daquela noite. Tinha vivido tantas coisas, aprendido tantas coisas, que eu ainda estava conhecendo essa nova Fabi. Mas uma coisa eu sabia: o meu sentimento por ele só havia aumentado e agora mais do que nunca tinha a esperança de que nosso relacionamento iria dar passos mais largos.

Enquanto seguíamos o caminho até o aeroporto os meus pensamentos me enlouqueciam, eu tinha medo! Medo do quê? De tudo! Medo de me decepcionar, medo de sofrer, medo de amar, medo de me arriscar, medo do medo. Sabe aquele sentimento que te aprisiona e não te faz enxergar com clareza? Esse é o medo. Mas junto com ele eu tinha a esperança, que apesar de todos esses pensamentos me dava coragem para ir até lá e para ver o que iria acontecer. De uma coisa, a essa altura do campeonato, eu sabia: o que existia entre nós dois – todos aqueles sentimentos – não era bobagem, coisa de adolescente ou amor de verão. Pode parecer loucura ou realmente não fazer sentido para alguns, mas era como se nós já nos conhecêssemos antes, tipo amor de outras vidas, ou pessoas que foram predestinadas a ficarem juntas. Eu não sei se isso existe ou se acredito nisso, mas era essa a sensação.

Quando chegamos ao saguão do aeroporto na área de desembarque, fiquei de queixo caído. Eu e o Raufh não tínhamos sido os únicos a terem essa ideia – a família dele estava lá em peso, e quando digo isso não é exagero, havia mais de cinquenta pessoas da família dele conversando em um canto perto da porta por onde chegavam os passageiros. Fora isso tinham alguns amigos da faculdade dele, entre eles umas meninas de quem eu não gostava nem um pouco, porque meu instinto me dizia que algumas ali já tinham ficado ou ficavam com o Leandro. *Ai que ódio, me subiu até um nervoso.*

Cumprimentamos todos que estavam ali. Quanta gente! O Le realmente é uma pessoa muito especial, mas não só pra mim. Ver aquela galera toda ali ansiosa pela chegada dele era uma prova de que ele era muito amado e isso me deixava muito feliz. E a qualquer momento agora ele iria passar por aquela porta e eu precisava conter a emoção, mas uma coisa eu não conseguia controlar: a quantidade de pensamentos e possibilidades que a minha mente tentava e era capaz de imaginar.

Cada vez que aquela porta abria, eu segurava a respiração e estremecia, mas quando via que ainda não era ele, soltava o ar bem profundamente tentando me acalmar. Até que a porta abriu e por ela passou o Leandro com um carrinho, daqueles de aeroporto, carregado de malas. Quando todos perceberam que era ele foi uma euforia total, uns gritavam de felicidade e emoção, uns desejavam boas-vindas, outros tiravam fotos, e eu só consegui ficar ali parada olhando para ele. Era real, ele estava realmente de volta.

Acho que ele não esperava tudo aquilo nem algo parecido, pois a cara que ele fez quando viu a turma toda foi de choque e surpresa. Logo ele abriu aquele sorriso, aquele pelo qual eu me apaixonei e me hipnotizava. Eu continuava ali parada sem produzir nenhum som e com os olhos fixos nele, como se estivessem vendo um fantasma. Ele foi olhando para os lados e vendo cada pessoa que estava ali esperando por ele, era nítida a reação de felicidade e surpresa em ver cada rosto. Até que ele virou os olhos mais uma vez e olhou pra mim.

Segurei o ar, tive aquela sensação de tudo estar em câmera lenta, parecia até que tudo tinha ficado em silêncio e as pessoas ao redor não existiam mais. Éramos só eu e ele logo ali me olhando. Respirei lentamente, era como se o ar estivesse denso, minha cara nesse momento devia ser de choque. Percebi que ele piscou mais uma vez, como se quisesse conferir se realmente era eu. Sabe quando você vê algo e não acredita, então precisa piscar mais uma vez para lubrificar os olhos para ver se está enxergando direito? Aí então ele sorriu pra mim e sorri também. Tudo isso foi muito rápido, questão de segundos, mas de alguma forma as coisas pra mim aconteceram em outra velocidade, como se aquilo não fosse real.

Ele foi abraçado, beijado e paparicado por toda a família. Era muita gente ali querendo a atenção dele, então fiquei quietinha só observando tudo. Até que ele foi chegando perto, cumprimentando as pessoas que estavam próximas a mim. Sabe quando vai ter uma prova oral e o professor vai chamando nome por nome e você sabe que logo, logo vai ser a sua vez, mas você não está preparado para aquilo? Eu estava assim.

Ele e o Raufh se abraçaram, aquele abraço de irmãos, e trocaram algumas palavras de carinho. O Raufh chorou, aquilo me deixou ainda mais tensa, o Leandro pra variar não deixou cair uma lágrima, mas estava nitidamente feliz e emocionado e então ele virou para mim e disse: "Você veio?". Nem tive tempo de responder e ele me abraçou.

Não sou capaz de descrever o que senti, foi muito intenso e só de lembrar meus pelos do braço e da nuca se arrepiam. Quando aqueles braços me envolveram, senti que, apesar de querer conhecer o mundo, era como se ali fosse meu lar, dentro daquele abraço. Respirei fundo de olhos fechados e senti seu cheiro. Minha mente trouxe à tona vários momentos: a nossa despedida, nosso primeiro beijo, a nossa primeira noite juntos e muito mais. Subiu um arrepio pela minha espinha e meus olhos se encheram d'água, mas rapidamente ele me soltou, foi tudo muito rápido. Ele olhou pra mim sorrindo e disse: "Obrigado por ter vindo!". Virou pro lado e foi cumprimentar a próxima pessoa.

Fiquei zonza, estava emocionada e feliz, mas de repente era como se ele tivesse me dado um soco no estômago. *Você queria o quê, Fabiana? Queria que ele te visse, largasse as malas no chão, saísse correndo em sua direção de braços abertos, te abraçasse, pegasse no colo, rodasse com você nos braços em câmera lenta com uma música romântica rolando ao fundo e no final te desse um beijo de perder o fôlego?* SIM! Era exatamente isso que eu queria. Claro que eu não era louca de achar que isso fosse acontecer, nem nada próximo a isso, mas também não achei que ele seria tão impessoal depois de toda a nossa história. Será que eu era louca? Nós nos falávamos o tempo todo, sobre tudo, e de repente não trocamos nem duas palavras e só.

Enquanto ele falava com o resto das pessoas, continuei ali como uma estátua, tudo foi rápido demais, e apesar de meus pensamentos serem mais rápidos do que a velocidade da luz, eu ainda não tinha conseguido processar tudo aquilo. Sem eu perceber a Solange foi caminhando na minha direção, ela me cutucou e eu me virei achando que fosse o Raufh, mas fui surpreendida e, com certeza, não consegui disfarçar minha cara de espanto.

— Oi, Fabi, que legal que você veio! Daqui do aeroporto nós todos vamos para uma churrascaria comemorar, você e o Raufh estão convidados, viu? — a mãe do Leandro disse.

— Ah, legal, me passa o endereço que eu vejo com o Raufh se a gente vai. Obrigada pelo convite. — Eu não sabia se era realmente um convite ou se ela só estava sendo educada, mas eu não sabia o que falar e também não queria dizer nem que sim nem que não. Mas só de ela ter me convidado eu já estava muito contente.

Decidimos ir para a churrascaria, na verdade todos que estavam no aeroporto foram, inclusive as perigosas, digamos assim. Tinha muita gente, ocupamos duas mesas grandes do restaurante, daquelas bem compridas, sabe? Durante todo o almoço não falei mais com o Leandro. Ele tinha gente demais para dar atenção, mãe, pai, irmãs, tios, primos, histórias e mais histórias para contar. Mas fiquei feliz de estar ali, sabendo que de alguma forma eu fazia parte daquele momento importante para ele.

Na hora de ir embora e dizer tchau não foi muito diferente de quando dissemos oi. Ele me abraçou, deu um beijo na minha bochecha e agradeceu mais uma vez por eu ter ido. Só! Só isso! Não falou que sentia saudade, não falou que queria conversar comigo depois, não falou que me amava! NADA! Eu era só mais uma amiga ou conhecida que estava ali. DRAMÁTICA, como sempre. Claro que com tudo isso, não tive coragem de falar nada. Como colocar meus sentimentos pra fora, ser verdadeira, sendo que ele estava me tratando daquela forma?

Fui pra casa, fechei a porta do meu quarto, porque queria ficar sozinha, sentei na minha cama e tentei entender o porquê de ter sido assim. Mas por mais que eu achasse diversas justificativas, nenhuma delas era forte o suficiente para me fazer entender. Antes desse dia eu já tinha medo de como seria nosso relacionamento depois de tanto tempo, mas agora eu tinha medo de que nem relacionamento existisse mais entre nós dois, pelo menos nada além de um relacionamento de amigos.

Alguns dias depois lá estava ele, online no MSN. Mandar ou não mandar mensagem? Mas nem tive muito tempo para pensar, logo recebi uma notificação dele.

> **Leandrinho_lele:**
> Oi, td bom?
>
> **Fabi_malukete:**
> Oiiie... Td sim e vc?
>
> **Leandrinho_lele:**
> Tudo! Nem conseguimos conversar no domingo, tinha tanta gente. E aí, já se acostumou com o fuso?

Fabi_malukete:
> Ah... acho que sim, já faz quase um mês que voltei. E vc?

Leandrinho_lele:
> Nossa tô dormindo muito, acho que ainda não consegui entrar no ritmo. Hahaha

Fabi_malukete:
> Faz só uns dias, calma. Problema são as aulas que começaram, tô perdidona nas matérias!

Leandrinho_lele:
> Verdade, imagino. Preciso correr atrás de destrancar a minha facu.

Legal, ele se justificou por não ter me dado muita atenção naquele dia, mas por que a gente estava tendo uma conversa tão superficial? Parecia que nós dois estávamos pisando em ovos. Tivemos tantas conversas sinceras, honestas, mas tudo era mais leve quando estávamos separados por uma imensidão azul e com a certeza de que não podíamos ser mais do que bons amigos. Mas agora que tínhamos nos encontrado novamente cara a cara a realidade era outra, poderíamos traçar um futuro juntos se quiséssemos. Eu queria, queria desde o dia em que nos conhecemos, mas e ele?

Tivemos mais conversas pelo MSN durante a semana, mas todas sem nos aprofundarmos muito em nada, perguntávamos do dia, se estava tudo bem e só. Nenhum dos dois teve coragem de falar a verdade, de expor os sentimentos, de se abrir. Como podia tudo estar tão diferente? E quando iríamos nos ver pessoalmente, mas dessa vez sozinhos? Eu não sabia se chamava ele para sair ou se era cedo demais, mas para minha sorte a galera já estava programando alguma coisa para o fim de semana.

Raufh:
> Oi Fa, tdo bem?

Fabi_malukete:
> Oiii. Sim e vc?

> **Raufh:**
> Tbm. Vai rolar sítio com a galera esse fim de semana, tá a fim?
>
> **Fabi_malukete:**
> Ah... Legal! Quem vai?
>
> **Raufh:**
> Eu, a Fer, o Fábio, o Le, o Thi, a Letícia, a Bella, a Rafa, mais uns moleques lá. Ainda tô chamando todo mundo, mas acho que vai bastante gente.
>
> **Fabi_malukete:**
> Tendi. Beleza, vou sim!
>
> **Raufh:**
> Tá, acho que você vai no carro do Le, tá? O meu já tá cheio, assim ele não vai sozinho. Haha
>
> **Fabi_malukete:**
> Hahaha, besta. Tá bom.

O sítio do Raufh era o lugar onde a galera gostava de passar o fim de semana reunida, fazendo churrasco, escutando música, jogando baralho, tomando sol na beira da piscina, tomando uma cerveja e jogando uma bolinha. Eu adorava também, pois todas as vezes que fomos, eu e o Le fomos como um casal e, apesar de não namorarmos, lá éramos como namorados. Uma chama se acendeu dentro de mim, essa poderia ser uma oportunidade para tudo voltar ao normal ou, ainda melhor, começarmos a criar algo novo.

Na sexta à noite o Le passou lá em casa para me buscar, mas quando cheguei no carro vi que ele não estava sozinho, um amigo dele estava sentado no banco de trás, que também estava cheio de travesseiros. Entrei pela porta do passageiro, sentei e nos cumprimentamos com um beijo na bochecha. Que droga, achei que iríamos pegar uma hora de estrada sozinhos, assim poderíamos ir conversando até chegar lá. Mas não foi isso que aconteceu, ele e o amigo foram batendo altos papos o caminho todo.

Quando chegamos, fui perguntar pro Raufh onde eu poderia colocar minha mala, afinal tinham vários quartos e ele é que fazia a divisão de quem dormia onde. Então ele disse: "Pode colocar naquele da direita, Fa.

Deixei aquele quarto só pra você e pro Le". Falou isso e ainda deu uma piscadinha. Meu, tudo bem que ele estava querendo dar um empurrãozinho, mas a gente nem estava conseguindo se comportar normalmente na frente um do outro, como iríamos dormir no mesmo quarto?

Um pessoal estava reunido na cozinha preparando cachorro-quente para o jantar, alguns já estavam tomando uns drinques do lado de fora e umas meninas estavam reunidas em volta da lareira, afinal era começo de agosto, estava um friozinho gostoso para ficar de moletom ou debaixo das cobertas. Deixei minhas coisas no quarto enquanto o Leandro ainda cumprimentava a galera, me sentei junto com as meninas e colocamos o papo em dia. Durante toda a noite eu ficava em um canto e o Le no outro, mas várias vezes nos olhávamos por alguns segundos, breves segundos em que nossos olhares estavam conectados e acredito que pensamentos também. Todas as vezes que isso aconteceu meu coração acelerou, as borboletas batiam asas na minha barriga e eu sentia o corpo todo arrepiar. Não trocamos uma palavra durante toda a noite, mas algo estava rolando.

Quando todos começaram a se preparar para dormir, fui até o quarto, coloquei meu pijama, escovei os dentes e quando estava guardando minha nécessaire de volta na mala o Leandro abriu a porta. Eu parei, queria ter fingido costume, agido naturalmente, mas não, parei e fiquei olhando pra ele. Ele também ficou me olhando, fechou a porta e caminhou na minha direção.

— Finalmente a sós. Eu estava morrendo de saudade! — ele disse com um sorriso lindo no rosto e antes que eu pudesse responder ele me puxou pra perto dele e me beijou. Ah... que beijo, a sintonia do beijo ainda existia e sem dúvidas o sentimento que existia entre nós estava mais forte do que nunca, dava pra sentir.

Aquela noite foi mágica, cada toque, cada beijo, cada olhar me fazia sonhar de novo! O calor do nosso abraço me trazia de volta toda a esperança e a certeza de que a gente tinha que ficar junto e que meu futuro seria mais lindo com ele. Dormimos abraçados, entrelaçados, agarrados, como se um não quisesse mais sair de perto do outro nem por um segundo. Não falamos mais nada naquela noite, mas palavras não eram necessárias e nem conseguiriam expressar tudo que sentíamos.

O resto do fim de semana foi só romance, voltamos a parecer dois namorados, mas dessa vez o carinho um pelo outro estava ainda maior. Não conversamos sobre o futuro, só vivemos o momento, já fazia tanto tempo que a gente não se via, que o amanhã não parecia importante. Mas a viagem chegou ao fim, voltamos para São Paulo e mais uma vez estávamos parados na frente do portão do meu prédio adiando o momento da despedida.

— Como senti falta de você e de nós! — finalmente falei, coloquei pra fora o sentimento que estava aprisionado no meu peito.

— Eu também, Fabi! Eu também! — ele disse isso já me puxando para mais um beijo apaixonado.

— Tchau, Le, vê se não some — eu disse descendo do carro.

— Pode deixar e comporte-se, hein, mocinha? — ele disse dando uma piscadinha.

Tudo estava acontecendo novamente, nem parecia mais que tínhamos estado tanto tempo separados. O que importava era que nós dois estávamos juntos de novo e eu queria mais do que nunca que ficássemos juntos de verdade de uma vez por todas. Mas eu não podia querer cobrar nada dele ainda, tinha que ir com calma. Decidi não tocar no assunto e ir deixando as coisas acontecerem. Pena que o coração não entende isso, ele quer tudo muito bem resolvido pra ontem, né?

CAPÍTULO 9

HÁ *momentos* EM QUE PRECISAMOS DAR O *xeque-mate*, OU *vai* OU RACHA!

Passou um tempo desde que tínhamos voltado e continuamos saindo bastante, ficando todas as vezes, cada vez parecíamos mais apaixonados um pelo outro, mas o nosso *status* de relacionamento continuava o mesmo. Caraca, já vi homem enrolado, mas igual a ele, sério, estou pra conhecer!

A gente continuou naquele lenga-lenga por uns dois meses: saíamos juntos, mas nada de namorar! Até os amigos dele já estavam cobrando, perguntavam quando ele ia me pedir em namoro, minhas amigas perguntavam, já meio bravas, quando ele ia parar de me enrolar e por aí vai.

Já era nítido para todos o quanto eu estava sofrendo com tudo aquilo. Poxa, quase dois anos depois e nada? Eu já não sabia quem era o trouxa da história, ele de me enrolar tanto ou eu de continuar saindo com ele apesar de tudo isso. Mas hoje percebo que era eu! Dica da Fabi de hoje: não deixe a vida passar enquanto você fica esperando o carinha de quem você gosta tomar uma atitude ou gostar de você. Siga sua vida, porque o que tiver que ser, será, como dizia a Xuxa na música "Lua de cristal".

Sabe o que é pior? Quando as pessoas falavam pra gente namorar, ele continuava dando aquela resposta: "Ainda não, a Fabi é uma menina pra casar! Quando for pra namorar com ela é pra sempre! Mas ainda tô na fase de curtir!". Vamos analisar essa frase juntos. Primeira parte: "A Fabi é pra casar!", legal, ele me vê como uma menina que deve ser levada a sério. Segunda parte: "Quando for pra namorar com ela é pra sempre", que fofo, ele vê futuro! Terceira e última parte: "Mas ainda tô na fase de curtir", filho da mãe, quer pegar geral pra depois sossegar? Dois anos não foram suficientes?

Mas naquela época eu não tinha a cabeça que tenho hoje, então achava ele um fofo e continuava alimentando as minhas esperanças de que iríamos ficar juntos e felizes para sempre! Até que, ansiosa que sou, já arrancando os cabelos de tanto esperar, decidi ir a uma vidente ou moça que lê tarô. Nunca tinha ido, não sabia o que esperar, mas só queria a resposta para uma pergunta: "Quando o Leandro vai me pedir em namoro?". Fui mesmo sem saber se seria uma boa notícia ou se ao menos eu teria alguma resposta.

O nome dela era Rita, nunca vou me esquecer! Quando falei a situação toda, ela não fez nenhuma previsão, mas me deu o conselho de uma mulher mais velha, que era o que eu precisava ouvir: "Você já está há dois anos esperando e ele não toma nenhuma atitude. Você tem que conversar com ele sobre isso e se ele não te pedir em namoro, faça um favor para você: deixa ele pra trás e siga sua vida! Você é nova, não tem que ficar sofrendo!". Fui até lá esperando ouvir: "Ele vai te pedir em namoro semana que vem ou ele não vai te pedir nunca!". Mas ouvi o melhor conselho que podia! Além disso, ela fez algumas previsões bem assertivas sobre minha vida que podem ter sido sorte ou realidade, depende daquilo em que cada um acredita!

Com essa informação chorei muito e passei dias pensando no que fazer! Mas como chora, Fabiana. Será que era hora de dar um fim? Será que eu deveria pedir ele em namoro? Mas será que eu estava preparada para levar um fora? E se eu continuasse levando as coisas do mesmo jeito, será que um dia ele me pediria? Passei muitos dias pensando sobre isso, até escrevi no meu diário, conversei com minhas amigas e sempre recebia o mesmo conselho: "Fabi, ele já te enrolou demais, acho que você tem que deixar ele pra lá".

Difícil, como vou deixar pra lá o homem que eu sei que é o amor da minha vida? Já tinha criado toda a nossa história na minha cabeça, ele faria o pedido de namoro mais romântico da história, depois nós namoraríamos por anos, viajaríamos o mundo juntos, faríamos o casamento dos meus sonhos, iríamos morar em uma linda casa com quintal e uma horta, teríamos um cachorro e dois filhos (um casal) lindos, brincaríamos com eles no jardim como uma linda família de comercial de margarina! Tá, posso ter ido longe demais, mas sou dessas que já pensam lá na frente!

Chegou o dia em que eu tomei uma decisão, escrevi tudo no meu diário com as mãos trêmulas e entrei no MSN. Fui direto ao ponto, mandei uma mensagem pro Leandro chamando ele pra sair, pois eu tinha algo para conversar com ele. Marcamos um horário, ele veio me buscar e lá estava eu, cara a cara com ele num restaurante. Primeiro comemos, bebemos algumas coisas, jogamos conversa fora, até que chegou o momento em que eu tinha que falar, como aquele momento do casamento: "Fale agora ou cale-se para sempre".

Fui até ali com uma missão, dar o xeque-mate. Ou vai ou racha! Ou começamos a namorar ou "beijo e não me liga"! Passei dias preparando meu discurso, ensaiei na frente do espelho, explorei as possibilidades e fui achando que estava mais do que pronta para aquele momento, independentemente do resultado final. Comecei de maneira sutil:

— Então, Le, eu queria conversar com você o seguinte: nós já estamos ficando há mais de dois anos, já fomos morar fora e voltamos, passamos por muita coisa juntos, eu adorei te conhecer cada vez mais e tudo. Mas eu queria saber o que você acha, como você quer que as coisas aconteçam daqui pra frente? Acho que devíamos ter tido essa conversa logo que voltamos do intercâmbio — falei meio gaguejando, mas falei. Naquele momento minha barriga congelou, porque frio era pouco, estava tensa, podia ser o fim ou o começo.

— Ah, Fabi, você sabe que eu gosto muito de você também, gosto de ficar com você, da sua amizade e como já disse várias vezes, você é pra casar! — MEU DEUS! Paralisei, meu coração quebrou recordes, será que era agora? Até que ele continuou: — Mas ainda não estou pronto para namorar, queria que as coisas continuassem como estão, a gente saindo, ficando junto de fim de semana e curtindo.

Fiquei de boca aberta, as moscas podiam dar uma festa lá dentro, porque o tempo parou! Tive a sensação de que o tempo tinha congelado, como nos filmes em que a cena fica em câmera lenta fazendo um suspense sem fim. Meu coração estava quebrado em mil pedacinhos, eu só queria chorar. Cadê o pedido?

— Mas claro que se você também quiser e estiver bem com isso. Se você falar que está incomodada ou que isso vai te magoar, tudo bem, podemos nos afastar e virar só amigos — ele disse com a maior naturalidade do mundo, como se tivéssemos começado a ficar há menos de uma semana e não tivesse sentimento nenhum envolvido.

 Minha vontade era gritar, subir em cima da mesa e arrancar a cabeça dele. E toda a nossa história? Mas tive que pensar rápido e tomar uma atitude. Pensei: *Fabiana, continue com o plano, você veio aqui com um objetivo, colocar um ponto-final nessa história! Reaja, mulher! Fala alguma coisa! FABIANA!!!! Tem alguém aí?*

 Nesse momento minha cabeça deu *tilt*, não conseguia colocar nenhuma palavra pra fora e começou a ficar um silêncio estranho. Tive que reunir forças e com um sorriso forçado no rosto falei o que veio à cabeça:

 — Ah, por mim tudo bem, vamos continuar como está, então. A gente continua saindo, ficando, sem problema nenhum! — Minha cabeça estava parecendo feira de domingo. *FABIANA, VOCÊ TEM PROBLEMA? Você acabou de levar o Oscar de trouxa do ano, era pra pôr um fim nisso e você vai continuar ficando com ele? Só ele sai ganhando nessa história!!!* Mas eu não tive coragem de falar chega, não queria pôr um fim em uma história que pra mim ainda não tinha passado nem do prefácio.

 — Nossa, legal! Mas por você tudo bem mesmo? Não quero te fazer sofrer! — ele devia estar se achando o CARA. Mas pior que eu estava sofrendo mesmo. Estava vivendo um inferno dentro de mim.

 — Clarooo, de boa! Só queria conversar pra saber mesmo. — IDIOTA, era o que estava escrito na minha testa pra quem quisesse ler. — Podemos continuar saindo como sempre, mas tem uma condição, quem tem que chamar pra sair é você. Não vou mais te chamar, porque toda hora sou eu, né? — dei uma risada como se estivesse brincando. — Mas se você me chamar a gente sai! Combinado?

 — Combinado! Sem problema! — E ele deu um sorrisinho de quem estava cantando a vitória. Que raiva.

 Cheguei em casa naquela noite e queria bater a minha cabeça na parede até chegar no Japão. Mas eu já tinha sido idiota demais por uma noite. Não consegui dizer chega, só faltou eu falar: "Ó mestre, faço o que você quiser, esperarei até você estar pronto!". Já que não consegui falar o que eu realmente queria, pelo menos uma coisa eu ia ter que levar a sério: a minha condição. Prometi pra mim que não iria mais chamá-lo pra sair nem criar situações pra gente ficar junto; ele teria que começar a tomar atitudes.

Adivinhem o que aconteceu? Ele sumiu... Ficamos meses sem nos ver nem nos falar. Chorei muito! Era nítido que eu tinha que seguir em frente, mesmo com o coração destroçado. Foi o que eu fiz, comecei a sair com outros meninos, paqueras, rolinhos da escola e tudo mais. Até cheguei a namorar por algumas semanas um menino da escola que era apaixonado por mim; na verdade nós namoramos e terminamos algumas vezes. Ele era legal, bonito, eu gostava dele, mas estava completamente apaixonada por outro. O que eu podia fazer?

Em um belo sábado, de dezembro de 2010, eu estava em casa sem fazer nada. Sabe quando você não espera mais? Quando suas esperanças foram colocadas no armário debaixo de uma pilha de roupa suja? Foi nesse momento que meu celular tocou e nele estava escrito: "Leandro está ligando". *MEU DEUS! Ele lembra que eu existo?*

— Alô?

— Oi, Fabi, tudo bem? — ele disse como se os meses não tivessem passado, parecia que tínhamos nos falado havia menos de uma semana.

— Tudo, e você? — respondi meio sem entender nada.

— Tudo. Você vai fazer alguma coisa hoje? — Criei uma esperança, como aquela peça de roupa nova que você nem lembrava que tinha comprado e estava escondida lá no fundo da gaveta esperando a ocasião perfeita. Mas parei, mesmo que por poucos segundos, e refleti: *Legal, ele está me chamando pra sair, inédito, mas pera lá, ele sumiu por meses!*

— Putz, pior que tenho um compromisso com a minha mãe hoje. Por quê? — Nem acreditei que aquelas palavras tinham saído da minha boca. Isso aí, mulher, toma uma atitude e sobe no salto!

— Ah, entendi! Ia te chamar pra ir ao boliche, vou com meu primo e com a namorada dele. Não dá mesmo? — Ele parecia levemente decepcionado pela voz, o que confesso que me deixou feliz.

— Le, eu agradeço pelo convite, mas hoje não vai dar! Fica pra outro dia! Beijo.

Desligamos o telefone e eu não estava acreditando! Era a primeira vez que eu dizia não pra ele! Eu segui com o plano e fui além! Será que eu finalmente estava seguindo em frente? Nessas horas a gente faz o quê? Liga pras amigas e conta tudo! E uma das minhas amigas, a

Lele, ficou impressionada por eu ter dito não; ela até me perguntou se eu tinha certeza de que não queria ir. E aí começou um duelo de Fabis dentro de mim. Como assim eu ia ceder depois de ter feito exatamente o que devia? Ah, mas como eu poderia resistir? Pensei bem e é claro que eu queria ir, me arrependi na mesma hora e liguei pra ele.

— Oi, tudo bom?

— Tudo e você? — ele respondeu meio surpreso.

— Tudo! Viu, o boliche ainda está de pé? Porque eu não vou mais sair com a minha mãe, então tô livre — falei na lata.

— Ahh... é... Então... Tá, sim! Eu já te ligo pra combinar que horas eu passo aí, pode ser? — ele falou todo gaguejando.

— Beleza. Beijos. — *Será que ele já tinha convidado outra?* Sim, foi exatamente o que ele fez, mas pelo menos cancelou com a outra e foi me buscar. Essa história só fiquei sabendo umas semanas depois.

Tivemos uma noite divertida, não dá pra falar que estava tudo normal, porque não nos víamos havia uns três meses, então os dois estavam tímidos, mas foi legal. Ele me buscou em casa como sempre, trocamos poucas palavras no caminho até o boliche, até o beijo de oi foi mais contraído. Chegando ao boliche o primo dele já estava lá com a namorada, pegamos uma pista para nós quatro e jogamos um casal contra o outro. A cada rodada nos soltávamos mais, um incentivando o outro: "Bora, time!". Rimos muito, torcemos, vaiamos, nos abraçamos em comemoração aos *strikes*, nos beijamos ao sermos vencedores no final da partida. E assim, de uma forma leve e gostosa, voltamos a nos comportar com aquele carinho enorme que existia entre nós dois. Éramos um casal e parecíamos um casal, só faltava um rótulo e um compromisso, mas o resto já era perfeito.

Depois disso voltamos a sair com frequência, eu mantive minha palavra e esperava ele me chamar. Dois meses depois as coisas já tinham voltado ao normal, nós estávamos saindo com mais frequência que o programa do Fantástico, mas dessa vez ele estava muito mais carinhoso e com atitude.

CAPÍTULO 10

PODEMOS *dizer* QUE O MUNDO DÁ *voltas*, NÉ?

As coisas entre nós foram ficando cada vez mais sérias, não saíamos mais com outras pessoas, nos víamos todo fim de semana, viajávamos juntos pro sítio do nosso amigo e estávamos muito carinhosos um com o outro. Até que um dia de fevereiro, em um barzinho, no aniversário de uma amiga nossa, no meio de beijos e amassos, ele disse:

— Eu quero te fazer uma pergunta... — Suspense.

— Pode fazer! — Já gelei, é agora, se prepara!

— Eu vou fazer, mas vai ser depois do Carnaval! — ele disse com uma cara de suspense no olhar, como se eu lesse pensamentos.

— Ah, não, você sabe que eu sou curiosa, não aguento até lá. Fala logo, o que é? — Ainda faltavam duas semanas pro Carnaval, imagina a ansiedade.

— Não posso falar, dia 9 de março eu falo, depois do Carnaval — ele falou como se tudo já estivesse programado. O que eu podia fazer? Esperar e imaginar mil coisas, ou um milhão de coisas. Mas eu sentia que a cada dia estava mais perto do que eu sempre quis.

E mais uma vez chegamos ao Carnaval! Só que dessa vez nós não iríamos passar juntos. Ele foi para Tiradentes, em Minas Gerais, e eu fui, adivinhem, sim, para aquela mesma cidadezinha de Minas para onde eu havia ido no ano retrasado, já que no ano anterior eu estava na Austrália durante o Carnaval. Pensei muito no que ele havia me falado e a única conclusão a que eu conseguia chegar era que finalmente ele iria fazer o pedido, só que o sem-vergonha ia primeiro curtir o Carnaval para depois, digamos assim, sossegar!

Confesso que eu estava feliz da vida de pensar que a minha chance estava cada vez mais perto, mas já que ele foi curtir, eu também tinha o direito de ter a minha "despedida de solteira", né? E lá fomos nós, eu, a Nina e a Paulinha passar o Carnaval juntas, mas dessa vez sem o Leandro e o Raufh. Não tive coragem nem a cara de pau de ligar pro "meu" mineirinho depois do ocorrido do outro Carnaval; preferi deixar pra conversar pessoalmente, né? Mas ele já sabia que eu ia, que medo.

Curtimos o feriado como nunca juntas, foi superdivertido, mas adivinhem só. O meu mineirinho me deu o troco, fugiu de mim o Carnaval todo, ele ainda estava muito irritado com a história toda. Ou seja, nós não ficamos e eu não tive minha despedida como tinha pensado, poxa. Eu só queria dar uns beijinhos nele antes de voltar para São Paulo e, como eu esperava, ser pedida em namoro. Quando esbarrei com ele na rua, tive a chance de puxar ele pro canto, exatamente como ele tinha feito comigo da outra vez, empurrei ele contra a parede e me atirei na direção de sua boca, mas ele me afastou.

— Não, Fabi. — Ele negou, mas a cara dizia sim.

— Por que não? — perguntei bem pertinho do ouvido dele, fazendo charme. E nesse momento ele parou de tentar me afastar, olhou nos meus olhos, achei que ele fosse me beijar...

— Porque não. Você vem aqui e acha que vai ser assim? Acha que eu esqueci o que você fez? — disse sério e dessa vez se afastando de mim de verdade.

— Eu sei, me desculpa. Mas agora eu tô aqui. — Tentei consertar, mas o que eu poderia falar? O que já foi já foi. Meu coração palpitava com velocidade, a química que sempre existiu entre a gente não dava para negar, mas eu estava nervosa com o grande fora que ele estava me dando.

— Isso não é o suficiente — ele disse seco, com verdade nos olhos, e saiu andando, me deixando sozinha ali no vácuo. Ele parou por um instante, olhou pra trás, me veio a esperança de que ele tinha se arrependido, mas ele se virou novamente e foi embora no meio da multidão.

Podemos dizer que o mundo dá voltas, não é mesmo? Mas essa história não termina por aqui.

CAPÍTULO 11

EU TINHA *cara* DE QUEM QUERIA *brincadeira*? EU QUERIA COISA *séria* E QUERIA *logo*

Voltamos do Carnaval e minha ansiedade já estava me matando, ou melhor, eu já estava quase matando alguém, estava pior do que TPM. Afinal, levei um toco do meu *crush* de infância e agora a expectativa do que o Leandro falou que tinha para me perguntar depois do Carnaval só crescia a cada segundo. O dia 9 de março havia chegado, saímos com uns amigos, a tarde passou, a noite passou e… Isso mesmo, nada aconteceu! Ele não tocou no assunto, mas eu já não aguentava mais esperar.

— E aí, o que você queria me perguntar? Já passou o Carnaval — falei tão animada que a minha ansiedade saía pelos poros.

— Você não esqueceu, né? Curiosa… — ele disse como se estivesse brincando. Eu tinha cara de quem queria brincadeira? Eu queria era coisa séria e queria logo.

— Claro, você fala que tem algo pra me falar, espera passar duas semanas e nada! E aí, o que é?

— Ah, hoje não vai dar, não aqui. Mas depois eu falo. — Ele não falou brincando não, acho que foi uma tentativa de me matar, matar de curiosidade.

Não tive opção, nem consegui dormir aquela noite pensando. *Será que ele desistiu? E se não for nada disso que eu estou pensando? Ah, porque se não for, pra mim chega. O que mais ele quer de mim? Será que ele ficou com vergonha dos amigos? Mas quando ele vai pedir?*

Dia 12 fomos à festa de aniversário de um amigo em um bar com karaokê. Nos divertimos muito, depois passamos a noite juntos. Não foi nada especial e muito menos romântico, mas foi uma noite gostosa e divertida. Acordamos no dia seguinte, ainda com preguiça deitados na cama, ele estava me olhando, aquele olhar carinhoso no fundo dos olhos. Ficamos ali um momento sem dizer nada. Fiquei esperando que ele quebrasse o silêncio, mas em vez disso ele me beijou. Eu poderia ficar quieta e esperar por sei lá mais quanto tempo, mas eu já estava no meu limite e interrompi o momento.

— E aí, Le, o que você queria me perguntar aquele dia?
— Hoje não dá. Não aqui. — De novo? Agora era hora de dar um xeque-mate, de verdade desta vez.
— Você me fez esperar passar o Carnaval, passou o dia 9 e nada. Eu tô cansada de ficar esperando você. Se você quiser me perguntar alguma coisa, me pergunta agora ou não pergunta nunca mais. Eu cansei... — falei meio brava, uma brava fofa, fazendo charminho, mas brava.
— É que eu não queria que fosse assim, mas eu entendo. Eu gosto muito de você e você sabe disso. Além de tudo você também é minha amiga e está do meu lado nos momentos bons e ruins. Eu posso ter demorado, mas sempre falei que você não era pra brincadeira, que você era pra casar e que quando fosse pra namorar com você era pra valer. Hoje eu sei que é com você que eu quero ficar. Você quer namorar comigo?

PARA TUDOO!!! É ISSO MESMO, BRASIL! FINALMENTEEEEEEEE!!!

— Sim, eu quero! — Nos beijamos e eu não sei descrever meus sentimentos. Foi só mágico. Eu não sabia se era real, não sabia quanto tempo aquele sonho iria durar, mas estava tudo, pela primeira vez, tão perfeito que eu só aproveitei o momento sem pensar em mais nada. Ficamos horas ali deitados, nos beijando e nos amando. Eu não queria que aquele momento acabasse. Finalmente o que eu queria desde aquela noite em que nos conhecemos tinha acabado de se concretizar, depois de muitos e muitos meses de sofrimento e espera. Parabéns, Fabiana, você conseguiu.

Dia 13 de março de 2011, começamos a namorar! Aleluia... Quase no mesmo dia mudei meu *status* de solteira para namorando no Facebook – sim, o Orkut já estava começando a morrer e o Facebook crescendo. Se você não sabe o que foi o Orkut, dá um Google, porque você perdeu a melhor fase da internet. Saudade da sorte do dia (orkuteiros entenderão).

Depois perguntei pro Le por que ele não queria ter me pedido ali, o que ele queria dizer com isso. Aí ele me explicou que tinha imaginado algo mais romântico, queria me surpreender, me chamar pra sair em um fim de semana e me levar de surpresa pra praia, iríamos para uma ilha de Santos (litoral sul de São Paulo) e quando o sol estivesse se pondo ele iria me pedir em namoro. Fofo, né? Suspirei só de imaginar como teria sido! Eu não era a única idealizadora, cheia de ideias de um romance igual ao de comercial de dia dos namorados. Mas quando que isso ia rolar? Vamos ser realistas? Ia demorar muito pra dar certo. Nem tudo é como imaginamos, porque criamos expectativas grandes demais, já disse isso algumas vezes, mas vale repetir. Na hora, o que realmente importa é o sentimento, o amor e não o lugar. E pra mim foi assim, não foi o pedido mais fofo do mundo, mas foi feito e principalmente com o cara que eu queria namorar. Até porque, Fabiana, vamos ser realistas, já era um milagre esse pedido ter saído, querer que ele fosse perfeito era ilusão demais, até pra você.

Passei semanas pulando de felicidade. A cada dia era uma alegria, quando contamos aos nossos amigos eles vibraram, acho que torciam para isso acontecer tanto quanto eu. Demorou um pouco para ele me levar para um evento da família dele como namorada, mas aos poucos, um passo por vez, fomos aprendendo a levar nossa relação dia após dia. Meus pais não deram muita bola no começo, mas logo o Le começou a frequentar a nossa casa.

CAPÍTULO 12

A VIDA É FEITA DE *degraus* E CADA *passo* CONTA

Depois que saí da escola, fiquei seis meses sem saber direito o que fazer. Eu queria fazer faculdade de moda, mas ao mesmo tempo não queria trabalhar com isso a vida toda. Então prestei vestibular para vários cursos: moda, publicidade e psicologia. Passei em dois, mas não tinha certeza do que eu queria. Então fiquei seis meses pensando, mas claro que não fiquei parada. Antes mesmo de terminar o colégio, eu já estava trabalhando com meus pais. Eles tinham uma confecção de roupa feminina e comecei a trabalhar no setor de estilo, fiz curso de desenho de moda e adorava. Foi aí que alguns desentendimentos com a minha mãe começaram, trabalhar com a família não é fácil.

Aí você deve estar se perguntando: por que então não queria fazer moda? Eu via a vida louca que meus pais levavam, nunca tinham tempo pra nada, quase nunca conseguiam assistir às peças da escola quando eu era criança, eram raros os momentos livres nos fins de semana. Eles só falavam de trabalho, só saíam quando era coisa de trabalho e por mais orgulho que eu tenho deles, por todo esforço e dedicação, eu via aquilo e de uma coisa eu tinha certeza: não era o tipo de vida que eu queria pra mim.

Depois de seis meses sem estudar e apenas trabalhando, fiz os vestibulares novamente e fui aprovada na faculdade de Publicidade e Propaganda do Mackenzie. Lembro que fiquei tão feliz quando soube do resultado que liguei para o Le na hora.

— Le, acabei de entrar no site do Mackenzie e adivinha? — falei ao telefone quase explodindo de ansiedade. Quando que eu não estou ansiosa?

— E aí? Passou?

— Passei! AHHHHHH — Sim, isso foi um grito de felicidade. Tadinho do Leandro do outro lado da linha com o telefone na orelha.

— Olha só! Parabéns, Fabi! Na primeira lista?

— Sim! De primeira! Amanhã já tenho que ir lá levar a documentação! Tô muito feliz! — De primeira queria dizer que se o curso tivesse cem vagas, eu tinha ficado entre as cem, porque sempre tem a segunda e até terceira lista de espera, caso os cem primeiros não se matriculem.

— Nossa! A gente tem que sair pra comemorar! Você já jantou?

— Não! Bora!

— Te busco em meia hora. Beijos.

Muito mais que meia hora depois ele chegou para me buscar. O Leandro nunca foi rápido pra se arrumar, demora mais que eu às vezes. Fabiana, você vai ter que se contentar, que se for casar um dia, a noiva vai ser ele no quesito atraso. Fomos para um barzinho legal perto de casa, era dia de semana então não estava muito cheio. Apesar de ser inverno, meio de julho, o dia estava quente e agradável, com uma brisa suave. Pedimos algumas coisas para beliscar e uma cerveja com dois copos.

— Vamos fazer um brinde a essa nova conquista — ele disse levantando o copo e com um sorriso orgulhoso no rosto.

— Opa! — levantei meu copo também! Aquilo me deixava muito feliz, gosto de quem gosta de comemorar cada conquista, mesmo as pequenas. Porque a vida é feita disso, de degraus, e cada passo conta.

— Um brinde a você, a essa nova fase, à sua faculdade.

— SIM! E um brinde a nós! Que a gente comemore muitas conquistas juntos! — falei do fundo do meu coração. Brindamos, bebemos e aproveitamos o resto da noite, conversando sobre a faculdade, o curso, a documentação que eu tinha que separar ainda e tudo mais. A minha empolgação era grande, mas foi muito legal ver que ele também estava feliz por mim, pela minha conquista.

Acho lindo quando vejo em filmes casais que vibram pela felicidade do outro, ficam felizes de ver seu par feliz, ficam orgulhosos das conquistas dos seus parceiros, mesmo que eles não tenham feito nada para ajudar. E ver que mesmo com pouco tempo de relacionamento isso já acontecia com a gente me trazia uma felicidade enorme. Porque eu também ficava feliz em vê-lo feliz e pra mim isso é amor.

Poucas semanas depois de ter realizado a matrícula, minhas aulas começaram, mas claro que participei do dia do trote da faculdade, estava disposta a passar por aquilo e viver a experiência. Então lá estava eu toda suja de tinta e farinha pedindo dinheiro para os carros no semáforo ao meio-dia nos arredores da faculdade. Eu não era a única, todos os alunos novos passam por isso, é como se fosse um ritual de "boas-vindas" feito pelos veteranos. Claro que tem várias histórias de alunos que bebem demais e sobre o perigo, mas fui no horário do almoço, não de noite, e não faria nada que me parecesse perigoso. Fui para me divertir e conhecer a turma.

Quando eu estava esperando mais uma vez o semáforo fechar para começar a pedir dinheiro novamente, meu celular tocou, era o Leandro.

— Oi! — eu disse animada em receber a ligação dele.

— Oi, como tá aí?

— Tá legal, tirando o fato que estou toda suja. — Dei uma risada.

— Nossa, imagino. Acabei de passar na Avenida Angélica e não te vi, mas vi um monte de bicho. — Bicho é como são chamados os novos alunos que estão passando pelo trote.

— Ah, eu tô aqui na Avenida Higienópolis. Mas o que você veio fazer aqui?

— Eu tô indo pra um cliente, mas queria ver se você estava se comportando. — *Hum, será que aquilo era ciúme?*

— Claro que tô, besta. Melhor eu desligar, depois a gente se fala.

— Tá bom, vai lá. Se comporta, mocinha.

— Pode deixar. Beijos.

— Beijos.

Hum... Então ele estava com ciúmes? Ele nunca demonstra muito os sentimentos, é todo fechado e parece sempre muito seguro de si. Já eu, sou o oposto, sempre falo o que sinto, choro, gosto de dar carinho e sou superinsegura e ciumenta. Então aquela pequena demonstração de insegurança da parte dele, pra mim, já era uma prova de amor. Não sei você, caro leitor, mas sempre fui de querer prova das coisas, ou pelo menos ficar procurando por elas. Sei que isso é parte da minha insegurança, mas pra mim é importante demais saber mesmo, não apenas supor.

Então, se ele me amava, não bastava o *status* namorando, eu precisava ouvir da boca dele e sentir por meio de atitudes que eu era o amor da vida dele. Claro, Fabiana, nunca nada é o suficiente, sempre precisa de mais. Se quer provas, vai trabalhar no FBI. Olha, pensando bem, nunca se sabe, né?

CAPÍTULO 13

POR QUE PRECISAMOS *sentir* QUE ESTAMOS *perdendo* PARA DAR *valor* AO QUE TEMOS?

Eu estava feliz demais, finalmente éramos namorados e caminhávamos para construir um futuro juntos. Apesar disso, em alguns momentos foi tão doloroso que nem sei direito como consegui me manter firme.

Os meses foram passando, fomos ao cinema várias vezes, conhecemos vários restaurantes juntos, fizemos algumas viagens com os amigos, passamos diversas noites juntos e a cada dia a nossa intimidade e cumplicidade cresciam. Nessa época, ele morava com o pai, que havia acabado de se separar, então passei a dormir na casa deles com certa frequência.

Meu sogro sempre foi um amor comigo, mesmo antes de ser meu sogro oficialmente já me tratava muito bem. Era sempre bem recebida e isso me deixava muito feliz. Na casa da minha sogra não era muito diferente. O Le visitava pouco a mãe dele, mas eu acabava sendo um ótimo motivo para almoços de fim de semana, então ela me tratava como princesa, assim voltaríamos com mais frequência. Tudo ia muito bem, claro que sem pressa, ainda estávamos aprendendo a nos relacionar. Mas uma coisa me incomodava muito. É, eu sei o que você está pensando... Claro, Fabiana, lá vem você. Nunca vai ficar satisfeita?

Já estávamos namorando havia alguns meses e, acredite, ele nunca tinha falado que me amava. CHOCANTE! Eu sei, mas é verdade. No começo eu não ligava, estava feliz demais com tudo para me importar. Os meses foram passando e aquilo começou a me deixar intrigada.

— Le, eu te amo! — falei um dia demonstrando meus sentimentos.

Ele me beijou, me abraçou e não disse nada. Fiquei calada. Então tentei de novo em outro dia.

— Sabia que eu te amo? — Já fiz logo uma pergunta, porque assim não tinha como ele não falar nada.

— Ah... Obrigado, sua fofa.

Obrigado? Obrigado nada, me responde seu filho da p... Era isso que eu queria falar, mas me calei. Várias vezes essas situações se repetiam e de alguma forma ele conseguia escapar.

— Le, você me ama? — Cheguei "chegando" nesse dia, derrubando a porta e dando uma voadora, pra ver se ele tinha alguma reação. Depois de segundos de silêncio e constrangimento ele disse:

— Eu gosto de você! Eu te adoro! Você sabia que adorar é mais que amar? — Fiquei de boca aberta, em choque.

Qual era a dificuldade de ele dizer que me amava? Era só ter respondido sim! Só isso! E de onde ele tirou essa coisa de adorar, deve ser do livro do Pequeno Príncipe, só pode! QUE RAIVA! E você acha que eu o questionei? Gritei com ele? Não, mais uma vez me calei. Mas agora mais do que nunca aquilo mexeu comigo, mexeu muito. Sei que pode parecer bobagem para alguns, mas isso deixava minha segurança no chinelo.

Quando completamos cinco meses de namoro saímos para comemorar, só nós dois. Fomos a uma cantina italiana, a noite estava agradável, a comida estava ótima e o papo superdivertido. Então começamos a falar de nós, de como tudo aconteceu, do tempo que estávamos juntos e o clima foi ficando mais romântico.

— Nossa, nem acredito que já faz cinco meses. Para ser sincero isso é novidade pra mim, só namorei uma vez na vida e não cheguei a completar cinco meses, então nós já quebramos meu recorde — ele disse e eu não sabia se ficava feliz com aquilo ou se era uma forma de ele dizer que até então não tinha botado fé no futuro da nossa relação.

— Sim, cinco meses. Mas o meu recorde de namoro são nove meses. Será que a gente vai conseguir quebrar o meu também? — falei fazendo graça, já que ele quis brincar comigo, não ia dar uma de sonhadora, né?

— Vamos, sim! Até mais que isso! — Agora sim eu tinha gostado da resposta, foi fofo. Não perdi a chance.

— Eu te amo! — disse e logo já lhe tasquei um beijão, pois ao mesmo tempo que queria que ele me respondesse, fiquei com medo de o silêncio constrangedor tomar conta do momento. Então ele me beijou mais e mais e não disse nada.

Conforme o tempo passava, eu me magoava cada vez mais. Às vezes voltava pra casa e chorava, sem conseguir entender qual era a dificuldade que ele tinha para se entregar, para me amar ou simplesmente para colocar os sentimentos pra fora. Será que ele não me amava? Mas se não, por que estava comigo? Será que ele não era capaz de dizer "eu te amo"? Eu me perguntava isso todas as vezes, mas não conseguia encontrar a resposta.

Até que no dia do aniversário dele, dia 3 de setembro, quase seis meses de namoro, tínhamos passado a noite na casa do pai dele. Acordamos, tomamos café e ele foi tomar banho. O pai dele tinha saído e nós combinamos de nos arrumar, para mais tarde encontrá-lo para almoçarmos junto com a Larissa, assim comemoraríamos o aniversário dele.

Enquanto ele tomava banho, eu já estava me trocando e vi o notebook dele em cima da cama. Peguei para mexer e o Facebook estava aberto. Mexer ou não mexer? Olhar ou não as conversas? Nesse momento uma briga entre o anjinho e o diabinho foi armada dentro de mim. O anjinho dizia: "Isso é errado, não mexa", enquanto o diabinho sussurrava: "Mexa, não tem nada de errado em saber o que ele anda fazendo". Confesso que essa briga não durou segundos, me joguei em cima da cama, coloquei o computador no colo e comecei a abrir as conversas.

Primeiro abri uma conversa dele com um amigo, olhei, subi bastante o histórico e não achei nada de mais. Depois de uma menina, porque era isso que me interessava ver. Mas li a conversa e só parecia ser coisa de trabalho. Então, fui logo na conversa daquela menina da faculdade dele de quem eu nunca gostei, e eu sabia que eles já tinham ficado. Subi um pouco o histórico da conversa...

> **Fulana da Facu:**
> Ah, então agora você tem uma moto, Lele?

Lele? Que intimidade era essa? Calma, Fabiana, ele é quem tem que botar ordem no barraco e falar que tem namorada.

Le:
> Oi, Amore, pois é. Comprei minha motoca. Hahaha

QUEEEEE???? AMORE? AMORE? AMORE? Ele não me chamava assim e nem de nada parecido e chamava aquela mina de amore? Calma, Fabiana, respira e continua.

Fulana da Facu:
> Que legal, Lele. Que moto é? Quero dar uma volta, hein?

Sua assanhada! Nessa hora meus dedos coçavam de raiva, eu queria digitar um belo palavrão para aquela menina.

Le:
> É uma Bandit 650, preta. Vamos marcar de você dar uma volta na garupa, mas já vou avisando, a garupa é daquelas mais altas que deixam com a bunda empinada. Hahaha

Eu não estava acreditando no que estava lendo, quem estava mais assanhado naquela conversa?

Fulana da Facu:
> Ahh, gosto assim. Vou com uma calça branca, então! Hahahaha

Le:
> hahahah

Fulana da Facu:
> Mas quando vamos? Podíamos fazer um bate-volta pra praia, né?

Le:
> Ah... Acho que vai ficar cansativo, não acha? Hahahaha

> **Fulana da Facu:**
> É, né? Melhor a gente parar no caminho, achar um lugar para passar a noite e voltar no dia seguinte, né, Lele?
>
> **Le:**
> Ah, sim, melhor. Mas tem que ser segredo, só nós dois.

FILHO DA P***, CAFAJESTE... Faltaram xingamentos, eu queria entrar naquele momento no banho e esganá-lo com todas as minhas forças. Eu não acreditava no que tinha acabado de ler. Fiquei arrasada, mas nesse momento a raiva era tanta que nenhuma gota saiu dos meus olhos, eu estava quase soltando um laser mortal com o olhar.

Então ele saiu do banho, abriu a porta todo sorridente de frente pra mim. Mas naquele momento meu rosto devia estar mais feio que pintinho quando nasce. O ódio estava estampado em mim. Eu olhava pra ele com tanta intensidade que o sorriso dele se fechou mais rápido do que um piscar de olhos. Ele me olhou, tentou entender, viu o note no meu colo na cama, mas continuou com cara de quem não estava entendendo.

— Que foi? — perguntou calmo, sem entender nada nem imaginar o que estava prestes a acontecer.

— O que foi? Eu que te pergunto o que é isso? — Virei o computador para ele com a conversa aberta. Ele pegou o note, leu, passou um tempo lendo, mas na verdade acho que estava só enrolando para tentar pensar no que fazer, no que falar. O ar estava pesado.

— Fabi, não é o que você pensa. Nada aconteceu... — Mas antes que ele pudesse continuar, eu já falei seca.

— Não interessa se aconteceu ou não. A conversa tá aí. Me leva embora.

— Mas...

— Me leva embora, eu não quero ficar mais aqui. — Eu o cortei com raiva. Mas nesse momento as lágrimas pularam dos meus olhos, porque a raiva podia ser enorme, mas aquilo quebrou meu coração. Eu estava arrasada, tinha perdido o chão. Um milhão de coisas começaram a passar pela minha cabeça, ele com a menina na moto, eles passando a noite juntos, ele fazendo isso com várias meninas. QUE ÓDIO! Só de lembrar disso enquanto escrevo este livro, tenho vontade de ir tirar satisfação com ele de novo!

— Fabi, calma. Deixa eu falar. Eu juro que nada aconteceu. Não passou da conversa.

— Não passou porque eu descobri antes que vocês pudessem marcar, né?

— Não! Não mesmo! Faz tempo que falei com ela isso, depois não falei mais. Nunca pretendi ir.

— Você quer que eu acredite? Você chamando ela de amore, falando pra andar na sua garupa de bunda empinada e calça branca, Leandro? — disse isso quase gritando, esbravejando. Se eu fosse um dragão estaria cuspindo fogo.

— Eu sei, desculpa. Eu não devia ter falado essas coisas. Mas fiz sem pensar, depois caí em mim e não falei mais com ela. Desculpa, Fabi. — Ele tentou se aproximar de mim, como se quisesse me abraçar, mas eu me afastei. Estava com muita raiva. MUITA!

— Você nunca me chamou pra andar de moto com você, você nunca me chamou de amor e com ela você fala assim?

Nessa hora eu já nem sabia mais pelo que discutir, tudo me irritava. A voz dele, o pedido de desculpa, a cara de cachorro abandonado. TUDO! Já disse que estava com muita raiva? Era raiva que eu sentia! Ele ficou sem reação, eu muda, com cara de ódio e chorando e ele sem saber o que fazer.

O celular dele tocou, foi na hora certa, porque senão passaríamos horas ali quietos e sem saber o que fazer. Era o pai dele, ele falou ao telefone, tentando disfarçar a voz embaraçada, disse que estávamos a caminho e desligou o telefone. A caminho de onde? Só se fosse da minha casa, depois de tudo que tinha acabado de acontecer.

— Meu pai já chegou no shopping com a Larissa — ele disse olhando para o chão.

— Tá bom, me deixa em casa e vai pra lá.

— Não, Fabi. Quero você comigo, é o meu aniversário.

— Chama seu amore pra passar o aniversário com você e manda ela colocar uma calça branca também. — Eu joguei essa na cara dele sem gaguejar. Sou taurina, sou ciumenta, sou vingativa e estava com toda a razão a meu favor! A cara dele foi de pálido a estado de choque e tristeza, tudo em segundos. Eu também estava triste, e muito, mas o sentimento de revolta era mais forte.

— Tá bom! Vou te levar pra casa — ele disse sem conseguir me olhar, com a voz trêmula.

Peguei minhas coisas e fui para o carro. Durante o caminho só olhei pra baixo e chorei, chorei muito! Não abrimos mais a boca. Ele ficou mudo e com um semblante de infelicidade.

Quando percebi, estávamos entrando no estacionamento do shopping, ele achou uma vaga e estacionou. Eu não estava entendendo nada, ele ia me levar pra casa, não para o shopping onde o pai dele estava.

— Leandro, eu já disse que não vou com você, me leva pra casa! ACABOU! — falei séria.

— Não consigo te levar embora, não assim.

Então o mais inesperado aconteceu: ele, o Leandro, o senhor que não coloca pra fora seus sentimentos, o durão, o machão, o insensível, o cara que nunca chora, chorou! Não só chorou, ele se derramou em lágrimas. E eu fiquei pasma, acho até que fiquei de boca aberta! O que estava acontecendo? Ele chorou de dar soluços, limpava os olhos, se preparava para falar alguma coisa, mas começava a chorar de novo, até que finalmente ele quebrou o silêncio.

— Fabi, me desculpa! Eu não quero te perder! Você é muito importante pra mim. Eu sei que o que eu fiz foi errado, mas juro que não passou daquela conversa, foi logo no começo do nosso namoro, sei que isso não justifica, eu errei, errei feio com você. Você que sempre me amou, me apoiou e esteve presente e eu fiz isso, não é justo. Mas me perdoa! — ele disse isso tudo de uma vez só, no meio de choro e pausas para soluçar.

Nesse momento não sei se ainda escorriam lágrimas dos meus olhos, mas me lembro de estar em choque. Eu não estava conseguindo processar as informações, minha raiva ainda estava ali, mas foi colocada levemente de lado para ouvir o que ele tinha a dizer.

— Desculpa! Desculpa! Desculpa! — ele falou enquanto beijava minha mão. Mas eu não esboçava nenhuma reação. Continuava ali imóvel, em silêncio. — Sei que nunca falei isso antes, mas eu te amo, Fabi! Você é a mulher da minha vida, eu tenho certeza disso!

Ali ele me quebrou, caí no choro novamente, as lágrimas escorriam com velocidade pelo meu rosto, mas eu continuava muda. Ele beijava a minha mão, chorava muito e me olhava esperando algum sinal de resposta. Eu continuava parada, porém por dentro um turbilhão se passava na minha cabeça. Era uma mistura de raiva, tristeza, decepção, amor e ao mesmo tempo um pinguinho de felicidade. *Mas por que ele falou tudo isso só agora?*

— Agora você me ama? — perguntei em um tom de descrença.

— Eu te amo desde o dia em que eu te conheci, mas tive que sentir que ia te perder para finalmente ter a coragem de te dizer isso! Me desculpa, mais uma vez! Nunca acreditei em casamento, por meus pais serem separados. Nunca acreditei no amor, então preferi me proteger, não expor meus sentimentos! Mas aí eu te conheci, tentei lutar contra isso, mas não adianta, eu te amo e quero ter um futuro com você.

Se eu já estava chocada antes, depois disso só conseguia chorar, mais e mais. E ele chorava junto! Depois de um tempo ele se aproximou com calma e me puxou para um abraço. Ficamos ali, chorando, abraçados, em silêncio, dentro do carro no estacionamento do shopping por alguns minutos, enquanto nós dois tentávamos colocar nossas ideias de volta no lugar. Respirei bem fundo!

— Não é porque seus pais não foram felizes juntos que o resto do mundo não pode ser!

— Sei disso, mas sempre acreditei que não existiria amor pra mim, casamento ou coisa do tipo. Mas hoje eu sei que quero me casar com você, porque eu te amo!

— Você nunca me disse "eu te amo" antes!

— Eu não tinha coragem de assumir isso pra você nem pra mim. De me entregar de cabeça, porque pra mim isso seria ficar vulnerável. Mas não me importo mais, se tiver que ficar vulnerável para ficar com você, então vou ficar. Desculpa só conseguir te falar isso quando percebi que podia te perder! — ele disse olhando nos meus olhos com sinceridade, nós dois ainda tínhamos lágrimas escorrendo pelo rosto. Ele limpou uma que escorria pela minha bochecha.

— Você sabe que eu te amo! Já te disse isso um milhão de vezes, sem respostas. Mas ainda estou muito, muito magoada com você!

— Desculpa! — ele disse mais uma vez olhando pra baixo e voltando a chorar com mais intensidade. Dessa vez fui eu que o abracei, apertei com força enquanto eu tomava uma decisão, puxei todo ar que pude e disse:

— Eu te desculpo, mas só dessa vez! Se você fizer... — Antes que eu pudesse terminar a frase, ele levantou a cabeça, abriu um sorriso no rosto e me interrompeu.

— Eu juro que nunca mais vou fazer isso! — Ele me abraçou. Mas eu ainda não pulava de felicidade, tudo aquilo mexeu muito comigo. Posso ter sido tonta e inocente por perdoá-lo, ou posso ter sido sensata e madura, tudo depende do ponto de vista, mas foi o que meu coração me mandou fazer e estava em paz com isso.

— Fabi, eu te amo! — ele disse me olhando, tentando me animar, pois eu ainda estava triste e isso era nítido. — Eu te amo! — Ele repetiu inúmeras e inúmeras vezes, até que eu sorrisse e olhasse pra ele. Ele me beijou, me abraçou apertado, olhou nos meus olhos e disse: — Por todas as vezes que eu não disse que te amava, eu te amo!

— Eu também te amo! Mas você vai ter que me prometer mais uma coisa: você nunca mais vai me responder "que fofa" quando eu disser que te amo — eu disse séria, pois aquele episódio tinha me deixado muito frustrada.

— Eu prometo! — ele respondeu com cara de quem sabe o que fez.

Nesse momento o celular dele tocou novamente, foi tudo tão intenso que nós tínhamos esquecido por que estávamos ali e não tínhamos ideia de quanto tempo tinha passado. Ele atendeu, era o pai dele perguntando quanto tempo íamos demorar, ele me olhou e eu fiz cara de pânico. Não queria encontrar o pai dele com aquela cara de baiacu inchada depois de tanto choro. E não era só eu, ele também estava com os olhos vermelhos. Ele pediu desculpas para o pai, disse que teve um imprevisto, pediu que mudassem a comemoração para a noite e desligou.

— Desculpa, mas eu não podia encontrar seu pai agora, com essa cara de choro e com tudo que aconteceu — eu disse meio sem graça por estar estragando o aniversário dele, mesmo sabendo que eu não era a culpada ali.

— Magina, nem eu quero encontrar com ele agora. E quero passar meu aniversário com você! Pra onde você quer ir?

— Eu? O aniversário é seu, você que sabe!

— Eu tô morrendo de fome, não sei você!

— Nossa, eu também!

Ele ligou o carro, saiu do estacionamento do shopping e fomos até um restaurante. Almoçamos só nós dois, conversamos, demos risada e aos poucos o clima estranho foi sumindo. Assim como nuvens pretas de chuvas de verão que surgem de repente, cai uma tempestade, que vira uma garoa leve e aos poucos o céu volta a se abrir para o sol aparecer novamente.

CAPÍTULO 14

NÓS, *mulheres*, TEMOS QUE NOS UNIR, PORQUE *juntas* SOMOS MAIS *fortes*!

Depois daquele fatídico dia, nada parecido aconteceu novamente, mas a minha confiança também não era mais a mesma. Tem coisas que demoram anos para serem construídas, mas depois de quebradas, para serem reconstruídas levam muito mais tempo e paciência. Acontece que o Le só alimentava mais e mais meu ciúme e, com isso, fui aos poucos me tornando uma namorada *stalker*. Não que eu me orgulhe disso.

Ele saía e não me falava, eu ficava sabendo às vezes sem querer em conversas com nossos amigos que ele tinha ido ao bar com outros amigos. E eu não via problema de ele sair, ou até via, porque naquele ponto minha desconfiança era enorme, mas sair escondido, pra mim, era porque coisa boa não estava fazendo, né? Sem contar o fato de que aquele problema que eu tinha com ele quando a gente não namorava, que ele nunca me chamava pra sair e eu que tinha que correr atrás sempre, voltou a acontecer. Se eu não falava com ele, ele também não me mandava mensagem, nem para me mandar bom dia, perguntar se eu estava bem, nada! Aquilo me deixava agoniada, será que ele não se importava comigo? Por mim, eu falaria com ele o dia todo, todo dia, mas às vezes tentava não mandar mensagem para ver se ele dava sinal de vida. E adivinha? NADA.

Quando estávamos juntos era demais, íamos ao cinema, saíamos com os amigos, comíamos em restaurantes diferentes, e comecei aos poucos a conhecer mais a família dele, que por sinal é gigantesca, porque frequentávamos muito tanto a casa da mãe quanto do pai dele.

Nessa época ele morava só com o pai. Logo que começamos a namorar, o pai dele se separou da esposa, mãe da Lari, e foi morar no andar de cima do escritório que ele tinha. Como o Le já morava com ele, foi junto quando fizeram essa mudança. Pouco tempo depois eles foram morar em um apartamento que eu visitava direto, sempre dormia lá com o Le, e meu sogro sempre foi legal comigo.

Era legal ver a relação que existia entre eles, aquela coisa de pai e filho. O Leandro sempre falou do pai dele como um herói, com brilho nos olhos, sabe? Eles sempre tiveram uma ligação muito forte, uma amizade muito bonita. E os dois morando juntos era engraçado, dois homens sozinhos, tendo que aprender a se virar, dividindo as tarefas, lembro que, quase todo dia que eu ia lá, o que tinha pra comer era macarrão. Mas o mais gostoso era o clima, sempre alegre; eu me sentia bem e acolhida ali.

Frequentávamos a casa da minha sogra também, não com tanta frequência como antes, porque agora que o Le morava só com o pai, a gente tinha muito mais liberdade na casa dele. Mas sempre que íamos na casa dela ela me tratava superbem, fazia comida, me enchia de perguntas, era bem alegre. Tínhamos momentos assistindo a filmes todos juntos no sofá, as vezes até nos reuníamos na cama dela, que era bem grande. Eu era muito tímida naquela época, ainda sou na verdade, mas era bem mais, além de ser começo de relacionamento, estava conhecendo a família dele ainda, aquelas coisas. Eu falava pouco ou quase nada, tentava conversar, mas sem muita descontração da minha parte. Acho que todo mundo que é mais tímido como eu deve passar por isso, eu levo um tempo até me sentir confortável para ser eu mesma.

Tudo ia bem, apesar das saídas escondidas do Leandro e a falta de troca de mensagens durante a semana, mas de fim de semana quase sempre ficávamos juntos, então no final das contas estava ótimo. Até que um belo dia o Leandro e o pai dele brigaram, aí do dia pra noite o Leandro decidiu voltar a morar com a mãe dele, pegou as coisas e foi.

No começo foi um susto: pra ele, pra mãe dele e pra mim. A mãe dele obviamente amou, que mãe não ama ter o filho pertinho, morando sob o mesmo teto? Fiquei supertriste por um lado, porque sempre tive um sogro legal, me sentia muito bem na casa dele, e ver a relação linda deles de pai e filho abalada era muito triste, mas ao mesmo tempo eu estava animada com a ideia de me aproximar mais da minha sogra.

Inocente, eu! É, Fabiana, sogra não é fácil, não! Por que será que mulher sempre tem que ter picuinha com mulher? Eu não entendo isso! Nós mulheres temos que nos unir, porque juntas somos mais fortes! #GIRLPOWER. Mas foi só o Leandro colocar os pés de mala e cuia na casa da mãe dele que ela começou a parar de me tratar como princesa, como sempre tinha feito e começou a causar na minha vida. Posso estar parecendo exagerada e dramática, porque eu sou mesmo, mas nesse caso é real e você vai entender.

Demorei pra perceber o porquê de ela ter mudado o comportamento comigo de uma forma tão drástica sem eu ter feito nada, ou pelo menos não que eu soubesse. Antes, quando o Le morava com o pai, eu era um motivo para ele visitá-la com mais frequência, íamos em almoços de domingo e coisas do tipo, por isso sempre me agradou, me tratava muito bem, assim voltaríamos mais vezes na casa dela para almoçar, jantar e até dormir. Mas a partir do momento em que o filhinho querido dela passou a morar lá, eu era a pessoa e o motivo para ele não ficar mais tempo em casa, já que sair, passear e jantar fora significava passar menos tempo com ela.

Ela sempre foi ciumenta, isso era nítido desde o princípio, mas eu não fazia ideia que era nesse nível. Quando eu ia à casa dela, ela já não fazia mais tanta cerimônia, ficava reclamando na minha frente que o filho estava muito ausente, que ele estava saindo muito, não estava dando atenção para a mãezinha dele (imaginem eu falando isso revirando os olhos de raiva), que ele precisava ajudar mais nas tarefas da casa e blá-blá-blá. Agora para um pouquinho e pensa comigo, até pouco tempo antes ele a visitava uma vez por semana e olhe lá, agora que ele estava lá todos os dias, ela vem falar que ele estava ausente? Qual a lógica? Pois é, nenhuma!

O Leandro se irritava com os pedidos e reclamações da mãe, que eram constantes, mas ele não percebia que ela também fazia isso na intenção de me chatear. Na verdade, até hoje eu não sei se ele realmente não percebia, ou se se fazia de bobo para não ter que tomar partido. Mas acho que mulher percebe intriguinha muito mais rápido. Saquei desde o primeiro momento, mas o que eu poderia fazer?

Fui levando as coisas com cuidado, quando passávamos nosso tempo na rua, com os amigos, em restaurantes e tudo mais era muito bom, nos divertíamos e não parecia existir problema. Mas, quando íamos para a casa da minha sogra, eu vivia pisando em ovos e me fazendo de tonta, porque afinal eu não tinha coragem para enfrentá-la, então era melhor fingir que nada estava acontecendo. E foi isso que fiz, dia após dia, mês após mês, engolindo um sapo maior do que o outro.

Uma vez, fomos almoçar na casa dele em um sábado, para depois sairmos com nossos amigos, então era um almoço rápido. Minha sogra preparou a comida, fez a mesa e tudo mais, quando cheguei já estava tudo pronto. Sentamos todos à mesa, começamos a comer, até então estava tudo tranquilo, mas quando o Leandro disse que logo já tínhamos que ir embora para outro compromisso, a cara dela fechou na mesma hora. Sabe quando no verão está um sol lindo, céu azul cinematográfico e, de repente, do nada o tempo fecha, parece até que anoitece e cai o mundo? Foi isso que aconteceu, só que com a expressão dela.

— Nossa, mas já vão sair? — ela perguntou enfurecida.

— Já, já, mãe, vamos encontrar a galera num bar hoje.

— Nossa, mas você nunca fica em casa durante a semana, quando chega o fim de semana que eu acho que você vai me ajudar, vocês já estão com a agenda cheia. — Ela olhou de relance pra mim quando disse *vocês*. Eu só desviei o olhar.

— No que você precisa de ajuda, mãe? — ele perguntou meio impaciente, mas a pergunta já me deu um nervoso, porque ela poderia inventar mil coisas só para nos atrasar ou atrapalhar nossos planos.

— Ah, não sei agora filho, mas você nunca para em casa e quando está aqui, a Fabi sempre está junto. Não consigo mais ter uma conversa de mãe e filho com você. — Nitidamente a torta de climão foi servida e a tensão pairou no ar. Por que eu tinha que ser o problema? Durante a semana ele trabalhava fora, mas chegava em casa às sete da noite e eu só ia na casa deles de fim de semana um ou dois dias. Olhei para o Leandro ansiosa esperando uma resposta, uma defesa, na verdade, porque eu não era capaz nem de olhar para ela naquele momento, muito menos falar.

— Ah, mãe, para de drama, tô aqui todo dia. — Ok, ele sabe que ela faz drama, mas e a parte que eu fui descaradamente citada, vamos ignorar?

— Até a sua tia falou comigo esses dias que desde que você começou a namorar, você anda muito ausente na família. Não pode, filho, família é sangue, tem que vir sempre em primeiro lugar, depois os agregados. — Sim, caro leitor, pasme, mas isso foi dito na minha frente. Será que ela esqueceu que eu estava lá? Ou foi dito propositalmente na minha cara? Só faltou ela falar: "Termina logo com essa minazinha aí, que eu não gosto dela".

— Ah, mãe, só porque não fui ao aniversário que teve no interior esses dias? Para, vai? Eu tinha aniversário do meu amigo. E outra, nem você foi. — *Hello*, alguém aí ainda lembra que eu estou bem aqui, na frente de vocês, ouvindo tudo? Foi bizarro. Era nítido que o Le estava superirritado com a situação, mas ele preferiu fingir que ela não tinha falado nada de mim ou não quis mesmo comprar essa briga com a mãe.

— Eu não fui porque você não foi. Eu e a Nati até nos arrumamos pensando que você ia, mas aí ficamos aqui.

— Mãe, mas você tem carro, você dirige. Eu te falei faz tempo que não ia. — O tom de voz já estava elevado ali e eu já estava quase debaixo da mesa. Que situação, acho que se eu tivesse superpoderes e ainda não soubesse, naquele momento iria descobrir, porque a única coisa que eu queria ali era sumir, desaparecer, me teletransportar dali. Me senti tão mal, era como se ela quisesse me fazer cair fora, porque, já que o filho pretendia continuar aquele namoro, que pra ela não era mais conveniente, se ela me deixasse desconfortável talvez eu pedisse pra pôr um fim. Sei lá, isso é o que faz sentido, mas nunca soube os reais motivos.

Depois que o Leandro falou isso, ele levantou da mesa, irritado, pegou a chave do carro, me chamou e saímos da casa dela. Sem mais nenhuma troca de palavras entre ninguém, apenas silêncio. A única coisa que foi dita da casa até o barzinho foi:

— Afff, minha mãe é muito dramática. Não gosto disso!

Só! Eu não consegui abrir a boca, na verdade nem fechar, porque eu estava de queixo caído com tudo aquilo. E ele também não falou nada sobre ela ter falado de mim. Hoje paro e penso nessas coisas e me pergunto: *sou realmente a Fabiana que viveu tudo isso?* Hoje eu teria agido completamente diferente, mas acredito que nada é por acaso, as coisas acontecem na vida para nos ensinar alguma coisa, e posso dizer que aprendi muito, mas demorei um pouco.

É até estranho falar isso, mas apesar de todo esse conflito, nosso relacionamento ia muito bem, pelo menos o sentimento que existia entre nós dois crescia a cada dia. Eu me sentia muito bem ao lado dele, a presença dele me causava uma felicidade absurda e, mesmo depois de quase um ano de namoro e bons tempos de relacionamento, o frio na barriga ainda existia e aquela certeza de que ele era o homem da minha vida continuava fixa em mim. E eu via nos olhos dele que o sentimento era recíproco e verdadeiro.

Quando completamos um ano de namoro, saímos para comemorar, só nós dois em um sábado ensolarado. Ele me buscou em casa na hora do almoço, entrei no carro e logo já senti o perfume dele. Ele estava lindo, camisa polo, calça jeans, cabelo penteado pra cima e o sorriso contagiante como sempre.

— Oi! — eu disse feliz, assim que fechei a porta. Ele me puxou pra perto e me deu um beijo! Me arrepiei toda, eu não sabia muito o que esperar daquele dia, era nosso primeiro ano de namoro, nossa primeira comemoração, e a expectativa como sempre era alta, mas já tinha começado bem.

— Oi! — ele disse sorridente depois de me deixar sem ar. — Que linda! — Eu estava usando um vestido azul acinturado, rodado na parte da saia, bem romântico.

— Obrigada! — falei meio tímida. — Você também, tá todo elegante!

— Valeu! Parabéns pra nós, amor! — *Ele me chamou de amor? É isso mesmo?*

— Sim! Parabéns pra nós! Um ano de namoro, quem diria? — Tentei agir naturalmente, mas eu estava mais feliz ainda. Nos beijamos mais uma vez.

— Vamos almoçar? Pensei em um lugar bem legal.

— Vamos, comida é comigo mesmo. — Ai, Fabiana, pior que sempre foi, né? Taurina, que adora comer e adora dormir, acho que basicamente isso me define.

Fomos a um restaurante italiano no bairro do Bixiga em São Paulo, um dos bairros mais tradicionais da cidade e muito conhecido por suas cantinas italianas. Entramos por uma porta pequena, do lado de fora parecia muito simples, nada extravagante, por dentro era bem aconchegante e romântico. A comida era maravilhosa, eu amo massa, molhos e tudo que faz parte da comida da Itália. Quero um dia conhecer esse país que faz comidas tão maravilhosas, já me imagino comendo tudo, pizza feita na hora, macarrão fresquinho! Hum!! Dá até água na boca.

Depois do nosso almoço supersaboroso, com direito a sobremesa e um grupo tocando músicas italianas ao vivo, saímos para continuar a comemoração do nosso dia. Fomos ao shopping, andamos de mãos dadas olhando as vitrines e fomos ao cinema. Sei que parece bem bobo e romântico, e é, mas sempre fui do tipo sonhadora e romântica e ele estava fazendo tudo que eu queria.

Quando saímos do cinema já tinha escurecido, então fomos para a casa dele e não tinha ninguém lá, a mãe dele tinha viajado com a filha e fiquei aliviada com isso. Quando percebi que estávamos indo para lá comecei a suar frio, pois pensei que o dia que até então estava sendo perfeito ia virar um fiasco. Quando chegamos lá fomos direto pro quarto dele.

— Tenho um presente pra você! — ele disse abrindo o armário e tirando de lá um pacote pequeno, embrulhado naqueles papéis de presente prata, e me entregou. Fiquei muito feliz, porque até então ele não tinha me dado praticamente nada, não era o tipo de cara que dava presente. Abri o presente animada, rasguei a embalagem e dentro tinha uma caixinha preta, confesso que meu coração acelerou. *Ai, Fabiana, já tá achando que é uma aliança, né? O que nós conversamos sobre criar expectativas?* Quando abri era um colar de prata com um pingente delicado de uma rosa. Fiquei levemente decepcionada que não era um anel, mas ao mesmo tempo muito feliz, o colar era lindo, a minha cara e ele tinha comprado pra mim.

— Que lindo! Eu amei! Coloca em mim? — Virei de costas e me senti a própria Rose do *Titanic*, fazendo aquele charminho pra colocar o colar, só que no caso não era o Leonardo DiCaprio mas sim o Leandro, e não um colar de diamante, mas sim um pequeno pingente de prata. Não que eu esteja reclamando, não estou, só estou mostrando a realidade dos fatos *versus* o que se passava na minha cabeça.

— Agora é minha vez! Eu também tenho um presente pra você. — Peguei o pacote de dentro da minha bolsa e entreguei para ele. Ele abriu e era um perfume. Ele espirrou no pulso e experimentou.

— Nossa, é muito bom! Obrigado. — E me deu um beijo e um abraço.

Passamos o resto da noite assistindo a filmes no quarto dele, pedimos pizza, comemos na cama mesmo, conversamos, demos risada e dormimos juntos. Foi tudo perfeito! Eu até tinha me esquecido dos estresses que tínhamos e vínhamos passando, o que importava naquele momento era nós dois, nosso amor e mais nada.

Um dia contei para o Leandro sobre a tal vidente que conheci um pouco antes de começarmos a namorar, a Rita. Ele a conhecia também, afinal foi indicação de um amigo nosso, e ele já havia se consultado com ela muito tempo atrás. Contei algumas coisas que ela tinha me falado e ele também contou algumas que foram ditas a ele. Decidimos marcar uma nova "consulta" com ela, mas dessa vez decidimos ir juntos.

— Olá! Podem entrar, fiquem à vontade — ela disse. — Vejo que vocês dois estão juntos agora.

Sorrimos e fizemos que sim com a cabeça, afinal a última vez que eu tinha estado lá ela havia me dado o conselho de dar um xeque-mate no Leandro. Conversamos sobre muitas coisas, trabalho, futuro, família, estudos e por aí vai. Mas quando chegamos ao assunto relacionamento, ela tirou umas cartas do baralho de tarô e ficou quieta analisando as cartas sem dizer nada. Fiquei bem apreensiva.

— Olha, como eu já disse, o baralho é muito incerto, temos que interpretar a mensagem que ele está tentando nos passar. Aqui aparece que haverá uma ruptura no relacionamento de vocês! — Fiquei em pânico, como assim? — Pode ser um término, pode ser um distanciamento em razão de alguma viagem para o exterior, pode ser que algum dos dois vá morar em outra cidade ou pode ser um distanciamento até por conta de tempo, muito trabalho. É difícil dizer. — Nós dois estávamos mudos e muito atentos, ela aparentemente percebeu a minha expressão de desespero e disse: — Não fique nervosa, Fabi, não estou afirmando que vocês vão terminar, até porque somos nós que tomamos as decisões para a nossa vida, o tarô só me mostra que haverá uma ruptura no relacionamento de vocês. Que pode ser decorrente de muitas coisas, tá? — ela disse com uma voz bem tranquila tentando me acalmar.

— Tá — respondi, ainda bem nervosa. E então ela puxou mais algumas cartas e fez uma cara de feliz.

— Olha aí, aqui diz que apesar dessa separação que vai acontecer no relacionamento de vocês, que como eu disse podem ser várias coisas, depois vocês vão se unir novamente. Se reencontrar. Só que estarão mais maduros e mais fortalecidos. Como se esse tempo que vocês passarão distantes um do outro fosse para que pudessem crescer e amadurecer. Entendem?

— Sim — dissemos. Mas eu não entendia nada, só ficava imaginando a gente terminando e chorando. Fizemos mais algumas perguntas, ela tirou mais algumas cartas e fomos embora. Enquanto ainda estávamos esperando o carro no estacionamento, eu abracei o Leandro e comecei a chorar.

— O que foi? — ele perguntou quando percebeu que eu estava chorando. — É pelo que ela disse da separação?

— Sim! — eu disse com a voz manhosa.

— Relaxa, amor, a gente não vai terminar. Podem ser várias coisas, como ela disse. Quem sabe não é porque um de nós dois vai morar fora?

— Mas aí vamos ficar separados.

— Mas se for isso, é só uma questão de tempo até ficarmos juntos de novo. Já pensou nós dois morando fora?

— Você promete que a gente não vai se separar?

— Prometo, amor! — ele disse e me deu um beijo na testa. Em seguida o carro chegou, entramos e saímos para comer. Continuei toda manhosa, ainda meio pensativa com aquela história, mas o Le foi todo fofo comigo, o que acalmou meus ânimos e me fez esquecer um pouco do assunto.

Claro que passei dias pensando no que aquela vidente havia dito, fiquei remoendo cada palavra, fiquei imaginando todas as possibilidades de uma separação entre nós dois. Mas as coisas entre mim e o Leandro andavam tão bem, que com o tempo acabei deixando essa história de lado. Afinal, você acredita mesmo nessas coisas, Fabiana? Não sei, mas depois daquilo resolvi não acreditar.

CAPÍTULO 15

Ninguém TEM BOLA DE cristal

Naquele ano, final de 2012, decidimos passar a virada do ano na praia junto com os meus pais. Fomos todos juntos em um carro para Caraguatatuba, onde minha mãe já teve loja e um apartamento em que passávamos as férias e quase todos os fins de semana da nossa infância. Alugamos um apartamento no mesmo prédio em que costumávamos ficar. Que nostalgia foi voltar lá... fazia anos que não íamos. O prédio tinha uma única torre, quatro apartamentos por andar, com churrasqueira e piscina na área de lazer. Nada tinha mudado, mas o mais legal daquele lugar eram as memórias, lembranças de bons momentos que já vivi ali.

Lembra do meu mineirinho? Pois é, conheci ele ali, naquele prédio. Foi nas escadas de lá que demos o nosso primeiro beijo, namoramos quando crianças, mas isso faz parte de outra história. O que acho engraçado é que agora eu estava ali novamente, mas com outro cara. Como o mundo dá voltas, né?

Planejamos todo um roteiro pelas praias do litoral norte a que íamos sempre e alguns outros pontos importantes, como a melhor sorveteria da cidade, a feirinha e o shopping onde minha mãe tinha loja. Nós não só queríamos relembrar, como também queríamos que o Le conhecesse tudo!

Os primeiros dias foram demais, o sol apareceu para mostrar seu glamour e nós curtimos a praia como havia tempos não fazíamos. Aproveitamos tanto que acabamos nos esquecendo de repassar o protetor solar com frequência, o que me fez ficar queimada de sol. Mas não com aquele bronzeado bonito, não, fiquei vermelha mesmo, parecendo pimentão.

Na virada do ano preparamos uma ceia no apartamento, nada de mais, nos arrumamos, lembro que coloquei um vestido todo amarelo, bem justinho no corpo. O vestido era bonito, amarelo na virada pra trazer dinheiro, mas eu estava tão vermelha de queimada, até ardida eu estava, que a combinação vermelho com amarelo não ficou legal. Por isso que só postei fotos em preto e branco naquele dia.

Quando faltava pouco para a meia-noite, saímos do apartamento e fomos caminhando até a praia, que não ficava muito longe dali. Chegando lá, quase não se via a areia de tanta gente. Fazia calor, o céu estava estrelado e o clima de comemoração e festa era contagiante. Tiramos os chinelos, pisamos descalços na areia e achamos um espaço para ficar. A contagem regressiva começou, o Le e eu demos as mãos e FELIZ ANO NOVO! Foi o que se ouviu em coro pela praia toda! Nos abraçamos.

— Feliz ano novo, meu amor! Te amo! — eu disse no ouvido dele.

— Também te amo! — Já fazia um bom tempo que havíamos passado pela crise do "eu te amo", mas confesso que toda vez que eu falava e esperava pela resposta me dava um frio na barriga.

— Te desejo muito amor, paz, saúde e sucesso nesse novo ano que se inicia. Que a gente possa comemorar muitas viradas de ano juntos!

— Nós vamos! Tenho certeza! Eu espero que seu ano seja incrível, cheio de momentos de alegria, conquistas e que a gente possa cada vez mais caminhar juntos. — Fofo, né?

Depois dessa troca de palavras, beijos e abraços, fomos cumprimentar meus pais e meus irmãos, abrimos uma garrafa de espumante, brindamos e, claro, fomos pular as sete ondinhas. Eu não sou supersticiosa, mas como passei muitas viradas de ano na praia, as ondinhas viraram tradição e é divertido. Voltamos para o apartamento e fizemos a ceia, comemos, bebemos, assistimos ao Show da Virada na Globo e fomos dormir supertarde.

Lembro que quando o Le já estava começando a cair no sono, eu me peguei olhando pra ele e pensando em tudo que já tínhamos vivido. Quantas idas e vindas, desencontros, desilusões, decepções, encontros, alegrias, risadas, beijos. Me perguntei por que todos os dias não podiam ser como aquele? Sabe aquela vontade de congelar o tempo? Era isso que eu queria, ficar ali, deitada olhando pra ele, depois de momentos incríveis que vivemos. Fiquei assim, viajando nos meus pensamentos, até que adormeci.

No dia seguinte, decidimos fazer um churrasco ali no prédio mesmo, todos estavam cansados demais para ir pra praia, pegar trânsito, aquela coisa toda. Então descemos para a piscina, meu pai acendeu a churrasqueira e começou os preparativos para o churrasco. Não sei por que, mas o Le estava estranho, parecia estar com a cabeça em outro lugar, não parava de mexer no celular. Eu perguntava o que estava acontecendo e ele dizia que estava tudo bem.

Quando eu o vi se levantando do nada e caminhando pra longe para atender ao telefone pela quarta vez, não aguentei. Saí da piscina e fui atrás dele, não para ouvir a conversa, mas para aproveitar que estávamos longe de todos e descobrir de uma vez por todas o que estava rolando e por que ele não era mais o cara fofo da noite anterior.

— Mor, o que está acontecendo?

— Pera aí, amor. Deixa eu atender! — ele falou e continuou se afastando. Sentei na mureta e esperei que ele voltasse. E em menos de cinco minutos ele voltou.

— Então, minha mãe tá me ligando, porque meu primo de segundo grau sofreu um acidente essa madrugada e faleceu. Ela quer que eu volte logo pra São Paulo, pro enterro e tudo mais e eu estou tentando resolver. — Fiquei chocada, ele sabia de tudo aquilo desde manhã, já passava das quatro da tarde e ele não tinha me contado nada.

— Mas, amor, por que você não me falou antes?

— Porque eu estou tentando resolver. Preciso ir embora pra São Paulo, estamos no carro dos seus pais, então tô vendo se pego uma carona com uma prima minha que também está aqui no litoral.

— Tá, mas o que eu posso fazer pra ajudar? Quando é o velório? — Fiquei preocupada, mas sou o tipo de pessoa que nunca sabe o que dizer nem o que fazer em uma hora dessas.

— Eu tô resolvendo, depois te falo. — Ele deixou bem claro que não queria me envolver nisso.

Se não fosse eu perguntar, nunca teria ficado sabendo de nada. Então não iria ficar em cima dele enchendo o saco. Voltei para a piscina e ele passou o resto da tarde sentado na cadeira, mexendo no celular.

Quando finalmente terminamos o churrasco, recolhemos tudo e subimos para o apartamento para tomar banho. O Leandro estava de cara fechada, não falava com ninguém e não saía do celular. Quando consegui ficar sozinha com ele no quarto, aproveitei para perguntar:

— Mor, o que você resolveu?

— Não sei, tô vendo aqui, mas minha prima já foi. Tô vendo se tem algum ônibus pra lá hoje. Você me leva na rodoviária?

— Levo, claro. Mas não é melhor você ligar na rodoviária primeiro?

— Tá, vou ligar. — O celular dele tocou, era a mãe dele novamente, dava pra escutar pelo tom de voz que ela estava enfurecida com alguma coisa. Fiz sinal de que iria tomar um banho e saí do quarto para deixá-lo mais à vontade. Quando voltei do banho, ele estava com uma cara mais estranha ainda.

— E aí, amor, ligou na rodoviária?

— Liguei e não tem ônibus pra hoje, só amanhã de manhã. Amanhã você me leva cedinho na rodoviária? — ele me perguntou bem bravo, como se eu tivesse feito alguma coisa.

Eu não estava entendendo nada. Sabia que a situação era difícil, mas uma coisa que todo ser humano tem que entender é que ninguém tem bola de cristal para adivinhar o que está acontecendo nem o que você gostaria que a outra pessoa fizesse. Para isso acontecer tem que haver diálogo. Explique a situação, explique o que está sentindo, explique o que a pessoa pode fazer ou o que você gostaria que ela fizesse.

— Claro, levo — falei totalmente perdida.

— Vou tomar um banho, comer e deitar para acordar cedo. — Ele pegou as coisas e saiu do quarto.

Fiquei perdida, mas se ele já tinha resolvido o que iria fazer, quem era eu para dizer alguma coisa? Fui para a sala ficar com meus pais.

Depois de comer ele foi logo pro quarto de novo, enquanto todos estavam assistindo à TV na sala. Percebi que ele estava demorando muito e fui atrás ver o que era. Antes de entrar no quarto pude escutar um pouco da conversa: "Mãe, eu já falei pra você que não tem como eu ir hoje. Estamos com um carro só, não tem ônibus hoje, minha prima já voltou pra São Paulo. Quantas vezes vou te falar isso? Eu sei que não vou chegar a tempo, mas eu não tenho o que fazer".

Fiquei esperando ele desligar o telefone para entrar, não queria interromper. Quando ficou um silêncio eu entrei, ele estava olhando pela janela, cheguei perto dele devagar, dei um abraço nele, mas ele logo se afastou e deitou na cama.

— Mor, o que foi? Me explica o que está acontecendo. Você não vai chegar a tempo do velório?

— Não, amor, o velório vai ser de madrugada e o enterro de manhã. Como não tem ônibus, quando eu chegar lá amanhã provavelmente já vai ter acabado tudo.

— E o que podemos fazer para você chegar lá? E se você fosse com o carro?

— Mas aí vocês vão ficar sem carro? Vão embora como? Não dá!

— Você pode ir agora, vai chegar a tempo do velório, aí amanhã você volta quando acabar o enterro. Que horas você acha que vai chegar aqui?

— Devo voltar até a hora do almoço.

— Então dá — eu disse.

— Mas vocês vão ficar aqui sem carro...

Eu o interrompi.

— O que é que tem? Ninguém vai acordar supercedo amanhã. Eu falo com os meus pais, peço pra você ir com o carro, e quando você voltar a gente vai pra praia de tarde, ué.

— Ah, não sei!

— Vai, amor, é melhor. Assim você consegue chegar lá a tempo. Por que você não me falou antes que o velório ia ser de madrugada?

— Ah, não sei. Primeira vez que viajo com seus pais, não queria atrapalhar.

— Tá, mas então você vai com o carro?

— Vou, se não for problema pros seus pais.

— Vou falar com eles então. Você quer que eu vá com você? Pra você não pegar a estrada sozinho e tal?

— Não, melhor você ficar aí.

— Tem certeza, amor? Eu não me importo de ir.

— Não, eu vou sozinho mesmo.

Conversei com meus pais, expliquei a situação e claro que eles deixaram. Ficaram preocupados de ele ir sozinho, mais uma vez insisti com o Le para eu ir junto, mas ele não quis. Pegou as coisas e foi embora. Nem dormi direito aquela noite, preocupada, com uma sensação estranha.

No dia seguinte, ele chegou por volta das onze horas da manhã, com olheiras enormes, de quem com certeza tinha varado a noite. Ele deu oi, não falou muita coisa sobre o velório e pediu desculpas, mas disse que precisava dormir. Ele deitou na cama e dormiu.

Meus pais e irmãos já estavam prontos para ir para a praia, então eu disse que fossem sem mim, eu ficaria ali com ele. Fiquei na sala vendo TV, depois fui deitar com ele no quarto, afinal não tinha dormido muito bem.

Acordei com o celular dele tocando, olhei pra ele e nem sinal de vida. O celular não parava de tocar, então levantei para atender. Quem estava ligando? Era a mãe dele! Atender ou não? Tentei acordá-lo, chamei e chacoalhei... e nada. Ele tem o sono tão pesado que uma escola de samba pode invadir a casa para ensaiar que ele não vai nem perceber. Então respirei fundo, engoli em seco e atendi.

— Oi — falei baixinho.

— Oi, o Leandro está aí? — ela disse com a voz bem seca.

— Tá sim. Ele já chegou, mas tá dormindo. Tentei acordar ele para atender o telefone, mas ele não acordou. — Expliquei tudo, porque achei que ela pudesse estar preocupada em saber se ele tinha chegado bem.

— Ah, pede pra ele me ligar quando acordar.

— Tá bom! Peço, sim.

Ela desligou, sem um tchau, um obrigada, nada. Apenas desligou. Por mais delicada que fosse a situação, eu não tinha feito nada a ninguém, por que de repente tinha virado saco de pancadas? Antes que eu pudesse colocar o celular dele de volta no lugar, o celular vibrou na minha mão com a chegada de uma nova mensagem, o visor acendeu e pude ver de quem era e ler as duas primeiras linhas. Fiquei sem ar, senti como se tivesse levado um soco no estômago. A mensagem era da minha sogra, mas dessa vez ela não tinha sido seca e breve nas palavras, como havia sido comigo no telefone; a mensagem era bem extensa e grosseira.

> "Filho, eu estou cansada de ver você com essa menina sem sal e sem açúcar, filhinha de papai.
> Ela está fazendo a sua cabeça, presta atenção.
> Família de sangue vem sempre em primeiro lugar.
> Te amo, meu filho!"

Abri o celular para ler a mensagem toda, mas depois de ler essa não consegui impedir o impulso que veio como um tiro em mim, de subir a conversa e ver o que mais ela andava falando sobre mim para ele, e não consegui segurar as lágrimas. Foi mais do que só um soco no estômago, mais do que decepção, eu não acreditava que aquilo era real. Dias, semanas e meses de mensagens dela falando mal de mim para ele, mas nas últimas horas a conversa tinha se intensificado muito e li mensagens como:

> "É nessa hora que a gente conhece as pessoas de verdade. Você já viu que com ela não dá para contar."
>
> "Não sei por que não termina logo com essa menina."
>
> "Não acredito que você ainda não saiu daí. Prefere ficar com a família da sua namoradinha do que com a sua própria família em um momento como esse?"
>
> "Ela não faz nada da vida, é filhinha de papai."

Não preciso nem continuar, vocês já são capazes de imaginar como eram as outras dezenas de mensagens que ela mandou pra ele falando de mim. Só de estar aqui colocando essa história pra fora pela primeira vez, perco o ar, me dá um nó na garganta. Você, caro leitor, consegue imaginar ler essas mensagens sobre você, vindas da sua sogra? Mãe do amor da sua vida? Se eu tivesse feito algo para ela, tivesse tratado-a mal ou algo parecido, até faria sentido, não que justificasse a forma como ela me tratou, mas nada ali fazia sentido.

Como reagir? Como digerir tudo aquilo? Olhei para o lado e o Le continuava dormindo, tranquilo, com cara de quem estava tendo um sonho gostoso. Eu estava com lágrimas escorrendo com velocidade pelo meu rosto, respiração ofegante e a cabeça completamente fora da órbita.

Você deve estar se perguntando o que o Leandro respondeu para a mãe dele, certo? E sabe o que ele respondeu? NADA! Não falou nada. Ela mandava, ele lia e não falava nada. Nem uma defesa, nem um pedido de basta, nem um questionamento sobre tudo aquilo. NADA!

Eu sinceramente não sabia o que era pior em tudo aquilo. Fiquei sentada ali no chão por mais alguns minutos com o celular dele nas mãos, pensando em como agir. Não dava mais para fingir que eu não sabia de nada, a verdade tinha sido esfregada na minha cara, como uma torta de chantilly de brincadeira de criança. Decidi tomar um banho e melhorar a minha cara, antes que meus pais voltassem da praia e deixei o Le sozinho no quarto, dormindo.

Quando entrei no banho, aproveitei aquele momento sozinha, com a água sobre a minha cabeça, para chorar tudo que eu tinha para chorar, coloquei pra fora toda a frustração que estava sentindo. Terminei e minha cara estava melhor, mas ainda era nítido que eu havia chorado. Deitei no sofá, liguei a TV e tentei me distrair até meus pais chegarem. Ninguém percebeu nada, mas quando o Le acordou ele percebeu que eu estava agindo diferente, mas pelo jeito nenhum dos dois queria papo. Não falamos nada, saímos para jantar com os meus pais e depois todos aproveitaram o restinho da noite para fazer as malas, afinal, na manhã seguinte pegaríamos a estrada pra casa bem cedinho.

Quando chegamos em casa eu estava feliz de estar de volta, acho que nunca fiquei tão feliz com o fim de uma viagem. Ele pegou as coisas dele, deu tchau para todos e chamou o elevador. Entrei no elevador junto com a desculpa de que iria com ele até o carro para ajudá-lo, mas chegando lá eu abri o jogo.

— Mor, eu preciso te contar... Quando você estava dormindo de tarde, sua mãe te ligou e eu atendi, ela foi áspera comigo no telefone e desligou. Em seguida ela te mandou uma mensagem, eu ainda estava com seu celular na mão e vi que ela estava falando mal de mim. Eu sei que fui errada, mas eu desbloqueei seu celular e li tudo que ela disse sobre mim pra você. Por que sua mãe me odeia? — eu falei tudo muito rápido, tive a sensação que eu tinha vomitado tudo aquilo que eu estava sentindo em cima dele.

— Ah, amor, ela tá enchendo o saco, não é nada.

COMO ASSIM? Não é nada porque não era com ele, né?

— E você? Tá todo estranho, eu fiz alguma coisa?

— Ah, amor... Sei lá, só acho que você poderia ter sido mais prestativa. — E aqui vemos aquele famoso problema da expectativa que criamos em relação ao outro. Ele gostaria que eu tivesse tido outra atitude, o tivesse ajudado a resolver o problema, talvez oferecendo o carro logo de cara, ou algo do tipo.

— Mas, olha só, primeiro que você não me falava o que estava acontecendo, queria resolver sozinho, não saía do telefone, eu te perguntava e você não falava ou contava bem por cima o que estava rolando. Eu não tenho bola de cristal, se desde o começo eu soubesse do horário do velório, já teria sugerido para você ir com o carro antes, mas não tinha como eu saber sem você me falar. Me ofereci para ir junto e você deixou claro que não queria. E outra, eu realmente não sei como reagir nessas situações.

— Ah, sei lá, acho que fiquei incomodado de estar sem meu carro, não queria atrapalhar seus pais e esperava que você agisse de outra forma. Poderia ter me oferecido o carro antes e voltarmos para São Paulo. Sei lá, se fosse o inverso, eu largaria tudo para ir embora com você, a viagem teria acabado pra mim.

— Mas você entende que eu não tenho como saber como você gostaria que eu agisse? Ainda mais sem saber o que estava rolando.

— Sim, entendi! Errei nisso aí.

— Mas eu não entendi, por que sua mãe falou aquilo tudo de mim e você não disse nada?

— Ah, amor, foi no calor do momento, ela estava muito nervosa com a situação, falou sem pensar. Ela passou por muita coisa, teve que ir até o IML reconhecer o corpo, ajudou a cuidar de tudo, teve que acalmar a família e passar por tudo isso sozinha. Ela só queria que o filho dela estivesse lá pra ajudar, ou até para confortá-la, porque ela sentiu como se estivesse perdendo um filho, já que eu e ele tínhamos a mesma idade.

— Ah, tá! — eu disse de cabeça baixa, chateada. Eu não conseguia me defender e ele, que deveria resolver essa situação entre nós, não fazia nada. Fabiana, mas tente entender o lado dela, ela estava passando por um momento muito difícil, perdeu a cabeça, acontece. Mas eu não consegui ver por esse lado na época, e, mesmo assim, isso não dava o direito de ela me tratar daquela forma. O que esperar dali pra frente? Sinceramente eu não sabia, só queria que aquela noite acabasse. Demos tchau e ele foi embora pra casa.

CAPÍTULO 16

SOU UMA MULHER DE *atitude*; QUANDO VEJO UM *problema*, PROCURO UMA *solução*!

Caro leitor, acredito que durante a leitura deste livro você já sentiu amor e ódio, em alguns momentos pelo Leandro e em outros por mim. Então, o que te peço é que não me julgue pela insistência ou até inocência, pois se você já sentiu esse mix de emoções só de ler, imagine agora eu vivendo tudo isso, passando por essas situações e tão nova. Sei que é complicado se colocar no lugar do outro, mas se você estivesse no meu lugar, o que teria feito? Muitos devem pensar que eu já deveria ter desistido disso há muito tempo, mas pense bem, se eu o tivesse feito, hoje não estaria aqui te contando essa história, não é mesmo?

E mesmo hoje, escrevendo este livro, sou capaz de lembrar a intensidade dos sentimentos: o amor era verdadeiro, aquele que a gente só acredita que existe quando o sente; a angústia, por não me impor nas situações e ao mesmo tempo não ser defendida por quem deveria estar ali para me apoiar. Como sempre dramatizando a situação, mas hoje paro para lembrar de tudo e me pergunto: *como pode o amor superar o sofrimento?* Muitos no meu lugar não levariam o relacionamento adiante, mas terminar não era nem de perto uma opção, então eu teria que aprender a lidar com a minha sogra.

Quando frequentávamos a casa dela, eu tentava ser a nora perfeita; apesar de tudo, ajudava a lavar a louça, era sempre prestativa, quando ela me alfinetava, me fazia de desentendida e não batia de frente com ela nunca. Não que eu conseguisse ser a nora perfeita, né? Não falava pro Leandro sobre o desconforto que aquilo me causava, primeiro porque esperava que ele se tocasse sozinho, afinal era explícito, e também não queria ser a chata que coloca o filho contra a mãe. Eu tentava me acostumar com aquilo, tinha esperanças de que ela visse que eu não queria roubá-lo pra mim, assim as coisas poderiam voltar a ser como antes.

Até que a minha tática funcionou, pelo menos era o que parecia; ela começou a me tratar um pouco melhor, não como uma princesa, mas de uma forma melhor e as alfinetadas diminuíram, mas não acabaram.

Mas e eu e o Le? Nós tínhamos altos e baixos, como todo casal. Passávamos dias incríveis, de muito carinho e diversão, e outros com brigas. Confesso que o meu ciúme só cresceu, como um dragão escondido dentro de mim. O Le era quem alimentava o dragão e eu quem o treinava. Às vezes ele saía depois da faculdade e "esquecia" de me contar, ou não achava importante, mas de um jeito ou de outro eu acabava sabendo dessa saída pela boca de outra pessoa. Sei que eu sou ciumenta, mas se seu namorado sai, não te conta e você fica sabendo por outras pessoas, o que você imagina? Bom, imagino que ele foi pra balada, foi pra zoeira e pegou geral como se estivesse solteiro. É assim que o meu dragão funciona.

O Leandro é virginiano, como já falei antes, é aquele tipo de pessoa que pensa muito, muito, muito, pensa mais um pouco, repensa duas vezes antes de tomar qualquer decisão. Não que eu ache que as coisas não devam ser bem pensadas, mas às vezes demorar demais para agir não é bom. E eu, taurina que sou, gosto de ser prática, quando coloco uma coisa na cabeça, está decidido e pronto. Então essa característica dele sempre foi uma coisa que me incomodou.

Estava chegando perto de completarmos dois anos de namoro e eu queria que ele me desse uma aliança de namoro, na verdade já queria isso desde o começo, porque sou dessas, que namora e já quer casar. *Mas calma, Fabiana, não estamos falando em casamento, só uma aliança de compromisso.* Eu dava várias indiretas pra ele, falando que nesse ano faríamos dois anos, que eu queria fazer uma comemoração bem legal, até falava que o presente dele já estava comprado, pra ver se ele entendia o recado. Comentava que um casal de amigos nossos estava usando aliança, mas ele parecia não entender.

Ele também sempre foi difícil de dar presente, esquecia as datas de comemoração, ou falava que não tinha tido tempo de comprar e dava presente atrasado. Com o tempo ele melhorou e aprendi a lidar com isso; ele já anotava na agenda o dia do meu aniversário com um bilhete gigante do lado: "Comprar flores para o seu amor!". Problema resolvido! Sou uma mulher de atitude; quando vejo um problema, procuro uma solução. E isso não era diferente naquela época. *Menos quando o problema é a sua sogra, né, Fabiana?*

Pensei em como dar o recado pra ele sobre a aliança, mas eu já tinha tentado de tudo e não estava funcionando. Aí lembrei que a Nina iria viajar para Nova York em duas semanas, ainda faltavam dois meses para o nosso aniversário de namoro.

— Nina, preciso da sua ajuda — falei entrando no quarto dela.

— Fala — ela disse me olhando sério, porque eu estava com uma cara de quem ia aprontar alguma.

— Então, em março eu e o Le vamos fazer dois anos de namoro. E você sabe como ele é lerdo pra dar presentes, né?

— Sei...

— Quero muito uma aliança de namoro, mas, sério, se eu for esperar por isso, vou morrer esperando. — Como sempre exagerada, mas queria passar o recado.

— Mas o que você quer que eu faça? — Nina perguntou preocupada.

— Pensei em você sugerir pra ele, em um dia que ele vier aqui, que você pode comprar uma aliança de namoro da Tiffany lá em Nova York, porque lá é muito mais barato e que eu ia amar. Mas, assim, tem que ser de uma forma natural, sem ele perceber. — Tadinha da Nina, olha o que eu fui inventar.

— Ai, Fabiana, você me mete em cada uma. Como eu vou falar com ele?

— Ah, não sei. Pergunta se ele quer que você traga algo de lá. Aí sugere a aliança, sei lá. Dá seu jeito, fico te devendo uma.

— Tá, vou pensar. — Ela não ficou muito contente com a ideia, mas eu sabia que podia contar com ela, só não sabia se a minha ideia iria dar certo.

Uns dias depois o Le veio em casa, jantamos e depois ficamos no meu quarto assistindo a um filme. Inventei que queria tomar banho, só pra deixar ele um tempo sozinho, assim iria criar a oportunidade para a Nina puxar papo com ele. Não sei como foi a conversa, só sei que quando ele foi embora, fui correndo no quarto dela.

— E aí? Falou com ele?

— Sim, acho que ele não percebeu e gostou da ideia. Primeiro achou que eu era louca, que Tiffany era muito caro, disse que já estava pensando em comprar uma aliança pra você e tal, mas que ainda não tinha procurado. Aí mostrei o site da Tiffany pra ele e ele viu que lá fora a aliança de prata não é cara, acho que ele vai querer.

— Mas ele não deu certeza?

— Não, falou que ia pensar e me avisava. E me perguntou modelo e tamanho do seu dedo, aí falei que eu dava um jeito de levar um anel seu.

— Sim, modelo eu quero aquele simples escrito Tiffany, mesmo.

— Eu sei, mas não queria já falar tudo na hora. Mas eu acho que vai rolar; se não rolar, acho que ele vai te dar uma aliança de qualquer jeito.

— Ai, meu Deus, tomara. — Ansiedade a mil.

Dias depois ele mandou mensagem pra Nina e pediu pra ela comprar a aliança, que quando ela voltasse ele dava o dinheiro pra ela. Fiquei feliz? Claro, muito! Sei que você deve estar pensando, mas o Leandro sabe de tudo isso? Ele não sabia, até o dia de hoje em que escrevo esta história para você e posso dizer que ficou bem chateado em saber que a surpresa que ele preparou na verdade não foi ideia dele, mas já faz muito tempo e ele tem uma vida inteira pela frente para fazer quantas surpresas ele quiser.

Deu tudo certo, a Nina comprou a aliança que eu queria, trouxe pro Brasil e entregou para ele. Ainda faltava um mês para o nosso aniversário de namoro e eu estava doida para ver a aliança. Todo dia que íamos para a casa dele eu tentava achá-la, enquanto ele tomava banho eu revirava o quarto dele em busca da caixinha verde-água com um laço de fita de cetim branco. Demorei dias, mas encontrei a caixa no fundo de uma gaveta, mas como abrir a caixa com aquele laço? Não dava pra abrir, porque com certeza eu não saberia deixar o laço igual estava antes. A minha ansiedade teria que esperar mais um pouco, mas a felicidade não cabia em mim.

Quando chegou o nosso dia, saímos para comemorar, ele me levou em um restaurante bem romântico, meia-luz, com velas na mesa, pedimos massa e um vinho para acompanhar. Comemos, bebemos e nos divertimos, depois saímos do restaurante e fomos para um hotel, assim poderíamos passar a noite juntos. Chegando lá abrimos uma champanhe, brindamos, nos beijamos e começamos as declarações de amor.

— Eu te amo muito, sabia? — eu perguntei.

— Sabia! E eu também te amo muito — ele disse me olhando bem no fundo dos olhos. Aquilo pra mim já era mais importante que qualquer coisa, mas é claro que a gente quer sempre algo a mais, né?

Eu peguei uma caixa preta que estava dentro da minha bolsa e entreguei para ele.

— Olha, este é seu presente! Escolhi com carinho, espero que goste. — Ele abriu e era o perfume favorito dele, que também era o meu favorito, junto com uma calça jeans e uma cartinha escrita à mão.

— Obrigado, amor! Adorei. — Ele me deu um beijo e colocou a caixa ao lado. — Agora é a minha vez, fecha os olhos e estende a mão. — Ele parecia superempolgado, eu também estava e muito ansiosa. Fechei os olhos e esperei. Ele colocou uma sacola na minha mão e eu permaneci de olhos fechados. — Qual a sua cor favorita?

— Verde-água.

— Tá, e o que é verde-água? — Então eu abri os olhos e na minha mão estava uma sacola verde-água da Tiffany, ou azul Tiffany, eu com pressa abri a sacola e dentro tinha uma caixinha. Com dó, mas ao mesmo tempo com ansiedade, desfiz o laço de fita branca. Tirei a tampa da caixa e lá dentro estavam duas alianças de prata. Chorei de felicidade, o abracei com força e o beijei. Por mais que eu soubesse, minha reação foi real, eu não estava surpresa, mas estava feliz e muito.

Tirei as alianças da caixa, peguei a maior que era a dele e coloquei no dedo dele, então ele pegou a outra aliança e colocou no meu dedo, em seguida beijou a aliança que estava na minha mão direita.

— Ah, amor, obrigada! Eu queria muito uma aliança — eu falei emocionada.

— De nada, amor. Eu sei que você queria, e quero que essa aliança simbolize o nosso amor e muitos anos que vamos viver lado a lado.

— Sim! Te amo! Te amo! Te amo! — falei isso pulando nos braços dele e o enchendo de beijos. Fofo, não?

O resto da noite foi mágica, eu estava muito feliz, transbordava felicidade e ele também. Dormimos juntos, abraçadinhos e toda hora eu olhava as alianças e meus olhos enchiam de lágrimas, ele várias vezes puxou minha mão e beijou o anel e eu fiz o mesmo.

No dia seguinte, acordamos e tomamos café na cama. Tudo estava tão perfeito, parecia que o mundo não existia, só nós dois existíamos e aquele momento. Não queríamos voltar para a realidade, porque quando estávamos juntos e a sós era maravilhoso. Mas uma hora a mágica acaba, até a Cinderela tinha hora para voltar a ser a gata borralheira. Então tomamos banho, pegamos nossas coisas e fomos embora.

Alguns dias depois ainda estávamos anestesiados com toda a felicidade que estávamos vivendo, nada parecia estragar nosso momento. Até que fomos jantar na casa da minha sogra e toda história de contos de fadas tem que ter seu vilão, senão não tem graça. Chegamos de mãos dadas, trocávamos olhares apaixonados durante todo o jantar, até que o rumo da conversa mudou.

— Nossa, Fabi, antes de você chegar eu estava contando pro Le que eu tive um pesadelo ontem — começou a minha sogra e antes mesmo de saber o que ela ia falar, já me subiu um arrepio na espinha. — Eu sonhei que vocês estavam se casando e o Le estava indo embora de casa pra morar com você, ele recolhia todas as roupas do armário. Aí acordei assustada e quando vejo o Le está com uma aliança no dedo. Nossa, que susto, quase morri do coração!

Se você, caro leitor, ficou chocado com o que acabou de ler, imagina como eu fiquei. Meu queixo caiu na mesma hora, quase engasguei com a comida e cuspi tudo na mesa, mas só fiquei congelada por alguns instantes tentando digerir aquela informação. Meio que sem graça e sem jeito quebrei o silêncio constrangedor que ficou na mesa.

— Ah, não, mas é só uma aliança de namoro.

— Sim, eu sei, o Le me explicou. Mas eu levei um susto!

E nessa hora sabe o que o Leandro fez? Enfiou mais comida pra dentro da boca e evitou todos os olhares, como se aquilo ali não fosse com ele. Eu nem consegui comer mais nada, fiquei chocada só tentando entender aquilo tudo na minha cabeça, por que ela tinha falado aquilo? E se fosse casamento, por que seria um pesadelo?

Só sei que aquele clima perfeito que estávamos vivendo havia dias foi quebrado e vários questionamentos surgiram na minha cabeça. Ele era um homem por quem valia passar por tudo aquilo? Apesar de ter que suportar essa intriga chata com a minha sogra, eu o amava muito e sabia que nosso futuro era junto. Como acredito que nada é por acaso, hoje analiso tudo isso e vejo que isso me fez ser mais forte e bem resolvida, mas demorou muito. Naquela época eu sofria calada, não conseguia me defender e deixava ela fazer e falar o que bem queria. Não foi fácil, mas escolhi continuar com ele, independentemente das consequências.

CAPÍTULO 17

NEM *sempre* ESTAMOS *preparados* PARA AS MUDANÇAS DA *vida*

Nasci e cresci em São Paulo, sempre no mesmo bairro da Zona Norte. Estou acostumada com o agito e gosto da confusão da cidade grande. Sei que ninguém gosta de trânsito, perigo e essas coisas, mas sabe aquele clima de correria que parece que sempre está tudo em movimento? Essa energia me faz me sentir em casa.

Meus pais tinham uma confecção de roupas femininas, fabricavam para diversas marcas do Brasil, mas o cliente principal tinha sede no interior de São Paulo. Por isso eles resolveram mudar a empresa para o interior, assim ficariam mais perto do cliente e teriam grandes possibilidades de expansão, porque tudo em São Paulo é mais caro. Depois de quatro anos com a empresa no interior, pegando a estrada todos os dias, fazendo bate e volta, eles decidiram que era melhor nos mudarmos.

Na época, eles já tinham comprado um terreno para construir uma casa, mas em razão de grana a obra estava parada. Então minha mãe resolveu vender o apartamento em que morávamos em São Paulo, assim colocaria essa grana na obra, e enquanto isso moraríamos no andar de cima da fábrica. Mas, pera lá, eu me mudar para o interior? Tudo bem que eu trabalhava com a minha mãe, pegava estrada com ela todos os dias, sabia o quanto isso era cansativo, mas mudar para lá? Eu não queria. E minha faculdade? Meus amigos? Meu namorado? Minha vida social?

Por mais que eu soubesse que uma hora meus pais iam acabar se mudando, eu esperava que a obra demorasse uns anos e não estava preparada para essa mudança. Pra mim, não seria nada prático, porque eu continuaria pegando estrada todos os dias para ir para a faculdade, sem contar os fins de semana. Aquela notícia de que iríamos nos mudar mexeu muito comigo, e precisava desabafar com o meu melhor amigo.

— Mor, agora é definitivo, em um mês vamos nos mudar para o interior — contei pra ele, no sofá da sala, em um domingo à tarde. Meus pais tinham saído e a Nina estava no quarto dela. Deitei no colo dele com os olhos cheios de lágrimas, estava realmente aflita com a mudança. Ele fez carinho nos meus cabelos.

— Vai ser bom, amor! Assim sua mãe consegue adiantar a casa, logo vocês já vão pra casa nova — ele disse isso tentando me animar.

— Mas eu não ligo de morar na fábrica, só não queria ir para o interior.

— Ah, amor, eu sei. Mas não vai ser ruim assim.

— Minha faculdade é aqui, vou ter que ir e voltar todo dia sozinha.

— Sim, mas são quarenta minutos, uma hora no máximo. — Não adiantava ele querer argumentar, eu já estava decidida que não estava feliz com aquilo.

— E a gente? Como vai ser? — perguntei com a voz engasgada.

— Como assim? Normal, ué!

— Você vai pra lá de fim de semana? — Olhei pra ele quase fazendo beicinho de tristeza. Como sou manhosa, nossa senhora!

— Sim, às vezes eu vou, sim, e você vai vir pra São Paulo também. Vai ficar na sua avó ou lá em casa. — Eu sabia que ele iria lá me ver, mas sabia também que não seria com a frequência que eu desejava. Ou seja, mais uma vez dependeria mais de mim para que nos víssemos com frequência.

— Mor, você promete que vai me ver? Nada vai mudar? — DRAMÁTICA, esse deveria ser meu sobrenome.

— Prometo, amor, mas do jeito que você fala até parece que está indo para o Alasca. Você vai estar a quarenta minutos de São Paulo, só.

— É fácil falar, não é você que vai se mudar. — E era verdade, por mais que não fosse longe, era cansativo, só eu sabia o que estava sentindo. E me preocupava de verdade imaginar como essa mudança poderia afetar nosso relacionamento. A gente morava muito perto, era prático sair em dias da semana ou ele ficar em casa até tarde, assim eu não precisava ir na casa dele e encarar minha sogra. Mas com a mudança, nos veríamos mais aos fins de semana e eu teria que passar mais tempo na casa dele do que de costume.

Depois que me mudei, o que eu previa aconteceu. Ele ia raramente para o interior me ver, vivia ocupado e quando ia eu ficava superfeliz, mas não era como antes. Então eu vivia mais em São Paulo, na casa da minha avó e na casa dele, do que realmente na minha casa. Dessa forma conseguíamos nos ver com a frequência que desejávamos. Mas, com isso, passei a frequentar a casa da minha sogra por mais tempo, tinha sábado e domingo que parecia que eu morava lá, então isso só fez com que os problemas entre mim e ela crescessem.

Com o tempo fui me irritando cada vez mais com aquela situação, principalmente porque eu via que o Leandro não fazia nada enquanto estava no fogo cruzado. Eu, como sempre, também não tomava nenhuma atitude, não retrucava, mas quando ficava sozinha com o Leandro acabava descontando nele toda a minha frustração e indignação. Ele só passava a mão na minha cabeça e isso me deixava mais e mais irritada, então vivíamos brigando e às vezes nem sabíamos o motivo que havia dado início à briga.

Quando você vai à casa de alguém por um dia, só como visita, ou com pouca frequência, você não consegue ver e observar a rotina e os hábitos da família que naquela casa vive. Porém, eu andava passando mais tempo lá do que o normal, então reparava em tudo, até porque eu era a peça fora do tabuleiro ali, tinha que entender como as regras funcionavam. Não que eu passasse despercebida, claro que eu era muito bem notada por todos ali e até motivo de desconforto.

Teve uma coisa que não precisou de muito tempo para que eu notasse. Ali existiam duas rotinas completamente diferentes: as coisas funcionavam de um jeito quando o Leandro estava em casa e de outro quando ele não estava. Era como se a vida de todos parasse para fazer o que o Le quisesse ou fizesse, porém, quando ele não estava lá, a vida fluía normalmente, cada um com seus afazeres, horários e compromissos. O Leandro não percebia isso, pelo menos não no começo. Era como se o Le fosse o sol e tudo girasse em torno dele. Vou exemplificar para você, caro leitor: uma vez fomos para uma balada na sexta-feira, voltamos praticamente de manhã para a casa dele e dormimos o dia todo. Quando acordamos no final da tarde, a mãe dele entrou no quarto, sentou na cama ao nosso lado e disse: "Finalmente vocês acordaram! O que vamos almoçar? Já são seis da tarde, estamos com fome!". Ou seja, se ele não comesse, ninguém comia. Teve uma vez que estávamos assistindo a um seriado no sofá da sala, eu, o Le, a Nati e a Solange. Quando era umas duas da tarde, a Nati disse que queria comer no McDonald's e a resposta da minha sogra foi: "Nati, veja o que o seu irmão quer comer, se ele quiser Mc nós vamos, se não, não!". Pode parecer que estou exagerando, analisando apenas esses exemplos isolados, mas era assim que eu via.

E como eu sei que a rotina era diferente quando o Le não estava em casa? Fácil! Quando viajávamos, elas também viajavam, ou iam ao cinema, saíam para se divertir juntas e era nítido como tudo acontecia da forma como elas queriam, sem interferências. Teve uma vez que estávamos na sala em um domingo ensolarado e uma prima da minha sogra ligou convidando todos para um churrasco na piscina, mas ela disse que não ia, porque ia ficar em casa com os filhos. A Nati na mesma hora que ouviu a palavra piscina já se animou, que criança não gosta de ir para a piscina no verão? Mas quando viu que elas não iriam ficou emburrada; logo depois o Leandro falou que estávamos de saída, pois almoçaríamos na casa dos meus pais no interior, nos despedimos e fomos para a garagem. Enquanto ainda estávamos entrando no carro pude escutar a Solange ao telefone dizendo: "O churrasco ainda está de pé? Eu e a Natália vamos!".

Eu percebia isso nitidamente e era mais uma coisa dentre as várias que me incomodavam. Então comecei a tentar evitar passar os dias e até noites lá, assim fazia com que o Le também saísse de lá. Começamos a sair com mais frequência, dormíamos em motéis, hotéis, na minha casa no interior, na casa de amigos ou ficávamos juntos até tarde e depois ele ia para a casa dele e eu ia para a minha avó. Eu não tinha como deixar mais evidente que não me sentia confortável na casa da mãe dele, a não ser que eu abrisse o jogo e falasse o que estava acontecendo, já que ele não percebia por si. Mas tinha medo que isso pudesse causar um problema ainda maior, então não entrava muito no assunto.

Eu não era a única que estava incomodada com a situação. O Leandro também andava mais estressado do que de costume, percebia que não tínhamos liberdade quando estávamos juntos na casa da mãe dele, que era muito diferente da época de quando ele morava com o pai e tudo mais. Então teve um dia, em junho de 2013, em que saímos para tomar café na padaria e tivemos esta conversa:

— Mor, eu andei pensando... — ele disse e fez uma pausa longa, como se estivesse reorganizando os pensamentos antes de falar. — A gente podia alugar um apê juntos. Assim você não tem que pegar estrada todo dia e a gente pode ter um lugar nosso para ficar de boa.

— Olha, acho que ele finalmente estava percebendo a situação. Fiquei muito surpresa com essa proposta dele, não esperava que algo assim fosse acontecer tão cedo. Até porque morar junto é um passo gigantesco em um relacionamento. Mas apesar da surpresa, eu estava imensamente feliz com a ideia. Depois de mais uma pausa, como eu não falei nada, porque ainda estava processando a informação, ele continuou:

— O que você acha? Loucura?

— Olha, sinceramente eu não esperava por essa proposta! — Fui sincera e dei risada. Ele também riu. — Mas não acho que é loucura. Você sabe que eu tô doida pra voltar pra São Paulo.

— Sim! E acho que a gente se daria bem. Lembra quando a gente ficava no meu pai quando ele viajava? A gente se virava.

— Sim, verdade! A gente se vira. Mas será que é viável? Os gastos e tudo mais?

— Acho que sim. Vamos fazer umas contas? Você consegue acessar seu banco aí?

— Sim.

E foi assim que passamos o resto daquele dia; fazendo contas. Anotamos os nossos ganhos, os nossos gastos, o quanto tínhamos de dinheiro guardado. Começamos a pesquisar valor de aluguel, quais eram os custos de um apartamento, como luz, água, gás, telefone, internet, mercado e por aí vai. Depois de muitas contas e pesquisas, chegamos à conclusão de que dava, seria apertado no começo, teríamos que achar um apartamento que já tivesse pelo menos uma cozinha equipada e não passasse de um valor limite, mas era possível.

Ficamos empolgados, felizes com a ideia e já começamos a fazer mil planos. Nós íamos morar juntos! O Le não tinha um horário muito flexível no trabalho, então resolvemos que primeiro faríamos uma busca online juntos, escolheríamos os que estavam dentro dos nossos requisitos e eu iria visitar; se eu gostasse, aí marcaríamos de visitar juntos novamente. Então nas semanas seguintes a nossa vida era essa, quando estávamos juntos, passávamos o dia pesquisando apartamentos para alugar, vendo fotos, pesquisando regiões e tudo mais. Durante a semana eu ligava nas imobiliárias e agendava as visitas; visitei dezenas de apartamentos, alguns eram bem diferentes das fotos dos anúncios, outros eram ótimos, mas não tinham nem piso ainda e por aí vai. Até que depois de muitas visitas, achamos um apartamento perfeitinho, já era todo mobiliado, com cozinha completa, sofá, TV, cama e mais até do que precisávamos. E o melhor, cabia nos nossos orçamentos. Nossa, Fabiana, nesse momento você devia estar dando pulos e mais pulos de felicidade, né?

Negociamos valores com a imobiliária, fizemos mais umas contas, havia semanas que evitávamos sair para economizar dinheiro. Nós dois estávamos focados nos nossos planos. Nada mais era capaz de atrapalhar a minha felicidade, todos os meus sonhos estavam se tornando realidade até antes do esperado. Recebemos o contrato de locação do apartamento. Nos juntamos para ler todas as cláusulas, ver se estava tudo certo, para enfim assinarmos e darmos juntos esse próximo passo. Você deve estar pensando, essa mina é louca, está se precipitando. Mas na época eu só pensava que era isso que eu queria e pronto, moveria montanhas se fosse necessário.

Mas e nossos pais nesta história? Estávamos tão empolgados que esquecemos desse fator. Fomos resolvendo as coisas e não falamos nada para ninguém. Até porque no começo não sabíamos se ia dar certo e no fundo nós dois imaginávamos que nossos pais não iriam gostar nem um pouco dessa ideia. Afinal éramos novos, estávamos no começo do relacionamento, então não tivemos essa conversa com eles. Mas agora o contrato estava ali em nossas mãos, esperando para ser assinado. Depois de assinado, tudo iria mudar.

Nesse momento bateu um pingo de lucidez no Leandro e ele achou que antes de assinar, nós deveríamos conversar com nossos pais. Eu insisti para que assinássemos primeiro, porque eu sabia que eles seriam contra, porém eu sabia que, independentemente disso, eu não mudaria de ideia, até porque eu já pagava minhas contas. Mas e o Leandro? Ele seria capaz de ir contra a mãe dele? Eu sabia que não, se mesmo para coisas bobas que ela fazia, ele não era capaz de enfrentá-la, que dirá para isso. Decidimos então que cada um iria conversar com seus pais e depois nos encontraríamos novamente.

E eu contei pros meus pais? Não! Porque eu já sabia que depois que o Le contasse pra mãe dele o nosso plano iria por água abaixo, então pra que me indispor com os meus pais por uma coisa que nem iria acontecer? Espertinha você, né, Fabiana? É, porque sabia que eles não iriam gostar, muito menos a mãe dele, e foi exatamente isso que aconteceu. Depois que o Le falou com a mãe dele saímos mais uma vez para conversar.

— Mor, eu pensei melhor e acho que a gente deveria esperar mais um pouco antes de dar esse passo. Ainda somos muito novos — ele disse isso, sendo que pouco mais de um mês antes ele é que tinha dado a ideia, naquele mesmo lugar onde estávamos, e três dias antes falava comigo todo animado como seria a nossa vida morando juntos.

— E aí, o que a sua mãe disse? — eu já perguntei desanimada e direta ao ponto, porque sabia que tudo havia mudado depois que ele falou com ela.

— Não mudei de ideia por causa dela, só acho que devemos esperar mais.

— Leandro, até anteontem você tinha certeza de que era isso que você queria. Claro que você mudou de ideia por causa de alguma coisa que a sua mãe te falou. — Eu não era besta e não ia fingir que acreditava naquela história de que ele tinha mudado de ideia por outro motivo.

— Claro que minha mãe não gostou e falou muitas coisas. Mas não foi por isso que mudei de ideia, só pensei melhor. — Fabiana, para pra pensar: se você sabia que nem seus pais iriam gostar, como acha que ela gostaria da ideia, sendo que ele é o homem da casa e ela tem que cuidar de tudo sozinha?

— Sei! — falei com ironia. Naquele momento eu já estava furiosa, mesmo que eu já soubesse que isso iria acontecer.

— E o que os seus pais disseram? — ele perguntou, para tentar mudar o foco da nossa discussão, porque ele imaginava que eles também não seriam a favor.

— Eu nem falei para eles ainda, porque sabia que depois que você falasse com a sua mãe, você mudaria de ideia. — Seu vira-casaca! Era isso que eu queria dizer, gritar e até xingar, mas estávamos em um lugar público então me contive. Ele ficou furioso, como se eu estivesse ferindo o ego dele, mas é verdade, eu sabia que ele ia dar pra trás e deu.

Sabe o conto de fadas perfeito que eu estava vivendo nas últimas semanas? Brincando de casinha, marido e mulher e coisas do tipo? Pois é, acabou! Era como se um dragão tivesse fugido de outra história, invadido o meu livro e destruído tudo com seu fogo avassalador. Nossa, Fabiana, que imaginação fértil, tá assistindo muito *Game of Thrones*. Haha.

Além do fato de que não íamos mais morar juntos, mais uma vez nosso relacionamento estava abalado, eu estava muito p* da vida por ter corrido atrás de tudo para ele dar pra trás no final do segundo tempo, sendo que a ideia foi dele. E agora a mãe dele sabia dos nossos planos, e obviamente ele não devia ter contado para ela que a ideia tinha sido dele. Então se ela já me odiava antes, se é que me odiava, agora não queria me ver pintada nem de ouro, por querer "roubar" o filho dela. Eu já previa mais um desastre.

CAPÍTULO 18

POR QUANTO *tempo* SOMOS CAPAZES DE *fingir* QUE NÃO VEMOS TUDO *desmoronando* À NOSSA *volta*?

Depois dos últimos acontecimentos, você já deve imaginar que minha sogra não ficava nem um pouco feliz em me ver ao lado do filho dela. Quando íamos à casa dela, o clima era tão pesado que uma vez cheguei a ir embora com a desculpa de uma forte dor de cabeça, e em alguns dias até preferia não ver o Le, só para não me encontrar com ela.

Enquanto a única coisa que eu fazia era evitá-la, porque sempre fui do tipo de pessoa que não gosta de confusão, eu sentia que ela fazia de tudo para me aborrecer. Sem falar que ela ligava para ele quando estávamos juntos e às vezes eu conseguia ouvir grande parte da conversa. Já ouvi coisas como: "Você ainda tá com essa garota?", "Filho, parece que você nem tem mais casa. Só fica com a sua namoradinha pra lá e pra cá", "De novo você está com ela? Vai trocar sua mãe por uma namorada?".

Fala sério! Quem era a adulta e quem era a adolescente daquela relação? Eu não queria briga, nunca quis nem nunca vou querer roubar a posição dela de mãe. Mãe sempre vai ser mãe e namorada é namorada. Nós duas deveríamos querer a mesma coisa: a felicidade do Leandro e não disputar a atenção dele. É isso que penso hoje e sempre pensei! Infelizmente não é todo mundo que vê as coisas desse jeito, sei que muita gente sofre com as sogras ou noras, como sofri com a minha.

Ele ficava super sem graça quando a mãe dele falava essas coisas ao telefone, acredito que ele sabia que muitas vezes eu ouvia o que ela dizia, mas nunca falei nada. Fingia não ouvir, porque no fundo não sabia nem o que dizer, como reagir. Ele desconversava e ficava por isso mesmo. Por muito tempo ficamos assim, ele tentava encobrir, eu fingia não ouvir ou perceber e ela continuava a me atacar.

Você acredita que quando amamos alguém somos capazes de nos anular, suportar várias coisas acreditando em um futuro feliz? Pois é, isso não deveria acontecer nunca, porque, independentemente do amor que a gente tenha pelo outro, o nosso amor-próprio sempre tem que ser maior. Gostaria de vir aqui contar tudo que vivi com orgulho, mas não vejo dessa forma, apenas quero mostrar para você que está lendo que hoje eu vejo que errei e suportei mais do que deveria.

Depois de tudo que aconteceu, mais uma vez eu preferi me fingir de besta quando estávamos perto da minha sogra, e mesmo depois de ter lido tudo o que ela disse a meu respeito continuei tratando-a com o mesmo respeito de sempre. Fabiana, eu não acredito! Mas foi ficando cada vez mais difícil aguentar as coisas que aconteciam e engolir tantos sapos. E por tudo isso e por ver que o Le não fazia nada a respeito comecei de certa forma a descontar todo o meu rancor nele em forma de ciúmes, brigas, carência de atenção e por aí vai.

Apesar de tudo, ainda conseguíamos ter nossos momentos felizes e de amor, mas isso foi ficando cada vez mais perdido se comparado com a quantidade de brigas e desentendimentos. O Le de certa forma começou a se cansar daquela situação: a mãe dele "causando", ele tentando se manter neutro e eu implicando com ele no nosso relacionamento. Aquele ciúme que falei que comecei a ter virou uma coisa obsessiva, queria saber onde ele estava o tempo todo.

Não acho que as pessoas devam se anular nunca por causa de um relacionamento, mas foi isso que comecei a fazer aos poucos e nem percebi. Eu quase não saía de casa se não fosse pra sair com ele, não saía com as minhas amigas, deixava meus fins de semana livres esperando pela ligação dele e o convite para sair. Parece que eu havia me tornado justamente o tipo de pessoa de que nunca gostei.

O problema é que, além de tudo isso não ser recíproco, ele saía sempre com os amigos, não deixava a agenda reservada pra mim, não me colocava como prioridade; não que ele devesse, mas era o que eu esperava dele na época.

Às vezes saíamos para comemorar algumas coisas, íamos a um restaurante, comíamos uma comida deliciosa, nos divertíamos e passávamos a noite juntos trocando juras de amor e beijos. Em meio ao caos, conseguíamos ter momentos mágicos como esses que no fundo alimentavam uma esperança de um relacionamento perfeito no futuro, e isso me fazia continuar. Naquela época eu não percebia que a frequência desses acontecimentos era menor do que os problemas.

Do jeito que eu estou contando aqui, obviamente dramática, parece que vivíamos em pé de guerra. Não é isso, ainda nos amávamos e curtíamos ficar juntos. Mas, não sei explicar, mais do que "brigas verbais", os problemas eram pequenas coisinhas, a forma de falar, ou a ausência de preocupação de um, a indiferença para alguns assuntos, o excesso de ciúmes e por aí vai. Por mais que você ame a pessoa, com tudo isso a admiração de certa forma começa a diminuir.

— Oi, amor, tudo bem? — Liguei para ele em uma quinta-feira, com esperança de fazer planos para o sábado ou domingo.

— Oi. Tudo, sim, e você?

— Tudo. Como foi sua semana? — Sim, não nos falávamos todos os dias, porque era sempre eu que puxava assunto, mandava mensagem, ligava, então, se eu não fizesse isso, acabávamos nem nos falando direito.

— Tá uma correria aqui, vou ter prova na facu semana que vem, mas fora isso tudo bem. E a sua?

— Foi tranquila até. A facu vai indo, tive umas aulas bem legais essa semana e recebi vários e-mails com propostas pro blog — contei animada, afinal eu estava superinvestindo no meu blog e canal do YouTube, que havia começado como um hobby, fazia pouco mais de um ano, mas estava se tornando meu trabalho e fonte de renda. No blog eu falava sobre diversos assuntos do mundo feminino, gravava vídeos, respondia ao público e pouco a pouco fui aprendendo a como trabalhar com aquilo, que nunca pensei que poderia um dia se tornar um trabalho. Com o tempo eu fazia conteúdos para o blog, o YouTube, o Instagram e outras redes sociais. E o meu público foi crescendo e se tornando um número cada vez maior de fãs.

— Ah, que bom, amor! — ele respondeu com empolgação; desde o começo ele sempre me apoiou com as coisas relacionadas ao blog.

— E aí, vai fazer o que no fim de semana? — perguntei logo e aquele frio na barriga me fez ter um tremelique.

— Não sei ainda, amor. Acho que sábado vou com os meninos num barzinho.

— Ah, legal. E domingo? A gente podia fazer algo, né?

— Domingo eu já prometi pra minha mãe que vou ajudar ela com algumas coisas aqui da casa, como fazer mercado, arrumar a casa e tudo mais.

— E amanhã à noite então?

— Amanhã eu te falo, porque se eu sair muito tarde da facu não rola. Mas eu vou ver e te mando mensagem.

— Tá bom, me fala, tô livre esse fim de semana. — *Esse*, Fabiana? Era assim com uma certa frequência.

Era nítido que o interesse era mais meu do que dele para fazer acontecer e até mesmo para levar esse relacionamento adiante. Eu preferia não ver dessa forma e persisti. Mas às vezes ele tinha seus momentos de fofura.

— Mor, que saudade! — ele me disse quando entrei no carro e me deu um beijão. Não naquela sexta, mas num outro dia em que nos vimos.

— Nossa, eu também estava com saudade — disse surpresa e muito feliz. — Para onde vamos? — Era um sábado à tarde, ainda na transição do verão para o outono, então fazia um sol lindo, mas batia uma brisa gelada.

— Pensei em fazer algo diferente, vamos ver o pôr do sol.

Romântico, né? Fomos só nós dois até uma praça aqui em São Paulo em que as pessoas se reúnem para ver o sol se pôr. Foi lindo, sentamos na grama, conversamos, contamos sobre os acontecimentos da semana, demos risada e assistimos ao espetáculo da natureza abraçadinhos.

Eu dou muita importância para momentos como esse, mas isso não pode ser o suficiente para sustentar uma relação. Porém pra mim era, eu preferia ter curtos momentos como esse, mesmo suportando todo o resto, do que não ter nenhum.

Pode parecer loucura? Acho que é, mas acredito que também foi um caso de imaturidade minha, fui pega muito nova por um amor muito intenso e, quando as coisas começaram a desmoronar, não quis enxergar. Por quanto tempo eu ainda iria fingir que não estava vendo o que realmente estava acontecendo?

CAPÍTULO 19

VOCÊ ACREDITA EM *destino* OU *acredita* QUE NÓS FAZEMOS AS NOSSAS PRÓPRIAS *escolhas*?

O que esperar de mais uma virada de ano juntos depois da tristeza dos acontecimentos do ano anterior? Mas, por incrível que pareça, dessa vez foi surpreendentemente bom. Decidimos, com um mês de antecedência apenas, fazer uma viagem só nós dois para Florianópolis, Santa Catarina. Reservamos um hotel, fizemos um roteiro e planejamos tudo. Parecia um sonho, uma viagem de dez dias, só nós dois, para um destino novo para mim e cheio de praias.

O Natal, a virada do dia 24 para o dia 25, eu passei com a minha família e ele passou com a dele, por parte de mãe. Já o almoço de Natal, eu passei com ele, junto com a família dele do lado do pai. Foi superlegal, eles sempre me trataram muitíssimo bem e era a primeira vez que eu passava um Natal lá. Os avós do Le eram uma gracinha, lindo ver um casal junto havia tantos anos e ver que ainda existia amor numa relação tão longa.

Fomos embora no fim da tarde. Como pretendíamos pegar a estrada de madrugada, fomos para a casa do Leandro e colocamos todas as coisas no carro, isso incluía: malas, travesseiros, *cooler*, bebidas, comidas, entre outras coisas que compramos no mercado para levar. Deixamos tudo no esquema, para acordar e seguir viagem. Deitamos supercedo, mesmo sem muito sono, porque precisávamos estar descansados, afinal íamos encarar uma viagem de oito a dez horas de carro. O Le logo caiu no sono, eu demorei mais, assisti a alguns episódios de um seriado, mas depois acabei dormindo também.

Normalmente nós dois demoramos muito para acordar, mas acho que a ansiedade naquela madrugada fez a gente pular da cama com o primeiro toque do despertador. Milagre! Tomamos banho, trocamos de roupa, pegamos as últimas coisas que ficaram para fora e partimos rumo ao sul do Brasil.

No caminho, fizemos algumas paradas para comer e tomar um cafezinho. A empolgação era tanta que fomos quase o caminho todo conversando ou brincando, fazendo aqueles joguinhos de adivinhação no carro.

Chegamos! O hotel era supersimples, mas muito fofo e rodeado de natureza. Vimos até macaquinhos nas árvores, o que é uma coisa muito exótica pra mim, que moro na selva de pedra. Descarregamos o carro e fomos para o nosso quarto. Era bem pequeno, as paredes de tijolos, uma cama de casal, uma televisão e um banheiro. Lotamos quase toda a área de circulação do quarto com as coisas que levamos, engradados de cerveja e refrigerantes foram empilhados e, por cima, colocamos as comidas.

Depois de nos acomodarmos, saímos para explorar a cidade. Já era fim de tarde, estávamos supercansados, mas uma coisa que nós sempre tivemos em comum é o espírito aventureiro. Quando viajo eu gosto de explorar o máximo possível e ele também. Penso que pode ser a única vez que irei para aquele lugar, e isso pode ou não ser real, então faço valer a pena, afinal uma viagem sempre nos muda de alguma forma, abre nossos horizontes.

Mas, Fabi, como estava a relação de vocês depois de tudo? É como eu falei antes, nós tínhamos momentos que faziam parecer que nada de ruim tinha acontecido, eram momentos tão especiais que os problemas pareciam insignificantes.

A cada dia nós acordávamos, tomávamos café no hotel e saíamos para mais um dia de aventuras. Uma das aventuras foi ficar em um quarto sem ar condicionado em pleno verão; dormíamos de janela aberta e tínhamos que encarar algumas baratas de vez em quando. Conhecíamos duas praias por dia, uma de manhã e outra na parte da tarde, e à noite saíamos em busca de um novo restaurante para jantar. Andamos de quadriciclo, fomos até uma ilha e fizemos mergulho. FA-BIANA, você fez mergulho? É, na verdade ele fez mergulho e eu só tentei, mas tenho um pequeno pavor de mar, apesar de sempre entrar e tentar mergulhar.

Um dia estávamos de boa na praia, debaixo do guarda-sol, porque já estava próximo da hora do almoço e o sol estava superforte, comíamos uma porção de batata frita, tomávamos uma caipirinha e quando demos uma pausa no baralho (sim, a gente ficava jogando baralho na praia), eu peguei o celular para dar uma conferida nos meus comentários do Instagram. Em uma foto do dia anterior, em que eu tinha feito uma selfie minha na praia, tinha o comentário de uma menina assim:

> "Oi Fabi, sou muito sua fã e fico muito feliz que estás aqui em Floripa, Ilha da Magia. Sou daqui, se quiser algumas dicas ficarei feliz em ajudar. Vamos comer um japa?"

Mostrei aquele comentário para o Leandro e ele na hora disse: "Responde, vamos marcar um japa com ela". Pode parecer estranho, loucura, você marcar de sair com uma pessoa que nunca viu na vida, era a primeira vez que eu fazia isso com uma fã, mas sabe quando algo te diz para ir em frente? Fã: eu considero que são pessoas que gostam do meu trabalho e que torcem pela minha felicidade. Engraçado pensar que eu tenho fãs e que já tinha naquela época em que eu ainda estava começando a crescer nas redes sociais. Marcamos o jantar para aquele mesmo dia, eu e o Le, ela e o namorado. O nome dela era Luisa.

Que medo! Colocamos o endereço no GPS e fomos com um pouco de receio. Poderia ser um casal superchato, ou louco, ou perigoso. Vai saber. Mas fomos mesmo assim, estacionamos o carro, olhamos um pro outro, demos um sorriso como quem diz: "Bora fugir?". Chegamos na frente do restaurante sem saber por quem procurar, afinal eu não os conhecia, mas não demorou nem um segundo para eu perceber que tinha uma menina de cabelo loiro comprido de mão dada com um cara de cabelo preto curtinho usando óculos, me olhando com um lindo e largo sorriso no rosto.

Nos apresentamos, Luisa e Fred estavam nos esperando. É engraçado quando você não sabe nada sobre alguém e percebe que a pessoa sabe tudo de você e da sua vida, afinal eu compartilhava tudo na internet. O jantar foi maravilhoso, rolou logo uma sintonia, nos divertimos muito e fizemos vários planos para os próximos dias. Apesar de ser uma viagem só nossa, foi legal ter mais alguém para compartilhar as experiências.

No dia seguinte encontramos com o Fred e a Lu para almoçar em uma pastelaria que eles sugeriram, afinal, eles que conheciam Floripa, então a gente só seguiu. Depois do almoço fomos brincar de *sandboard* nas dunas, com direito a tombos e muitas risadas. No outro dia, fomos à praia juntos. O engraçado era que com apenas dois dias com o novo casal de amigos, eu já sentia que os conhecia havia anos. Acho muito louca a ligação que temos com algumas pessoas, né? Naquele mesmo dia, saímos para jantar à noite.

— Já sabem o que vão fazer no Ano Novo? — o Fred perguntou.

— A gente pensou em passar na beira-mar mesmo, para ver os fogos — o Le respondeu, mas na verdade a gente não tinha resolvido muito bem o que ia fazer.

— Nossa, mas lá fica lotado. Se você não reservou restaurante ainda, vai ter que chegar muito cedo pra conseguir comer — Fred explicou.

— Nossa, jura? A gente não sabe direito o que fazer. Onde vocês acham legal passar a virada? — eu perguntei um pouco preocupada, afinal faltava apenas um dia.

— Então, a gente sempre passa lá em casa. Meu pai ama uma festa, é supergostoso e ainda dá para ver a queima de fogos. Por que vocês não vêm passar com a gente? — a Lu fez o convite.

— Ah, jura? — perguntei sem graça.

— Tô falando, guria, passem com a gente. Vocês vão adorar.

— Não convida por educação que a gente vai — disse o Le e todos riram.

— Mas tô falando sério, podem ir.

— Lá é ótimo de ver os fogos mesmo, é sempre muito animado — confirmou Fred.

— Ah, acho que nós vamos então, né, amor? — eu aceitei o convite e fiquei muito feliz, porque estávamos realmente muito perdidos.

— Sim! Nós vamos então, hein? O que precisa levar? — o Le perguntou.

— Ah... Não precisa levar nada não.

— Não. Para! A gente leva bebida então — disse o Le meio sem graça.

— Tá bom! Então nos vemos dia 31. Vou passar o endereço certinho pra vocês — disse a Lu já se despedindo.

E, sim, nós fomos! Dia 31 de dezembro de 2013, eu e o Le passamos a virada do ano na casa de um casal que tínhamos praticamente acabado de conhecer e que viraram nossos amigos. Realmente a família da Lu era muito animada, tinha cantor, comida, bebida e dava pra ver muito bem os fogos. Todos usavam roupas brancas, era uma noite bem quente, com o céu estrelado, a casa era de frente para o mar, literalmente pé na areia, a festa foi no quintal com vista para o mar. Foi lindo! Acho que não poderíamos ter comemorado melhor a entrada daquele ano. Quando deu meia-noite todos comemoraram, estouraram espumantes e eu e o Le nos beijamos!

— Feliz Ano-Novo, meu amor! Eu te amo! — ele falou baixinho no meu ouvido, enquanto ainda estávamos abraçados.

— Eu também te amo! Feliz Ano-Novo, que a gente passe muitos e muitos anos juntos como este! — Eu o abracei com força, olhei pro céu e desejei do fundo do meu coração: *Eu amo esse cara, queria que nosso relacionamento fosse sempre como tem sido nesta viagem!*

Parece que por alguns segundos o tempo congelou, muitas coisas passaram pela minha cabeça, todo o sofrimento que eu vinha passando, todos os sapos que eu já tinha engolido, mas tudo parecia pequeno quando eu estava envolvida por aquele abraço que me trazia paz. Como eu era capaz de amar tanto alguém? Ai, Fabiana, dá vontade de entrar nessa cena e dar um tapa nessa sua cara pra ver se você acorda.

Enquanto eu estava ali sonhando, abraçada com ele, vendo a queima de fogos, na casa de novos amigos, naquele microssegundo em que tudo parecia perfeito, eu nem imaginava a loucura que seria a minha vida naquele ano que tinha acabado de começar. Todos fizeram brindes, abraçamos diversos desconhecidos, que faziam parte da família da Lu, comemos, bebemos e, claro, aproveitamos que a casa era de frente para o mar e fomos pra praia. Tiramos os sapatos, colocamos os pés na areia, e lá estava eu, mais um ano seguindo a tradição de pular as sete ondinhas, de mãos dadas com o Le.

Meus sete pedidos? Foi na verdade um único pedido para as sete ondas: eu só queria que as coisas entre nós melhorassem, continuassem como estavam sendo naquela viagem. Por que as coisas têm que ser tão complicadas? Eu o amo e ele me ama. PONTO. Isso não deveria ser o suficiente para chegar ao final do livro com a frase: "... e foram felizes para sempre!"? Mas isso não é conto de fadas, né?

O resto da viagem continuou sendo maravilhoso, conhecemos mais algumas praias, nos encontramos com a Lu e o Fred mais algumas vezes, saímos para comer pizza, jogar videogame e eu vi vaga-lumes de perto pela primeira vez. Que desilusão, eles não são bonitinhos como vemos nos filmes, redondinhos com a bundinha que pisca, pelo menos não esses que eu vi em Floripa. Eles pareciam baratas menores, mas com os olhos verdes luminosos. QUE DECEPÇÃO! Se eu soubesse que eles eram feios assim, nunca teria tido vontade de caçar vaga-lumes.

No dia de ir embora até deu uma tristeza saber que aquela viagem perfeita que estávamos vivendo tinha chegado ao fim. Recolhemos as nossas coisas, fizemos check-out do hotel, fomos nos despedir dos nossos mais novos amigos, paramos para comer alguma coisa no centro da cidade e pegamos estrada rumo a São Paulo.

A volta não foi tão animada quanto a ida, mas ainda estávamos muito felizes, com novas experiências e muitas histórias para contar. Mais uma vez, conversamos durante quase todo o caminho. Em alguns momentos eu me pegava olhando pela janela, vendo a paisagem passar e pensando em tudo. *Como as coisas seriam naquele ano? Será que era nosso destino continuarmos juntos?* Você acredita em destino ou acredita que nós fazemos as nossas próprias escolhas? Eu só sei que, por mais amor que eu tivesse, aquela situação toda era muito complicada, eu era uma bomba-relógio, uma hora ou outra iria explodir. Era só questão de tempo.

CAPÍTULO 20

Levante E CORRA ATRÁS DA SUA *felicidade*, POIS SE VOCÊ *não fizer* ISSO, NINGUÉM VAI FAZER *por você*!

Mais um ano começou, as aulas da faculdade iniciaram, o vai e vem da estrada voltou ao ritmo. O trânsito caótico de São Paulo piorava a cada dia e a vida voltou ao normal, assim como o meu relacionamento. Nós nos víamos nos fins de semana, às vezes era incrível, às vezes ele não me dava muita bola.

Mas algo tinha mudado e de tudo que você possa imaginar que estaria diferente, a mudança desta vez começava a acontecer em mim. Eu estava determinada a mudar, me arriscar, tomar uma atitude e buscar a minha felicidade. Pois se tem uma coisa que eu digo é: "Levante e corra atrás da sua felicidade, pois se você não fizer isso, ninguém vai fazer por você". Então eu fiz!

Voltei a procurar apartamentos para alugar em São Paulo, mas dessa vez não ia esperar por ninguém. Naquela época eu já estava começando a ganhar um pouco melhor com o blog, fiz as minhas contas e vi que, me apertando um pouco aqui e ali, eu era capaz de me manter sozinha. Eu estava cansada de pegar a estrada todo dia para ir para a faculdade e até chegava a pegar a estrada mais de uma vez, já que às vezes eu tinha outros compromissos em São Paulo. Nesse ano, parei de trabalhar com meus pais e comecei a me dedicar mais ao meu trabalho nas redes sociais. Então, pra mim, não fazia sentido eu continuar morando no interior. Poderia ser uma loucura e o tiro sair pela culatra, mas valia o risco.

Fiz tudo em silêncio, liguei para vários corretores, visitei alguns apartamentos. Cheguei a comentar com o Leandro sobre o assunto, mas ele não pareceu dar muita bola, acho que deve ter pensado que eu não iria realmente dar aquele passo sozinha. Quando contei pra ele, tive uma certa esperança de que ele fosse se animar com a ideia, quem sabe aquele papo que tivemos lá atrás sobre morar juntos voltasse à tona, mas não. Mesmo assim me mantive firme.

Quando achei o apartamento que eu queria, marquei uma segunda visita e levei a minha irmã comigo. Eu queria a opinião de alguém, mas não poderia ser do Leandro nem dos meus pais, que ainda nem sabiam o que eu andava tramando. A Nina amou o apartamento, era em um bairro próximo ao da minha avó, muito bem localizado, perto de uma padaria 24h, com uma vaga na garagem. E, Fabiana, sempre pensando em comida! O apê tinha setenta metros quadrados, a porta de entrada era no meio da sala, uma sala ampla, com uma porta de vidro que dava para a sacada; uma das paredes tinha textura e era pintada de verde limão, as outras eram branquinhas; o piso era laminado de madeira que se estendia por todo o apartamento. A cozinha era americana, tinha uma bancada de madeira escura com vista para a sala, armários brancos e uma outra bancada de pedra preta onde ficava a pia; os azulejos eram cor de creme, iguais aos do banheiro, e no final havia uma porta de vidro que dava para uma microlavanderia. Tinha um corredor com três portas, a primeira, que ficava bem perto da sala, era o banheiro, que era bem simples. A porta do meio era de um quarto pequeno totalmente vazio e com todas as paredes pintadas de azul-escuro. O quarto que seria o de dormir ficava no final do corredor, tinha um armário marrom-escuro na parede esquerda de quando se entrava no ambiente, a mesma madeira era usada na cabeceira, onde deveria ter uma cama na parede da frente, que era a única que tinha cor – era laranja – e do lado direito havia uma grande bancada com gavetas e espaço para escrivaninha, também do mesmo material.

Perfeito para uma pessoa só. Eu teria que pintar umas paredes, comprar o que faltava e arrumar do meu jeito.

Depois dessa segunda visita eu estava decidida, aquele seria o meu apartamento. Dei entrada na documentação para a locação do apartamento com a ajuda do meu irmão Nino, que naquela época era corretor de imóveis no Sul, onde ele morava. Ele que viu todos os detalhes do contrato pra mim, via e-mail, assim eu não correria o risco de fazer besteira. Só quando tive a certeza de que tudo tinha dado certo, quando eu já estava com as chaves do meu novo lar nas mãos, que tive coragem de contar para os meus pais. Sou louca? Um pouco, mas como eu já disse antes, quando coloco uma coisa na cabeça, não tem quem tire.

Obviamente meus pais ficaram chocados. Minha mãe começou a chorar na mesma hora, levantou e foi para o quarto dela. E se tem uma coisa que desde criança me deixa desnorteada é ver a minha mãe chorar. Ela sempre foi tão forte, guerreira, símbolo de segurança pra mim, que vê-la em um momento de fragilidade era desconcertante. Meu pai não falou nada, levantou e foi atrás da minha mãe. Não sei você, mas eu prefiro que a pessoa fale a verdade na minha cara do que fique em silêncio. O silêncio incomoda, dói, cutuca e te deixa perdido.

No dia seguinte fui até a cozinha para tentar falar com a minha mãe, mas ela parecia não querer olhar na minha cara. Entendo a raiva dela, hoje eu entendo, naquela época não sei se eu entendia. Mas não consigo ficar brigada com ninguém, tenho a necessidade de conversar e tentar resolver as coisas. Naquele caso, eu ainda nem sabia o que ela achava, só sabia que não tinha ficado nem um pouco feliz e mais nada.

Então ela me disse aos prantos que eu estava sendo precipitada, imatura, que eu deveria esperar e futuramente sair de casa quando comprasse o meu próprio apartamento, porque não tinha necessidade de eu sair tão cedo para morar de aluguel e blá-blá-blá. Falou, falou, falou. E falou com raiva. Questionou, como eu já tinha resolvido tudo e contava pra ela assim? Que se eu fosse morar em São Paulo com o Leandro, a gente ia acabar não se casando nunca, porque depois que mora junto fica acomodado e blá-blá-blá.

Tentei explicar que eu estava cansada de pegar estrada, que minha vida era em São Paulo, que eu iria morar SOZINHA, que eu não pretendia morar com o Leandro nem com ninguém, que isso e que aquilo. Mas quem disse que ela me ouviu? Quando comecei a tentar me explicar, ela levantou chorando, com raiva, subiu as escadas novamente, foi para o quarto dela e bateu a porta. Eu continuei falando, quase gritando, comecei a chorar. Senti meu rosto ficando quente, que raiva, por que ninguém podia me apoiar? Era loucura, talvez, mas eu precisava conquistar a minha liberdade e independência.

Fui para o meu quarto e comecei a guardar algumas coisas, afinal, eu já estava com as chaves na mão, no dia seguinte um pintor iria ao apartamento mudar a cor de algumas paredes, eu já estava encomendando algumas coisas pela internet e em menos de um mês pretendia me mudar. Sei que parece tudo rápido demais, parece que fiz as coisas sem pensar, mas não fiz. Era algo que eu queria muito e hoje vejo que eu precisava viver aquilo.

Meus pais têm muitas qualidades e defeitos, mas uma coisa que admiro demais neles é a forma como criaram os filhos. Não estou falando que foram perfeitos, que não foram superprotetores, que deram atenção igual a todos ou coisas do tipo. Isso não existe, os pais erram! E nós também vamos errar com os nossos filhos, mesmo quando acharmos que estamos certos. O ser humano é muito complexo. Mas foi pelos acertos e erros deles na minha criação que sou quem sou hoje e por isso sou completamente grata a eles.

Desde muito nova sempre fui determinada e independente, minha mãe me fala isso o tempo todo! E é verdade, ela sabe que criou seus três filhos pro mundo, apesar de hoje ela sentir a síndrome do ninho vazio, né, mãe? Eu estava com vinte anos, fazendo faculdade, começando a crescer na minha nova profissão de *digital influencer* e senti a necessidade de dar um passo rumo à vida adulta. Eu queria me tornar independente, não que eu precisasse, poderia viver mais uns anos à custa dos meus pais, mas não era isso que eu queria. Eu sabia que não seria fácil, sabia que iria passar uns perrengues, mas eu queria isso, precisava dessas experiências para amadurecer e crescer.

Então, mesmo com meus pais contra mim, resolvi tudo que faltava no apartamento, sozinha. SOZINHA! Sem meus pais e sem o Leandro também. Meus pais não queriam me ajudar, porque eles pensaram que se eu tivesse dificuldades iria acabar desistindo da ideia, o que não aconteceu, é claro. E sem o Leandro, porque eu queria poder bater no peito e dizer que fiz tudo sozinha, afinal ele tinha dado pra trás quando tivemos a chance de morar juntos, então, por orgulho, eu não queria nem a ajuda nem a opinião dele pra nada. Rancorosa você, Fabiana.

O Leandro conheceu meu apê quando tudo já estava pintado e os móveis e eletros encomendados. Claro que no dia da mudança eu engoli o meu orgulho e pedi a ajuda dele. Minha avó e ele me ajudaram a limpar todo o apartamento. Fizemos a faxina pesada, comecei a guardar umas roupas no armário, a geladeira e o micro-ondas chegaram, a internet já havia sido instalada, eu já tinha o necessário para mudar, menos a cama, que chegaria no dia seguinte. Isso não me impediu de passar a noite lá.

Quando acabamos a faxina, pedi uma pizza, assim nós três pudemos relaxar e descansar um pouco, afinal, foi um dia bem puxado. Mas eu não poderia estar mais feliz. Ainda faltavam muitas coisas para se tornar a casa dos sonhos, não tinha sofá, nem televisão, nem decoração, mas era a minha casa! E eu poderia brincar com ela, como brincava de casinha quando criança, só que dessa vez com contas para pagar. Muitas contas! Depois que levamos a minha avó embora, o Le estava dirigindo rumo à casa dele e eu quebrei o silêncio:

— Mor, por que estamos indo pra sua casa? Vamos pra minha! — falei superanimada.

— Ah, mas ainda não tem cama — ele respondeu meio confuso.

— Eu sei, mas podemos pegar aquele colchão inflável que você tem, a gente enche e dorme lá hoje. A casa tá limpinha. Vem passar a primeira noite comigo lá. — Ao mesmo tempo que eu não queria que ele fizesse parte das coisas, no fundo eu queria compartilhar toda a experiência com ele, porque ele era meu namorado e meu amigo.

— Tá bom! Bora. Vamos passar em casa então para pegar o colchão e uma troca de roupa pra mim — ele falou animado, topando a aventura.

Enchemos o colchão inflável com o secador de cabelo, colocamos um lençol em cima e pronto, tínhamos uma cama improvisada. Colocamos um filme para assistir no meu notebook, peguei dois copos de Coca-Cola e sentamos lado a lado no colchão para assistir, mas antes que eu desse o play:

— Vamos fazer um brinde! — ele disse levantando o copo e aguardando que eu pegasse o meu para prosseguir. — Vamos comemorar essa sua conquista, você deu um grande passo e vai morar sozinha! Que você seja muito feliz neste apartamento! — Brindamos e bebemos! Fiquei muito feliz, amava isso nele, de comemorar cada conquista e pra mim era uma conquista enorme!

Nem preciso dizer que tivemos uma noite maravilhosa, né? No dia seguinte, acordei cedo, levantei da cama devagar, para não acordar o Le, troquei de roupa e saí de fininho, sem fazer barulho. Eu estava

MUITO FELIZ. E quando estou feliz, gosto de deixar os outros felizes também. Oh, que fofa, Fabiana! Fui até a padaria, que ficava logo na esquina do meu prédio, comprei pão, frios, suco, pão de queijo e alguns docinhos, voltei pra casa e preparei tudo no balcão da cozinha. Fui até o quarto e acordei ele com beijinhos, bem romântica.

— Bom dia, meu amor! Levanta, vamos tomar café! — falei baixinho, mas superanimada.

Ele levantou, meio perdido, ainda sonolento colocou a roupa e foi até o banheiro. Eu já fui pra sala para esperar por ele. Quando ele saiu do banheiro e chegou na sala, ficou surpreso ao olhar para a mesa de café da manhã que eu havia preparado.

— Eita! Achei que a gente ia tomar café na padaria. Tinha comida aqui? — ele perguntou confuso.

— Não, mor, eu acordei e fui na padaria comprar pra gente — falei toda orgulhosa de mim, me senti muito dona de casa prendada.

— Nossa! Se for assim todo dia que eu dormir aqui vou ficar mal-acostumado — ele riu.

— Não se acostuma, não, hoje é um dia especial, porque é meu primeiro dia aqui. Mas da próxima vez pode ser você, tá? — eu disse rindo.

Que começo de vida adulta morando sozinha maravilhoso, né? Naquela tarde a cama chegou, arrumei mais algumas roupas no armário e eu e o Le saímos para fazer mais algumas coisas. À noite resolvemos sair para jantar, mas antes íamos passar na casa do Leandro para pegar umas coisas. Chegando lá a mãe dele pediu para ele comprar uns remédios na farmácia, pois a Nati não estava bem. Quando entramos no carro, a Nati pediu para ir junto com a gente.

— Nati, o que você tem? — o Le perguntou pra ela depois que ela entrou no carro.

— Eu tô com muita dor de cabeça e me sentindo mole — ela disse com voz de doente.

— Mas se você tá tão mal assim, devia ter ficado em casa. Quem tá doente não tem vontade de sair de casa. — O Leandro disse isso e aproveitou que parou no semáforo para olhar pra trás e olhar nos olhos dela. — Fala a verdade Nati, o que aconteceu? — ele perguntou, pois conhecia a irmã e sabia que aquilo não era doença e sim uma forma de chamar a atenção. Coisa de criança, né?

— É que agora que a Fabi vai se mudar, eu não vou mais te ver! — ela disse isso com uma voz baixinha, chorando como se nunca mais fosse ver o irmão.

Eu fiquei em choque! Só para deixar claro, eu estava no carro, no banco da frente, enquanto rolava toda essa conversa! MEU DEUS! Eu não conseguia entender. Por que será que ela pensava isso? Tudo bem que já havíamos pensado em morar juntos antes, mas desta vez era diferente.

— Nana, eu vou continuar morando aqui com você e com a mamãe. Quem está se mudando é a Fabi. Nada vai mudar — o Le respondeu tentando não demonstrar a cara de desconcertado.

Fomos até a farmácia, voltamos, deixamos a Nati em casa e saímos para comer. Não tocamos no assunto do que aconteceu no carro. Mas de um jeito ou de outro, isso abalou nós dois, pois quando saímos do restaurante, ele me avisou que ia dormir na casa dele aquela noite, mesmo depois de termos combinado que ficaríamos juntos.

— Ah, amor, eu sei que falei que ia dormir lá com você, mas depois do que a Nati falou no carro, acho melhor eu dormir em casa hoje. Assim ela vai ver que eu não vou sumir, sabe?

— Entendi! — falei meio brava. O que eu poderia fazer? De certa forma a Nati não tinha culpa de nada e era nova demais para entender a situação, acho que qualquer criança pensaria a mesma coisa.

Ele me deixou em casa, me deu um beijo e foi embora. Passei a primeira noite sozinha no meu apartamento, deitada olhando pra cima e tentando entender o que havia acontecido. Será que a minha sogra tinha falado alguma coisa para a Natália? Ou será que a Nati tinha imaginado isso? O que mais me incomodava de certa forma era ver como o Leandro levava a situação, ele não me pedia desculpas pelo que havia acontecido. E, pelo visto, também não falava com a mãe sobre o que ela vinha fazendo, porque senão ela já teria parado. Fabiana, você nem sabe se sua sogra falou algo para a Natália ou não; até porque você sabe bem como uma mente fértil pode criar coisas na própria cabeça, né?

Pode ser fácil falar isso agora, mas naquela noite, depois daquela situação, várias coisas começaram a passar pela minha cabeça, então percebi que a nossa relação tinha data de validade e ela estava próxima. Eu não queria acreditar nisso, faria tudo que fosse capaz para provar que eu estava errada, mas no fundo eu sabia o rumo que as coisas estavam tomando, parecia que eu e minha sogra estávamos em uma disputa. Eu não estava sabendo jogar aquele jogo; ter ido morar sozinha foi como se eu tivesse sacrificado o meu cavalo em um jogo de xadrez e faltavam só mais algumas jogadas para que a minha sogra desse o xeque-mate.

CAPÍTULO 21

COMO PODEMOS *sentir* TANTO *amor* POR UMA *bolinha* DE PELOS?

Cachorros! Quem não ama? Tem gente que prefere gatos, ou pássaros, ou peixes. Eu gosto de animais de modo geral, mas sempre fui apaixonada por cachorros. Eles são fofos, não só pela aparência, quantidade de pelos, carinha de pidões e rabinho abanando, mas pelo fato de serem carinhosos, companheiros, brincalhões, amigos e fiéis. Sempre quis ter um cachorro, mas minha mãe não é uma grande fã. Ela sabia que se nos desse um cachorro, a sujeira e o trabalho iriam acabar sobrando para ela, por mais que eu e a Nina jurássemos que cuidaríamos.

Por muitos anos ela resistiu, até que um dia acreditou na gente e compramos um cachorrinho. Ele era uma bolinha com pelos branquinhos deitado de barriguinha pra cima na vitrine de um pet shop. Foi amor à primeira vista, e quando a minha mãe disse sim, ninguém acreditou, compramos o nosso primeiro cachorro. Era um maltês chamado Snow. Pouco tempo depois minha mãe caiu em si e se arrependeu, mas já era muito tarde, todos já estavam apaixonados pelo Snow, inclusive ela.

Alguns anos depois eu e a Nina estávamos passeando no shopping com umas amigas, passamos na frente de uma vitrine de pet shop e lá vimos a irmãzinha perfeita para o Snow, pequena, branquinha, mesma raça. Entramos na loja, pedimos para pegar no colo, perguntamos preço e tudo mais. Estávamos encantadas!

— Nina, olha ela! — falei enquanto esmagava aquela bolinha de pelos nos meus braços.

— Vamos comprar? Você paga metade e eu pago metade. — Naquela época, eu devia ter uns 19 anos, nós já tínhamos começado a trabalhar e ganhávamos nosso dinheiro.

— Mas a mãe não vai deixar, nem o pai — falei preocupada.

— Vou ligar pra eles, pera aí. — A Nina pegou o telefone, ligou para eles e colocou no viva voz. — Oi, mãe.

— Oi, filha. Tudo bom?

— Sim. Ô, mãe, eu tô com a Fabi aqui. Estamos em um pet shop e estamos apaixonadas por uma irmãzinha pro Snow.

— Ah, não. Nem pensar — ela já falou brava.

— Mas, mãe, ela é lindinha. E a gente é que vai pagar! — Eu não conseguia nem abrir a boca.

— Ah, não! Eu sou contra, fala com seu pai. — E ela passou o celular pra ele.

— Ô, pai, a gente vai comprar uma irmãzinha pro Snow!

— Sua mãe disse que não. — Ou seja, ele não era contra.

— Mas a gente vai pagar e cuidar dela. Se a gente chegar aí com ela, o que vocês vão fazer? — Fiquei até sem respirar com a pergunta da Nina e meu pai demorou para responder.

— Nada — disse ele. Era isso que a gente precisava saber. E, acreditem, compramos o nosso segundo cachorro, que também era um maltês branco, dessa vez fêmea, e demos a ela o nome de Sunny. Fabiana, vocês são loucas!

No começo o Snow não curtiu muito a ideia de ter uma irmãzinha, nem meus pais ficaram muito felizes com o que a gente fez, mas pouco tempo depois já estava tudo bem e o Snow e a Sunny brincavam como melhores amigos. Isso já faz tempo, quando meus pais mudaram para o interior a Sunny já tinha dois ou três anos.

A Sunny era bem apegada a mim, mas também não saía de perto do Snow nem por um segundo. Pouco tempo depois que fui morar sozinha, pensei que seria legal levar a Sunny para morar comigo, mas antes eu teria que fazer um teste, levá-la para passar uns dias no meu apartamento e ver se ela iria gostar.

Então um dia que eu estava na casa dos meus pais, peguei a Sunny, peguei uma caminha dela, comida e uns brinquedos e a levei para o carro. Dei tchau para os meus pais e saí com ela no carro, passei pela primeira portaria do condomínio onde meus pais moram e antes que eu pudesse chegar à portaria que dá acesso à estrada, que tem uma distância de cinco quilômetros de uma para a outra, a Sunny começou a chorar, ou melhor, a gritar dentro do carro.

Parei o carro imediatamente e olhei para ela. Ela chorava, latia e olhava pra trás, me olhou por um segundo e foi o suficiente para me fazer chorar, ligar o carro de novo, dar meia-volta e voltar para a casa dos meus pais. Quando cheguei lá, desci do carro, peguei a Sunny e a soltei no chão, ela saiu correndo pela casa, até que achou o Snow deitado perto da piscina, correu até lá e deitou ao lado dele. Acho que o recado foi bem claro, ela não queria sair de perto dele, mas infelizmente o Snow também não iria querer sair da casa dos meus pais, porque, acreditem, de todos que ele poderia escolher para ser o "dono" dele, ele escolheu a minha mãe.

Fui embora para casa aquele dia sozinha e triste. Queria muito ter a Sunny em casa comigo, mas antes de tudo queria a felicidade dela. O Le foi jantar comigo aquela noite e falei como eu estava chateada com tudo aquilo. Mas eu estava decidida: iria ter um cachorro morando comigo.

— Calma, amor. Não faz nem um mês que você se mudou!

— Eu sei, mas quero um cachorro, quero uma companhia.

— Eu acho que você tem que esperar. É muito cedo, você ainda não teve tempo nem de pegar a rotina com a casa.

— E o que é que tem? Esta semana eu vou pesquisar sobre cachorros.

— Sou contra. Espera mais um pouco — ele disse me olhando sério.

No dia seguinte comecei a pesquisar lugares para comprar cachorros, aí vi uma postagem de uma amiga minha no Facebook dizendo que a cachorrinha dela tinha dado cria e que ela estava dando os filhotinhos. Adivinhem a raça? Maltês também! Na hora peguei o celular e liguei pra ela.

— Oi, amiga. Tudo bom?

— Oi, Fabi. Tudo, sim, e você?

— Tudo ótimo. Você tem que vir aqui em casa conhecer, ainda está uma zona, falta chegar o sofá e terminar de decorar, mas vamos marcar um dia com as meninas?

— Vamos, sim!

— Miga, eu vi que você postou no Face que a sua cachorrinha deu cria e você vai dar os filhotes. É sério isso?

— Sim! Nasceram duas fêmeas, não tem como eu ficar com elas aqui, não quero vender, sabe? Quero dar para alguém conhecido, que eu sei que vai cuidar. Por quê?

— Ai, amiga. Porque eu tô querendo um cachorrinho! — falei com aquela voz emocionada!

— Vem aqui amanhã conhecer elas! Já estão com quase três meses, com as vacinas em dia, tudo direitinho.

— Ahhh! Eu quero, mas o Le acha que eu devo esperar, porque acabei de me mudar, né?

— Esperar o quê?

— Sei lá! Mas posso ir aí amanhã só para conhecer as nenéns? — Eu sabia que se eu fosse iria me apaixonar.

— Claro! Te espero amanhã. Beijos.

Não contei pro Le, não contei pros meus pais, só contei pra Nina e pra Cinthia, que é prima do Le por parte de pai, mas também muito amiga minha; é atriz, superbonita, alta e com cabelos castanhos com movimento. A Nina não podia ir comigo, mas a Cinthia topou na mesma hora. Ela é apaixonada por cachorro e eu sabia que se ela fosse comigo seria minha cúmplice. E foi isso que aconteceu!

Quando chegamos lá, minha amiga me levou direto para onde estavam as duas bebês peludinhas e branquinhas, elas estavam dentro de um cercadinho, e quando coloquei meus dedinhos entre as grades, uma delas foi para trás com medo, já a outra começou a morder a ponta dos meus dedos, enquanto abanava o rabinho de felicidade. Ela roubou meu coração, coloquei as mãos dentro do chiqueirinho para pegá-la e ela começou a saltitar, como se fosse uma brincadeira de pega-pega.

Peguei-a no colo, tão pequena, leve, pelo macio e fofinho. Ela não era tão branca quanto a irmã e a mãe, tinha uma coloração mais champanhe, que eu achei um charme. Ela me encheu de lambidas e meu coração derreteu de amores. Ela já era minha filha e eu sabia que não conseguiria ir embora de lá sem ela. E o Le? Ele ficaria uma fera, mas afinal eu já não estava me importando tanto com a opinião dele ultimamente mesmo. Fabiana, vai com calma! Minha amiga me explicou tudo, me deu a carteirinha de vacinação dela, passou o contato do veterinário e tudo mais.

Saímos de lá rumo a um pet shop, a Cinthia com minha filha de quatro patas no colo e eu dirigindo. Precisei comprar tudo: caminha, comida, fralda, lacinhos, roupinhas e por aí vai. Pirei!!! Mas qual seria o nome dela? Eu ainda não sabia, primeiro pensei em chamar de Marie, mas a Nina disse que era nome de gato. Aí então lembrei que minha amiga Lu de Floripa tinha uma cachorra chamada Amora, mandei mensagem pra ela perguntando se ela se importava de eu dar esse nome para minha filha canina. Ela disse que não se importava nem um pouco e, pronto, a minha Amora agora tinha nome.

Quando chegamos em casa ela começou a explorar o ambiente, corria pra lá e pra cá, toda desengonçada, porque ainda era neném, escorregava no piso de madeira, coloquei roupinhas nela, tirei fotos, abracei, beijei, chamei a Nina e minha amiga Lele para conhecê-la. Foi uma festa, elas ficaram encantadas, a Cinthia não queria mais ir embora, eu não consegui fazer mais nada o dia inteiro a não ser brincar com a Amora. E o Leandro? Eu ainda não tinha contado pra ele e só contaria pessoalmente. Fabiana, você não tem medo do perigo?

Pedi para ele passar em casa de noite, depois da faculdade dele. MEDO! Eu sabia que ele ficaria bravo, mas achei que seria uma coisa rápida, afinal quem resiste à fofura de um filhote? Quando ele estava quase chegando coloquei um vestidinho pink nela e fiquei esperando de pé em frente à porta com ela no colo. Quando a campainha tocou eu disse: "Pode entrar!". Ele entrou, me viu parada ali na frente, ainda sem entender nada e eu com um sorriso largo no rosto mostrando a pequena no meu colo.

— Que é isso? — ele perguntou com cara de surpresa, mas não uma surpresa boa.

— Essa é a Amora! — eu disse ainda sorrindo, mas a cara de alegria já estava mais para sorriso amarelado.

— É sério isso? É zoeira, né? — ele perguntou bem sério, bem bravo. Achei que nessa hora ele já estaria pegando ela no colo, mas ele nem olhava pra ela, só me encarava.

— Sim, amor. Essa é a Amora, nossa filha.

— Nossa, não, que eu não sou pai de cachorro! — TOMA, FABIANA! Coloca o cavalinho na tela. Acho que ele não poderia ter sido mais grosso. Ok que ele era contra eu pegar um cachorro e eu posso ter forçado a barra com aquela frase, mas não era pra tanto.

— Desculpa! Minha filha! — Coloquei-a no chão e ela foi correndo na direção dele com aquele vestidinho rosa fofinho e começou a morder o cadarço do tênis dele. Achei que agora ele iria se derreter, como resistir? Mas não, ele me olhou feio, sentou no sofá e ligou a TV.

Passou o resto da noite tentando ignorar o fato de que agora havia uma cachorra na casa. Coloquei-a no sofá, ela passava por cima dele, mordia os dedos, dava lambidas, rolava, pulava e ele só ignorava. Dava para ver na cara dele que ele queria agarrá-la, mas ele não ia ceder assim tão fácil. E eu também tentava me aproximar dele, mas assim como ele a afastava e ignorava, fazia o mesmo comigo.

Ele não quis dormir em casa aquela noite, afinal era um dia da semana e ele estava bravo demais para continuar ali sem brigar. Nem insisti, achei que era melhor mesmo ele esfriar a cabeça. Só não achei que ele demoraria tanto para ficar mais calmo, já que ele ficou uma semana inteira sem falar comigo. SIM, ACREDITE! Eu mandava mensagem e ele às vezes respondia, às vezes não. Falava que estava muito ocupado no trabalho, ou que ia fazer um trabalho da faculdade e por aí vai. Mil desculpas!

Uma semana depois, finalmente ele me respondeu e veio em casa; não posso dizer que as coisas voltaram ao normal, porque ter pegado a Amora, mesmo com ele dizendo para eu não pegar um cachorro uns dias antes, foi como dar um tiro no pé do nosso relacionamento. Mas pela Amora eu faria tudo de novo, um relacionamento precisa ser melhor do que brigar por causa de uma criaturinha tão fofa.

Ele voltou a dormir em casa, me responder e me tratar normalmente como antes, mas continuou a não querer nada com a Amora, e mesmo ela sendo a bolinha de pelos mais fofa do mundo, ele fazia de tudo para resistir.

— Olha como ela é fofa, amor! — eu falava enquanto ela corria que nem doida atrás do próprio rabo.

— Fofa? Ela parece uma ratinha branca. — Tadinha! Ele falava brincando, mas era assim que ele a chamava e eu ficava com raiva.

Ela podia fazer de tudo, ele continuava não dando bola. E por mais que ele já não estivesse mais bravo, continuava jogando na minha cara que eu não estava nem aí para a opinião dele. Se antes eu já achava ruim que ele não estava tão presente, depois disso só piorou. Será que ele tinha realmente ficado tão bravo por causa da Amora ou era a desculpa que ele estava esperando para se afastar ainda mais de mim?

CAPÍTULO 22

O QUE SUSTENTA UM *relacionamento* NÃO É SÓ O *amor*, OS DIAS MÁGICOS OU PRESENTES *espetaculares*, MAS SIM A *forma* DE SE RELACIONAR

Mais um ano de namoro se passou, aos trancos e barrancos, mas completamos três anos juntos como namorados, no dia 13 de março de 2014! Mesmo com todas as brigas e ainda mais pelo recente desentendimento por causa da mais nova integrante da família, AMORA, eu queria fazer algo especial para comemorar. Gosto de comemorar as conquistas e datas importantes, como eu já disse antes, e, por pior que o relacionamento pudesse estar ou parecer, no fundo eu tinha esperança de que era possível reverter a situação.

Então duas semanas antes fiquei pensando no que fazer ou dar para ele no nosso aniversário de namoro. Eu nunca sei o que dar, sério! Porque quando é aniversário da pessoa, pode ser qualquer coisa, roupa, sapato, perfume, algo de que a pessoa goste, como um livro e por aí vai. Mas quando é data de comemoração do casal, do relacionamento, acho que tem que ser algo mais especial, só nunca sei o quê!

Até que depois de muita pesquisa, tive uma ideia! O Leandro ama carros, eu não poderia dar um carro para ele, nem um carro velho usado, que dirá um carrão esportivo, mas eu poderia dar de presente para ele a experiência de dirigir uma Ferrari. SIM! Isso é possível e não custa uma fortuna. Não tive dúvida de que esse era o presente perfeito e de que ele iria amar, ou melhor, pirar! Boa, Fabiana, mandou bem!

Então comprei essa experiência através de um site, liguei e fiz a reserva do dia e horário, infelizmente não deu para ser no dia do nosso aniversário de três anos de namoro nem no fim de semana, mas marquei para uma quinta-feira, uma semana após a data do aniversário. Não contei nada para ele, tinha que ser surpresa.

No nosso aniversário, o Le faltou na faculdade e foi me buscar em casa! Eu já estava pronta, usando um vestido preto, curto, justinho no corpo, de salto, maquiada (nessa época eu já sabia me maquiar bem mais do que só uma máscara de cílios e pó) e com os cabelos cacheados, esperando por ele acho que desde a hora do almoço, na verdade, afinal quase não sou ansiosa, né? Mas ele disse que precisava ir ao banheiro e subiu até o apartamento. A campainha tocou e quando abri, lá estava ele, lindo, cheiroso, com uma camisa social e um enorme buquê de rosas colombianas vermelhas, que são as minhas favoritas!

— Feliz aniversário de namoro! Parabéns pra nós! — ele disse com um sorriso largo no rosto, me entregando as flores antes de entrar.

— Obrigada! Parabéns pra nós, amor! — eu disse pegando as flores e depois dei um beijo nele.

— E aí, tá pronta?

— Tô! Mas você não vai ao banheiro?

— Não, era só desculpa para poder subir com as flores — ele riu.

— Ah, então deixa só eu colocar as flores na água e pegar minha bolsa. — Fiz o que tinha dito e fui em direção à porta.

— Como você está linda! — ele disse me olhando de cima a baixo com um olhar sedutor.

— Obrigada, você também está lindo, todo elegante de social — eu disse com um sorrisinho no rosto.

Fomos até um restaurante bem bonito, não muito grande, com várias plantas e samambaias espalhadas pelas paredes, e sentamos em uma mesa de canto. O lugar tinha uma meia-luz que tornava tudo muito mais romântico, apesar de eu não gostar de comer no escuro. Sim, sou chata. Pedimos nossos pratos e, enquanto não chegavam, ficamos conversando.

— Como foi no trabalho hoje? — perguntei.

— Ah, nada de mais, fui a um cliente longe, até achei que iria me atrasar, mas deu tudo certo.

— Entendi. E hoje você vai poder dormir em casa? — perguntei curiosa, queria muito que a gente passasse aquela noite juntos.

— Vou sim, já trouxe minhas coisas no carro, mas amanhã vou ter que sair bem cedo. Tenho que ir para uma reunião, mas antes tenho que passar na empresa.

— Tudo bem! Pelo menos vamos dormir juntos! — eu disse e sorri.

— Agora vou te dar o seu presente — ele disse de repente.

— Presente? Mas você já me deu as flores! — Fiquei realmente surpresa, ele nunca foi bom em dar presentes, como eu já disse, e agora estava me dando flores e presente na data certa? MILAGRE!

— Sim! As flores foram só uma lembrancinha, agora vou te dar o presente. Sei que nos últimos anos venho vacilando em relação a isso, esqueço de dar presente no seu aniversário, atraso o presente no Natal, esqueço do ovo de Páscoa. Sabe como é, sou esquecido. — Ele falou rindo, sendo engraçadinho, mas era real. Tirando a aliança de namoro que eu dei um empurrãozinho, ele era péssimo com surpresas, presentes e datas.

— Esquecido, você? Magina! — Dei risada.

— Engraçadinha. Aqui, seu presente! — Ele me entregou um embrulho prateado, abri e dentro tinha um colar de prata com um pingente de estrela. Fofo e delicado, do jeito que eu gosto.

— Que lindo! Obrigada, amor! — Levantei e fui beijá-lo. — E sobre o seu presente... — Comecei a falar, mas fiquei em silêncio encarando-o com cara de mistério.

— O que foi? — ele perguntou me encarando de volta.

— Eu não vou te contar o que é hoje, porque você só vai ganhar semana que vem.

— Tudo bem, amor, não tem problema.

— Então, é que seu presente eu vou te dar na quinta-feira. Nós vamos ter que ir para o interior e te entrego lá — falei superanimada, com cara de mistério.

— Quê? Como assim? — ele perguntou meio sem entender nada.

— Relaxa que na hora você vai entender.

— Com que roupa eu vou? — ele perguntou sem saber o que esperar.

— Pode ir normal.

Terminamos o jantar, fomos pra casa e tivemos um final de noite maravilhoso. Como eu já disse antes, nós tínhamos momentos que faziam parecer que tudo era perfeito, momentos tão incríveis que me davam a esperança de que nossa vida seria com um filme da Disney, com final feliz. Mas se tem uma coisa que aprendi é que devemos tirar o melhor de cada situação, independentemente se for boa ou ruim.

O triste é que os momentos bons rapidamente eram substituídos pela falta de interesse ou tempo. Nos dias que se seguiram, ele não trocou uma mensagem comigo, não me ligou, era como se toda aquela noite de amor tivesse acontecido apenas na minha cabeça. Eu chegava a achar que eu era louca. Como pode você passar um dia tão maravilhoso com alguém, ganhar presente e carinho, e depois não receber uma ligação, uma mensagem de que sente saudade?! NADA! Não sei pra você, mas pra mim isso não é normal. Fabiana, pra mim isso é carência sua.

Uma semana se passou e chegou o dia do presente do Leandro e ele me ligou para combinar o horário. Era como se não tivesse passado uma semana que saímos para comemorar nosso aniversário, ele falava carinhosamente ao telefone. Será que eu esperava demais dele? Às vezes temos a mania de esperar que o outro faça por nós o que nós fazemos por eles, mas as pessoas são diferentes! Só fui entender isso anos depois, mas naquele caso não sei se era isso.

Ele chegou, entrei no carro e pegamos a estrada rumo a um autódromo que ficava no interior de São Paulo. Ele estava nitidamente muito animado e agitado, mesmo sem nem sonhar com o que estava prestes a acontecer! Eu estava feliz de vê-lo assim, mas no fundo estava muito incomodada com tudo que passava na minha cabeça.

Chegamos lá e já tinha um homem nos esperando. Fomos até a pista e tinha uma Ferrari estacionada, o sorriso do Leandro apareceu de orelha a orelha. Até eu que não sou superfã de carros me encantei ao ver aquele "possante" na minha frente, afinal, era uma Ferrari. Ele me olhou, ainda meio sem entender e eu disse:

— Esse é seu presente! — Ele me olhou, mas antes que pudesse entender errado, complementei: — Você vai poder dar uma volta de Ferrari. Vai poder dirigir.

— Sério? — ele perguntou superempolgado.

— Sim! — E respondi mais empolgada ainda, percebendo a felicidade dele. Acho que acertei na escolha.

— Nossa, amor! Obrigado — ele disse e me abraçou.

Era como se ele tivesse voltado a ser criança, foi todo feliz na frente do carro tirar uma foto e olhar mais de perto. A Ferrari era bem grandona, bonita, só faltava ser vermelha para ser perfeita. Mas ele não se importou, era amarelona, mais amarela que gema de ovo.

Depois de algumas fotos, ele teve uma aula de segurança e entrou no carro. O instrutor sentou no banco do passageiro e eles saíram para dar uma "voltinha" com o carrão! Eu não fui junto, pois só havia lugar para duas pessoas. Fiquei esperando, até que escutei de longe o barulho do motor. Ele chegou, estacionou onde o carro estava antes e desceu do carro com um sorriso maior ainda. A alegria dele era contagiante. Fiquei feliz em vê-lo assim e satisfeita em ter acertado no presente.

Eu tinha certeza que depois daquele dia nossos problemas estavam resolvidos! Mas eu não sabia, naquela época, que não é possível consertar um relacionamento condenado com presentes e dias "mágicos". Que inocência a sua, Fabiana. Não sabia que era preciso muito mais que isso, como um amadurecimento dos dois, mudança na forma como tratávamos um ao outro diariamente e até nas expectativas e pressões que colocamos em cima do nosso parceiro, namorado ou marido.

Fomos embora do kartódromo; os dois muito felizes, ele por ter dirigido uma Ferrari e eu por deixá-lo feliz e achar que aquele momento era o suficiente para sermos felizes para sempre. Ai, Fabiana, quanta ilusão!

Nesse mesmo dia, minha tia Monica tinha nos convidado para ir à casa dela à noite, pois haveria um bolinho para cantar parabéns para os meus primos. Quando estávamos chegando a São Paulo, aproveitei para perguntar pro Le se ele iria comigo, afinal ele também havia sido convidado.

— Então, amor, como eu havia te falado, hoje vai ter bolinho lá na minha tia. Vamos? — A gente ainda estava naquele clima ótimo de felicidade, então achei que tudo continuaria assim, mesmo que não pra sempre, mas pelo menos por uns dias.

— Ah, amor, não vou não!

— Por quê? Você vai à faculdade?

— Não, na verdade nem vou na faculdade hoje não. Mas não tô a fim. Vai lá você! — E ele falou assim, sem delicadeza, sem meias palavras, apenas foi direto e reto. Mas nunca fico satisfeita, sempre quero mais, mais detalhes, mais explicações.

— Mas por quê? Eles te convidaram também!

— Ah, hoje não, amor.

— Mas o que você vai fazer que você não pode ir comigo?

— Vou pra casa, jantar com a minha mãe e com a minha irmã. Faz tempo que não faço isso, ela vem cobrando, mas nunca consigo.

— Por que quando tem festa ou coisas da minha família você não faz questão de ir? Nas coisas da sua família você nunca falta, não perde uma, eu admiro isso, mas a minha não importa pra você! — PRONTO! E voltamos aonde estávamos antes.

Posso parecer exagerada, dramática, melancólica, chata e todas essas coisas que passaram pela sua cabcça, caro leitor. E, na real, eu sou às vezes, mas isso estava sendo um desabafo, um dos poucos desabafos sinceros que tive com o Leandro nos últimos anos. Como você pode perceber, muitas coisas me incomodavam, e em relação a muitas delas eu tinha razão, mas guardava pra mim. Eu já estava ficando cansada de tudo, não aguentava mais fingir que aquilo não me incomodava, porque incomodava e muito!

E em vez de ele me responder, fechou a cara e ficou mudo. Sou o tipo de pessoa que quando começa uma briga quer ir até o fim, e se tem uma coisa que me tira do sério é a pessoa não querer discutir a relação, o problema, ou seja lá o que for. E é isso que ele fazia: quando rolava uma briga, discussão ou algo parecido, ele ficava quieto, me dava as costas e ia embora, me deixava falando sozinha. Mas não desisto, começo uma briga e preciso continuá-la, afinal, gosto de resolver, detesto ficar brigada com alguém por mais de cinco minutos.

— Você não vai me responder? — perguntei brava e com a voz trêmula.

— O que você quer que eu fale? Você tira suas próprias conclusões, eu não gosto disso.

— Mas o que você espera que eu entenda? Você não tem ido em quase nenhum evento da minha família, sempre arranja uma desculpa, está cansado e nunca faz um esforço. Sem contar que você não tem me chamado mais para quase nada da sua família, você só vai e nem me avisa, fico sabendo depois pelas fotos da galera no Facebook. — BUM! Cuspi mais um desabafo, eu cheguei a um ponto em que não aguentava mais tudo aquilo, por que sempre eu é que tinha que ser compreensiva?

Ele não falou mais nada. Ficou olhando pra frente enquanto dirigia, como se eu nem estivesse ali ao lado dele, como se ele não me ouvisse. Ainda tentei falar mais algumas coisas, tentei fazer mais perguntas, mas cansei de ser ignorada, comecei a chorar e também fiquei muda.

Chegamos na frente do meu prédio, eu não queria ficar brigada e ao mesmo tempo ainda queria muito que ele fosse no aniversário comigo, então enxuguei as lágrimas, engoli tudo aquilo, respirei e falei:

— Desculpa, exagerei. Desculpa. Mas sério, vamos comigo hoje ao aniversário, eu queria muito que você fosse comigo. — QUE IDIOTA! Fabiana, você tem o direito de ficar brava, se irritar, perder a cabeça às vezes. Mas não volte atrás, senão sua palavra perde o valor.

— Hoje eu não vou, vai lá você, dá parabéns pros seus primos por mim e manda um abraço pros seus tios, mas eu não vou.

— Mas...

— Não! — Ele me interrompeu. — Eu não vou, não adianta. Eu não estou a fim, ainda mais depois disso. Não vou lá pra ficar de cara feia, vai você e aproveita.

Abaixei a cabeça, peguei minha bolsa e saí do carro com um nó enorme na garganta, um nó que eu sabia o que era, mas ao mesmo tempo preferia mentir para mim mesma dizendo que tudo iria ficar bem. Cheguei em casa, abri a porta e lá estava a Amora me esperando, correu em minha direção, saltitante, com o rabinho abanando de felicidade em me ver. Eu a peguei no colo, ela me encheu de lambidas no rosto, fui até o quarto, deitei na cama com ela e comecei a chorar. Chorei com vontade!

Por mais que eu estivesse triste, irritada, magoada e mais um monte de emoções me revirando os pensamentos, a Amora pulava de um lado pro outro em cima da cama, mordia meus dedos, lambia meu rosto, puxava o meu cabelo tentando me animar. Quando percebi o que ela estava fazendo chorei mais, mas agora era um choro diferente, um choro de perceber que aquela pequena bolinha de pelos que me conhecia há pouquíssimo tempo me amava!

Isso me deu força para levantar da cama e brincar com ela. Depois de um tempo que eu havia parado de chorar, peguei meu celular com a intenção de mandar uma mensagem avisando que eu não iria conseguir ir ao aniversário, mas quando abri o celular, já tinha a seguinte mensagem da minha tia: "Fabi, você vem, né? As crianças gostam muito de você e vão ficar muito felizes se você vier".

Aquela mensagem, que pareceria simples em um dia qualquer, naquele dia fez toda a diferença pra mim, porque me fez perceber que existem pessoas que me amam e se importam comigo de verdade, sem ser o meu namorado, que eu gostaria que tivesse esse tipo de consideração por mim. Então eu lavei o rosto, passei uma maquiagem rápida, coloquei uma coleira na Amora e fui cantar parabéns para os meus primos no dia do aniversário deles.

Às vezes, quando estamos com um problema, só conseguimos enxergar isso e nada mais. Não vemos as coisas que estão à nossa volta, não vemos a solução e muitas vezes não queremos ver. Nesse caso, eu estava tão chateada que o Leandro não tinha por mim a consideração e o carinho que eu gostaria que ele tivesse, que acabava me esquecendo de ver quantas pessoas que me amam e querem meu bem eu tenho por perto, sabe? Como minha família e amigos. Então quando você só conseguir enxergar o problema na sua frente, olhe para os lados, você pode encontrar até mais do que estava procurando.

CAPÍTULO 23

HÁ *momentos* NA VIDA EM QUE PRECISAMOS PARAR, *nos afastar* DE TODOS E TER UMA *conversa* BEM *sincera* COM NÓS MESMOS

Eu estava vivendo um relacionamento em que tudo me causava um rebuliço no estômago. Mas não como aquele friozinho na barriga de começo de namoro, era mais como uma intoxicação alimentar, que fica tudo revirado, você sua frio e já espera pelo pior. Que horrível me pegar escrevendo isso e pensar que essa pessoa era eu. Hoje vejo que eu faria tudo diferente, minhas atitudes seriam outras, mas sou quem sou hoje por causa das feridas e do aprendizado do passado. Então sempre tire o que tem de bom da situação, que, por pior que seja, pode te ensinar algo.

A espera pelos fins de semana, como você já deve ter percebido, eram sempre momentos de tensão; agora, feriados, MEU DEUS! Esses eu já sofria com duas semanas de antecipação. Nossa, mas por quê? Porque eu gosto de segurança, gosto de saber como as coisas vão ser, mas com o Leandro era sempre incerto. Às vezes ele ligava, às vezes não, às vezes programávamos algo, às vezes ele sumia por dias...

Eu já sabia que as coisas estavam indo de mal a pior. Um feriado se aproximava, do começo de abril, passei por aquela tensão dias antes, sem saber o que ia rolar. E quando o feriado chegou, foram cinco dias sem ele responder mensagem. Ele não me ligou, não me atendeu, não me respondeu nem me falou o que iria fazer naqueles dias. E eu, trouxa, não marquei nada, na esperança de que ele iria, sim, aparecer uma hora ou outra. Teve até um dia em que o Fábio, um dos melhores amigos do Leandro, que namorava uma das minhas melhores amigas na época, me mandou mensagem:

> — Oi, Fabi. Tudo bom?
> — Tudo. E você?
> — Tudo. Viu, tô tentando falar com o Le e ele não responde. Vocês estão livres hoje à tarde? Tava pensando em ir para um barzinho nós quatro.

Ele sumia pra mim, mas até pros outros ele demorava pra responder, a ponto de os amigos dele me mandarem mensagem.

> — Ah, ele também não me responde. Podem ir lá.
> — Vamos com a gente, a gente passa aí pra te pegar e eu tento falar com ele. Bora?

Até as pessoas à nossa volta já haviam percebido que as coisas entre a gente estavam estranhas.

Fui chamada para ir de vela, mas como eu saía sempre com eles, não vi problema. Fui. Chegando lá, a gente bebeu, coloquei as fofocas em dia com a minha amiga e tudo mais. Até então todos tínhamos esperança de o Le responder e aparecer por lá.

— Fa, conseguiu falar com o Le? — eu perguntei na esperança.

— Ele falou que ia ver, mas depois não falou mais nada. Até já avisei onde estamos e disse que te busquei, mas acho que ele não vem.

— Ainda bem que ele te respondeu, não consegui falar com ele o feriado todo. — Depois que falei, percebi como aquilo soava péssimo.

— Fabi, eu sou amigo do Le, nem devia te falar isso, mas vou falar, porque gosto de você. — GELEI. — Ele nunca está presente, nunca te dá atenção. Isso tá errado, você tem que tomar uma atitude.

Aquilo pra mim foi como um tapa na cara. Mas um tapa que eu precisava levar, e acho que ter vindo de um amigo do Le fez com que fosse mais forte ainda. Acho que até hoje não agradeci ao Fabio por esse choque de realidade que ele me deu e de que eu precisava, mas naquele momento fiquei sem rumo, até porque veio da pessoa mais inesperada. E eu só consegui responder:

— É, eu sei. — E, sim, eu sabia. Eu sabia que ele era ausente, eu sabia que precisava tomar uma atitude. Mas sabe quando você sabe, mas no fundo quer fingir que não sabe e que tá tudo bem, na esperança de que as coisas vão se "consertar" sozinhas?

No feriado seguinte, que foi de Tiradentes pouco tempo depois, eu estava determinada a agir de forma diferente. Depois de tudo e depois de ler dois livros sobre relacionamentos que eu super-recomendo, parece que uma chavinha dentro de mim virou, a chavinha do: PARA DE SER TROUXA! SERÁ QUE OUVI UM ALELUIA? Dias antes eu não sofri, não mandei mensagem perguntando o que faríamos naqueles dias, nada. Em vez disso, mandei mensagem para a minha amiga Paulinha e combinei de ir visitá-la no feriado. Na época, ela estava morando sozinha em São José dos Campos e fazia muito tempo que a gente não se via. Sozinha mesmo não, porque o primo dela morava com ela, o mineirinho, lembra dele? Pois é, ele mesmo. FABIANA, o que você tá inventando?

E foi assim, marcamos, fiz uma malinha, busquei a Nina e pegamos a estrada em plena segunda-feira. Avisei o Leandro? Não! Eu queria agir como ele agia comigo. Chegamos à casa dela, os pais dela estavam lá. Fazia muitos anos que eu não os via, foi superlegal poder reencontrá-los, mas eles já estavam de saída. Que saudade que eu estava da Paula. Naquele momento, percebi o quanto eu estava me afastando das minhas amigas e por quê? Pra deixar meus dias "livres" pra quando o meu namorado me chamasse pra sair. E o que normalmente acontecia? Eu ficava em casa, esperando, triste e sem fazer nada.

Subimos para o quarto dela só para deixar as malas e já íamos sair para jantar, quando passamos por uma porta entreaberta no corredor

---

Livros que todas as mulheres precisam ler e que mudaram a minha vida:

1. *Por que os homens amam as mulheres poderosas*, de Sherry Argov.
   (Esse livro foi um tapa na cara do começo ao fim pra mim. E não li só uma vez não. Sempre que uma amiga está sofrendo de amor, dou esse livro pra ela. Depois ainda li o segundo: *Porque os homens se casam com as mulheres poderosas*, outro livro maravilhoso, mas não tão impactante quanto o primeiro.
2. *Não se apega, não*, de Isabela Freitas.
   (O que dizer desse livro? Amo a trilogia toda e hoje além de fã sou amiga da escritora. Leiam.)

e vi o meu mineirinho trocando a camisa. PRECISO CONFESSAR! Fiquei arrepiada, lembranças me vieram à cabeça, ai ai. Mas se tem uma coisa que eu sou... é fiel. Deixamos as malas e descemos as escadas.

Quando estávamos saindo, ele apareceu lá embaixo para nos cumprimentar. Ele me olhou, eu ainda esperava um certo tipo de ressentimento, afinal nossa história não tinha acabado bem, mas parecia mais um olhar de surpresa. Ele abraçou a Nina e me abraçou. Me abraçou devagar, bem forte e sussurrou no meu ouvido "Que linda você tá".

Fiquei vermelha na hora e não respondi nada, não esperava aquilo e foi maravilhoso, porque foi naquele momento que percebi que eu ainda era "desejada", que eu ainda era capaz de encarar a pista, sabe?

Quando você namora muitos anos, você se desacostuma com a vida de solteira, a vida da "caça" e curtição. E ainda mais quando você está sendo ignorada pelo seu namorado, você acha que ninguém mais vai te querer, que ele é sua única opção, a última bolacha do seu pacote e coisas do tipo. Você se sente incapaz, a autoestima vai lá embaixo, mas ouvir aquilo de um outro cara me fez ter outro estalo: "PERAÍ, EU SOU UMA MULHER LINDA E EXISTEM OUTROS HOMENS POR AÍ!". Pode parecer idiota para algumas pessoas, mas acredito que para muitas faz sentido, não sei qual sua história de vida, caro leitor, mas acredito que se você nunca passou por isso, ou algo parecido, um dia ainda pode passar. É um momento em que você volta a enxergar o mundo, as pessoas ao seu redor, volta a olhar pra si, a se valorizar, repensa muitas coisas e vê que sua vida não se resume a um cara, um relacionamento, mas que pode ser muito mais e você sente que merece muito mais.

Depois ele perguntou para a Paula aonde iríamos, nos deu tchau e subiu as escadas. Foi um abraço de não mais do que cinco segundos, mas que foram suficientes para me fazer enxergar as coisas de uma forma diferente. Era como se eu estivesse usando uns óculos que me faziam ver o mundo de uma única cor, mas naquele momento os óculos caíram e de repente vi tudo muito colorido.

Fomos até um barzinho, pedimos alguns aperitivos, umas bebidas e começamos a colocar o papo em dia. Como é bom sair com as amigas, te faz desligar das outras coisas, você ri, você se diverte e se sente bem, por mais que exista um furacão se formando na sua vida ou dentro da sua cabeça. É a calmaria antes da tempestade. Mas eu nem pensava nisso, só estava aproveitando o momento com elas.

Quando olhei meu celular, tinha umas duas ligações do Leandro. Abri as mensagens e ele tinha mandado: "Oi, amor, tudo bom? Vamos fazer alguma coisa hoje?". Eu poderia me desesperar pensando: *justo hoje que eu saí ele me chamou e eu não posso*, mas era isso que eu queria! Então respondi: "Hoje eu não posso", e me senti forte por isso, o que é bobo, porque deveria ser normal isso acontecer, mas eu não sei há quanto tempo eu não dizia NÃO. Louco isso, né?

Voltei à conversa com as meninas, porque eu não estava obcecada esperando uma resposta dele, eu estava feliz de estar ali, feliz de ter falado não e mais feliz ainda de não ter me preocupado em dar satisfação pra ele, o que eu não fazia havia muito tempo também. Não que eu seja a favor de joguinhos e de sair sem avisar e coisas do tipo, mas precisei fazer naquele momento, para perceber como as coisas estavam erradas.

Não toquei mais no celular, voltamos pra casa da Paula, tomei banho, coloquei pijama, arrumamos as camas, quando eu já estava deitada pra dormir, peguei o celular e vi que ele tinha mandado outra mensagem havia horas perguntando onde eu estava, então respondi: "Eu estou na casa da Paulinha, em São José dos Campos. Boa noite". Bloqueei o celular e dormi, assim, sem esperar ele responder, sem perguntar onde ele estava. Nada.

No dia seguinte, acordamos um pouco tarde, ficamos conversando ainda deitadas, com preguiça, peguei o celular e tinha mais uma mensagem do Leandro.

— Quando você volta?

Então respondi:

— Hoje.

Ele estava online, então na mesma hora já mandou:

— Que horas?
— Não sei ainda.
— Me avisa, tá?

Nossa, estranho ele estar preocupado. Mas também ele sempre soube que eu estava em casa esperando que ele me ligasse, sem fazer nada, quando de repente eu saí sem avisar, ele devia ter achado esquisito.

— Tá.

Ficamos mais um tempo enrolando na cama, até que levantamos, nos arrumamos, guardamos as coisas, fizemos a cama e decidimos onde almoçaríamos. Já colocamos as malas no carro, porque depois do almoço só íamos deixar a Paula em casa e pegaríamos a estrada. Antes de ir, o mineirinho apareceu, chegando aparentemente do futebol, e disse:
— Já estão indo? — falou olhando bem nos meus olhos.
— Já! Vamos almoçar e pegar a estrada.
— Ah, que pena. Se der pra esperar eu tomo um banho rápido e vou com vocês.
— Ah, não dá, a gente quer chegar cedo em São Paulo. — MENTIRA, disse isso porque não queria que ele fosse, mas não tinha nada marcado pra depois.
— Putz. Então tchau, né? — ele disse e veio me abraçar, dessa vez aquele abraço meio sem encostar, porque ele estava suado, mas mesmo assim ele cochichou no meu ouvido. — Que saudade de você! — Eu dei uma risadinha e só disse tchau.

Fomos para um restaurante árabe e tudo estava uma delícia, nos despedimos já com saudade, porque sabíamos que não nos veríamos de novo tão breve e tinha sido muito divertido, como sempre é quando estamos juntas.

Pegamos a estrada, lembrei que o Leandro tinha pedido para avisá-lo quando eu estivesse voltando, mas preferi não avisar.

Chegamos a São Paulo e fomos para a casa da minha avó, não era mais que três e meia da tarde, eu e a Nina deitamos na cama dela pra ficar de preguiça, porque casa de avó sempre é mais aconchegante. Dei uma cochilada, fiquei mexendo no celular, até que umas seis horas da tarde o Le mandou mensagem perguntando se eu já tinha voltado.

> — Sim, faz tempo, esqueci de avisar.
> — Vamos ao cinema?
> — Pode ser, tô na minha vó, você me pega aqui?
> — Sim, passo aí já, já.

Eu queria sair com ele, ainda mais porque tinha sido ele a me chamar, porque ele estava de certa forma "correndo" atrás, então fui. Quando entrei no carro ele me deu um beijo e um abraço apertado.

— Eu estava com saudade — ele disse com aquela cara de fofo que me derrete, mas dessa vez não me derreti, me deixou feliz saber que ele sentiu saudade, mas não me enganei. Até porque sexta, sábado e domingo ele nem falou comigo direito. — Como foi lá?

— Foi legal, eu, a Nina e Paula nos divertimos muito. Eu estava com saudade dela.

— Ah, eu não sabia que ela estava morando lá.

— Tá, os pais dela se mudaram, mas ela continuou lá.

— Ela tá morando sozinha?

— Não, ela mora com o primo dela. — Soltei a bomba e sabia que ela ia explodir.

— Primo? Que primo? O de Minas? — ele perguntou todo acelerado e eu respondi supertranquila.

— Sim.

— Como assim? Vocês foram pra lá? Saíram com ele também? — O ciúme estava estampado na cara dele, coisa raríssima de se ver, não que eu ache isso uma coisa legal, mas devido à nossa situação, era uma forma de saber que ele ainda se importava.

— Não, ele só mora lá. A gente saiu com a Paula. — Era impressionante como eu respondia com tranquilidade.

— E não viram ele lá?

— Vimos, quando chegamos e quando fomos embora. Oi e tchau. Só — eu disse olhando pra ele com uma cara de "para de ser chato".

— Sei. Sei. — Acho que ele percebeu e parou. — Bom, já comprei os ingressos do cinema, mas é pra mais tarde, pensei em comer antes e dar uma volta no shopping até dar o horário.

— Tudo bem.

Chegamos ao shopping e já fomos comer, ele estava todo carinhoso, de uma forma diferente, como era no começo, antes dessas brigas todas, antes de todos os desgastes. Aquilo me fez pensar em como seria bom ter um botão de reiniciar, mas as coisas não são assim. Ele me abraçava o tempo todo, me beijava, arrumava meu cabelo, não largava minha mão pra nada.

Entramos em uma loja, porque ele precisava comprar presente pra um amigo-secreto da faculdade do qual ele ia participar. Ajudei ele a escolher o presente e enquanto o vendedor ia buscar no estoque da loja fiquei olhando os colares, as pulseiras, experimentei alguns.

— Você gostou de algum? — o Le me perguntou, até então eu não tinha percebido que ele estava me observando.

— Tem uns bem fofos.

— De qual você gostou?

— Ah, desse colar e dessa pulseira. Achei bonito, não acha?

— Acho. Então vou levar pra você.

— Não, amor, não precisa.

— Presente pra você!

— Não precisa. — Fiquei sem graça, ele nunca me dava presentes do nada, nunca fazia isso.

— Você merece. Você merece muito mais do que isso. Eu vou levar. — Ele pegou da minha mão e foi até o caixa pagar.

Eu poderia pensar: *Olha que fofo, ele mudou, agora tudo vai dar certo.* Mas as chaves que tinham virado na minha cabeça eram definitivas, eu ainda o amava, isso era um fato, mas comecei a perceber as coisas de uma forma mais racional e menos inocente. Ele só tinha "mudado" porque eu tinha mudado a forma como sempre agi com ele. E quanto tempo essa onda de namorado fofo ia durar? Porque eu não ia fazer joguinho pra sempre, não gosto disso, sou do tipo que joga limpo, coloca as cartas na mesa e define as regras.

Nem por isso deixei de curtir aquele dia, jantamos, fomos ao cinema, parecia passeio de primeiro encontro de tão fofo que ele estava, até um pouco demais. Depois que acabou, ele foi me levar pra casa, quando chegou na rua do prédio ele meio que estava esperando que eu o convidasse pra subir, como sempre fiz, não só o convidava, mas insistia que subisse e dormisse lá. Dessa vez não o convidei, queria de verdade ficar sozinha e pensar. Dei um beijo nele, agradeci por tudo e falei que estava cansada, dei tchau e fui pra casa.

Deitei na cama com a minha bolinha de pelos saltitante, me enchendo de beijinhos e alegria, mas aquela noite eu não dormi. Passei a noite ali, deitada na minha cama, dentro do meu apartamento, olhando para o teto. Mas a minha cabeça estava em vários lugares, menos ali.

Comecei a pensar em toda a nossa história juntos, no amor que eu sentia por ele. *Será que ainda tinha amor ou era apego? Será que a gente tinha futuro juntos? Será que ele me amava? Ainda existia possibilidade de consertar as coisas? Será que era tarde demais? Será que eu estava errada e ele não era o homem da minha vida? Será que não existe amor à primeira vista?* Eu tinha tantos questionamentos, tantas dúvidas, apesar de ter tido um dia maravilho, quase que perfeito com ele, eu sabia que de perfeito aquilo não tinha nada. Chorei, chorei muito, e hoje, anos depois, enquanto escrevo esta história, choro mais uma vez, porque sei o quão difícil foi tomar as decisões que tomei naquela madrugada, no silêncio do meu quarto, na bagunça dos meus pensamentos, no mix de emoções que eu estava vivendo.

Chorei de doer o estômago, de não ter mais água no meu corpo pra sair lágrimas, abraçava o travesseiro com todas as minhas forças, porque eu não queria fazer o que eu sabia que tinha de fazer. Ali eu entendi por que usei aqueles "óculos" que não me deixavam ver o mundo como ele é, foi porque eu não queria ver, eu não queria perceber o que, no fundo, há muito tempo eu já sabia, mas guardava a verdade de mim mesma, escondidinha. Porque eu sabia que a dor que eu sentia com todas as brigas, todos os problemas, todas as ausências, não era nada comparada à dor que eu estava sentindo naquele momento em que compreendi tudo e à dor que estava prestes a sentir. Por mais que as brigas doessem, sempre havia um sol depois da tempestade, uma esperança. Mas o furacão tinha começado e não haveria forças capazes de impedi-lo.

Tem momentos na vida em que é preciso parar, se afastar de todos e ter uma conversa bem sincera com nós mesmos. Quando digo sincera, é sincera REAL. Você já teve essa conversa alguma vez na sua vida? Dói, dói muito. Mas te faz crescer e amadurecer. Não estou falando só pra quando você tem problemas no relacionamento, não, isso serve pra tudo na vida, porque nós sabemos mais sobre nós mesmos do que qualquer um e muito mais do que imaginamos, mas nunca paramos para nos escutar de verdade. Pare, escute e aprenda!

CAPÍTULO 24

COMO COLOCAR O *ponto-final* EM UMA *história* QUE VOCÊ NUNCA PENSOU QUE TERIA *fim*?

CORAGEM! Uma palavra tão forte e cheia de significado. Eu me sinto corajosa para muitas coisas, sempre me senti, mas há situações na vida em que precisamos ter mais coragem do que jamais imaginamos ter. Não estou falando de ter coragem para pular de paraquedas, andar de avião, assistir a filmes de terror e essas coisas. É a coragem de tomar uma atitude, de colocar um ponto-final em uma história, história essa que você nunca pensou que um dia teria fim.

Como acreditar que essa atitude, que mesmo antes de ser tomada te faz tão mal, é para o seu próprio bem? Difícil. Tão difícil que eu só chorava e adiava na espera do momento ideal. Será que esse momento existe? Acho que nunca existirá momento perfeito para o fim. As coisas são como são e nós temos que encará-las. Mas eu conseguiria? Me faltava coragem.

A decisão já havia sido tomada naquela madrugada deitada na cama olhando para o teto. Mas preferi deixar o tempo passar, como uma última chance, última tentativa. Eu sabia que ainda existia amor e tinha a esperança de que isso seria suficiente para solucionar tudo. Por quanto tempo mais eu iria evitar o inevitável?

Até que chegou mais um feriado, no início de maio, como todos os outros sem muitas notícias dele, mas eu não era mais capaz de ficar quieta como antes, tinha um furacão revirando dentro de mim. Na quarta-feira, véspera do feriado, liguei, mandei mensagem e nada dele me responder. Quando era tarde da noite, ele me ligou.

— Oi, tudo bom? Você me ligou? — ele disse com voz de sono.

— Tudo, e você? Liguei várias vezes.

— Tudo. Ah... é que eu estava dormindo.

— E o que você vai fazer agora no feriado? — perguntei já sem paciência.

— Vou com meu pai lá pro interior, vou deixar a minha moto em uma concessionária lá para vender.

— Hoje? Já é quase meia-noite!

— Sim, nós vamos sair daqui às quatro da manhã, pra chegar bem cedinho lá e voltar. Porque são quatro horas de estrada. Assim a gente faz um bate-volta e chega aqui perto da hora do almoço.

— Ah, entendi. E não é perigoso, não? Muito tempo de estrada, você pode ficar cansado! — Mesmo brava, continuava a me preocupar com ele.

— Ah, é cansativo, mas vou estar com meu pai, então é tranquilo.

— E se eu não te ligasse, você ia me contar isso quando? — Já estava cansada de tudo.

— Ah... eu ia te avisar depois — ele respondeu meio bravinho, mas isso só me deixava mais irritada, porque sei que ele não ia nem se lembrar de me avisar.

— Vamos fazer alguma coisa amanhã depois que você chegar? Eu queria ir com a Amora ao parque.

— Ah, amor... Não sei. Eu acho que eu vou estar cansado, mas a gente se fala.

— Tá. Me manda mensagem dando notícias? A hora que sair, quando chegar lá, quando voltar. Fico preocupada. — E eu falava sério, não era perseguição de namorada ciumenta. Por mais que eu fosse muito ciumenta, era preocupação mesmo.

— Aviso! Boa noite, amor.

— Boa noite e boa viagem!

Quando foi de manhã ele mandou mensagem avisando que estava na estrada. Depois avisou que já havia chegado lá. Fui ficando mais tranquila, mas eu sabia que ele não ia querer sair comigo aquele dia, então resolvi que iria ao parque com a Amora sozinha. Até que a Cinthia, prima do Le, me mandou mensagem:

— Fabi, vamos fazer alguma coisa hoje?

> — Oi, prima, eu vou com a Amora ao parque. Quer ir junto?
> — QUERO! O Le vai?
> — Olha, prima, eu não sei. Ele foi pro interior resolver umas coisas e volta na hora do almoço. Vou falar com ele mais tarde.
> — Tá. Vem pra cá, a gente almoça aqui e vai. Pode ser?
> — Por mim pode, mas sua mãe não vai se incomodar com a Amora aí?
> — Não, a gente fica no meu quarto.

Fui, peguei as coisas da Amora, coloquei coleirinha nela, que estava toda animada. Aquela coisinha pequena e peluda pulava abanando o rabinho de felicidade. Chegando lá a mãe da Cinthia não ficou muito feliz de ver a Amora, fiquei supervermelha, mas a Cinthia já me levou logo para o quarto, fechou a porta e começamos a conversar enquanto ela mimava e matava a saudade da Amora.

— E o Le? — ela perguntou.

— Ainda nem falei com ele, acho que ele já deve estar chegando em São Paulo. Vou ligar.

— Tá, enquanto isso vou buscar comida, tá?

— Tá.

Eu liguei, meio nervosa, pois sabia que ele não ia ficar muito contente com a minha ligação. Ai, Fabiana, como você pode namorar alguém que não quer que você ligue pra ele?

— Oi, amor, tudo bom?

— Oi, tudo.

— E aí, chegou?

— Acabei de chegar aqui na minha mãe.

— Foi tranquila a estrada?

— Foi sim! — Ele estava sendo bem curto nas respostas, percebi que ele não estava a fim de muito papo. E também não perguntava de mim.

— Viu, queria saber se você vai comigo no parque, eu tô... — antes que eu pudesse completar a frase contando que eu estava na casa da prima dele almoçando, ele me cortou.

— Ah, amor... Não vou não! Tô cansado, acabei de chegar, vou almoçar aqui e dormir um pouco.

— Ah, tá bom. Me liga mais tarde então, pra gente conversar. — Fiquei superchateada, não só por ele não querer ir, entendo que ele estava cansado, mas ele nem se interessava em saber onde eu estava.

— Tá. Beijos.

A Cinthia voltou com os pratos, colocou na escrivaninha e perguntou o que o Le tinha falado.

— Ah, prima, ele acabou de chegar, mas tá cansado — eu disse com uma voz um pouco deprimida, mais do que eu gostaria de aparentar.

— Poxa. Tá tudo bem? — Acho que ela percebeu alguma coisa, mas se eu começasse a falar, eu ia chorar.

— Tá, sim. — E dei um sorriso de canto. Ela logo mudou de assunto.

Comemos, tiramos várias fotos da Amora, colocamos o papo em dia, aproveitei para ensiná-la a editar vídeos no computador novo dela e quando vimos o tempo já havia passado super-rápido. Ela foi levar os pratos na cozinha, enquanto isso eu dei aquele check-up nas redes sociais. Estava olhando o Facebook e vi uma foto postada pela mãe do Le havia cinco minutos, onde estavam ela, o Le, a Nati e mais um monte de gente, com a legenda: "Churras com a família". Meu sangue ferveu, vi mais algumas fotos, do Le de avental na churrasqueira, o Le bebendo com o primo dele e por aí vai.

A Cinthia voltou, eu estava branca, não queria que ela percebesse, mas estava difícil de esconder que eu não estava bem. Como o Leandro era burro! Se é pra sair sem avisar, pelo menos avisa o povo pra não postar foto dele, né? Poxa, fazia menos de duas horas que eu havia falado com ele no telefone, ele disse que estava cansado e ia dormir. Aí de repente vejo que ele foi para um churrasco de família, não me convidou nem me avisou. Não tinha como não ficar chateada, mas eu sentia muito mais do que isso, era confuso.

— Prima, acho que vou embora — eu disse, porque senti que o furacão que existia dentro de mim havia acabado de ganhar força e em breve iria começar sua destruição. Não queria mais ficar lá.

— Não, por quê? A gente não vai ao parque?

— Acho que tá ficando tarde e parece que vai chover. — E realmente o céu tinha fechado.

— Ah, não. Mas então fica mais um pouco aqui. Daqui a pouco minha irmã vai chegar, ela quer ver a Amora. — Ela ficou insistindo e resolvi ficar mais um pouco, mas estava muito incomodada.

A Pati, irmã da Cinthia, chegou e fomos para a sala. Elas ficaram entretidas brincando com a Amora, enquanto aproveitei para dar mais uma fuçada no celular. E vi mais fotos do Le curtindo o churrasco, mas nenhuma mensagem dele. Resolvi mandar: "Oi, Leandro. Achei que estava cansado e ia ficar em casa. Mas pelo visto não estava tão cansado assim, afinal tá num churrasco, né?".

A vontade de chorar vinha aumentando a cada minuto, o incômodo estava grande, eu já não queria mais continuar ali, fingindo que estava tudo bem. Mas as pessoas não me deixavam ir embora. A Amora começou a chorar, inquieta. Ela não queria ficar mais no colo de ninguém, não queria brincar, chorava e vinha pro meu colo. Ela deitava na minha perna e parava, quando alguém a pegava no colo, ela voltava a chorar.

— Nossa, que estranho. O que será que ela tem? — perguntou a Cinthia.

— Não sei. Acho que ela tá cansada. Melhor eu ir pra casa com ela. — Parecia ser a saída perfeita, mas a Amora continuava chorando e meus olhos encheram de lágrimas. A Cinthia parece que percebeu na hora e em segundos me puxou pro quarto dela.

— O que foi, prima? — ela perguntou assim que fechou a porta do quarto e comecei a chorar.

Contei pra ela tudo que estava acontecendo. Resumidamente, contei não só o que tinha acontecido naquele dia, mas o que vinha acontecendo nos últimos tempos entre mim e o Leandro. Enquanto eu desabafava e chorava a Amora finalmente aquietou, deitou no meu colo e dormiu.

— Nossa, prima, parece que ela sabia o que você estava sentindo. Ela estava incomodada, porque você não estava se sentindo bem. Agora que você está desabafando, ela sossegou. — Que engraçada a relação que temos com os nossos animaizinhos, né? Eu sei só de olhar quando ela não está bem e ela sente quando eu não estou bem e se aproxima mais.

— Olha, o Le é meu primo, mas se as coisas estão assim vocês precisam conversar. Isso está te fazendo mal.

— Eu sei. Faz tempo que eu quero conversar, mas nunca consigo.

— E quando eu digo conversar, você tem que ir preparada, sabe? Porque pode ser que vocês terminem, mas do jeito que está não dá pra continuar.

— Sim, eu sei. Por mim acabou, sabe? Não aguento mais essa situação, mas não criei coragem. — Falava isso no meio de muitas lágrimas e soluços.

— Eu sei que não é fácil. Mas você é muito forte. Vai pra casa e chama ele pra conversar. Mas não deixa pra depois, conversa hoje. Não dá pra você ficar sofrendo assim, enquanto ele está lá curtindo e nem sabe onde você está. Isso não tá certo!

Eu sabia de tudo aquilo, sabia havia dias. Mas saber e agir são coisas completamente diferentes. Tentei enxugar as lágrimas, peguei a Amora e as coisas dela e fui embora. Torci para que mais ninguém tivesse percebido que eu tinha acabado de chorar, mas acredito que era impossível não perceber, porque a minha cara estava inchada e vermelha, eu só queria mesmo era chegar em casa o mais rápido possível.

Quando cheguei, fui até a cama e chorei. Chorei muito! O dia havia chegado! Mas antes mesmo de chegar o fim, já estava doendo tanto. Liguei pra ele umas cinco vezes e nada. Ele já havia visualizado a minha mensagem, mas nem perdeu tempo para me responder. Eu queria falar com alguém, estava muito nervosa, andava de um lado para o outro da casa, impaciente.

Liguei para minha amiga Taci. Ela já sabia um pouco dos acontecimentos recentes, sabia sobre nosso relacionamento e dos problemas e brigas por que nós estávamos passando. Ela atendeu e eu, aos prantos, contei tudo que havia acontecido naquele dia. Conversamos um pouco, ela tentou me acalmar, contei que ele não me chamava mais para os eventos de família, que ele vivia sumindo, que ele não fazia questão de sair com a minha família e amigos, que as brigas só aumentavam e por aí vai. Aí ela me disse uma frase que eu nunca vou esquecer:

— Fabi, você namora um fantasma! — Fiquei chocada! Como assim? — Ele nunca está presente, você sempre fala dele, mas eu nunca mais o vi. Ele nunca pode ir, ou não está a fim, ou está cansado. É como se ele não existisse. Sinceramente, você está adiando essa conversa com ele com medo de terminar, mas se terminar você vai sentir falta do quê? Ele nunca está com você.

Fiquei muda! Ela tinha me dado um tapa, mas um tapa do qual eu precisava. Parecia que a vida, nos últimos tempos, estava gostando de me bater, né? Mas eu havia fechado os olhos para a realidade fazia tanto tempo, que só assim para eu voltar a ver. Conversamos mais, ela me aconselhou muito, eu chorei demais, falei tudo que queria e quando desliguei o telefone com ela, me senti mais forte.

Liguei para ele diversas vezes e nada de ele me atender. Mandei uma mensagem dizendo: "Leandro, a gente precisa conversar. Me liga". As horas passaram, já havia escurecido lá fora e nada de ele me ligar. Eu não estava só chateada, o mix de sentimentos era enorme! Quando olhei pro meu celular pela bilionésima vez, vi uma mensagem dele: "Que foi?". Liguei pra ele na mesma hora.

— Alô? — Finalmente ele atendeu.

— Como assim que foi? — Já comecei a conversa assim, direto ao ponto. — Você me disse que estava cansado e ia dormir, aí vejo pelo Facebook que você foi para um churrasco com a sua família?

— Quando eu te falei isso, eu estava chegando na minha mãe, mas aí ela disse que ia almoçar na casa da minha prima, que estava tendo um churrasco lá, então eu fui.

— Mas nem pra me avisar? E você tava bem cansado, né? Já são sete da noite e você está aí ainda — falei p* da vida.

— Ai, amor... — Ele ia falar alguma coisa, mas ficou em silêncio. — Depois a gente conversa.

— Depois, hoje! Quando você sair daí, vem pra cá.

— Tá. Quando eu estiver indo embora eu te aviso.

— Leandro! HOJE! Vamos conversar hoje! — Eu disse com a voz firme, com raiva. Estava até batendo o pé, mas ele não podia ver isso.

— Tá bom — ele respondeu, impaciente. — Tchau.

Aquela conversa tinha me dado mais certeza de que eu precisava colocar um ponto-final naquilo tudo. Ele estava me fazendo mal, eu estava me transformando em uma pessoa de quem eu não gostava, mas isso não era culpa só dele, na verdade grande parte da culpa de tudo isso era minha. Nós somos responsáveis pela nossa vida. É tudo uma questão de escolha, mas eu estava cega antes.

Eu sabia o que tinha que fazer, mas ainda assim tremia, duvidava de mim mesma, achava que eu estava sendo exagerada e coisas do tipo. Foi uma confusão tão doida dentro de mim, que só de lembrar me dá arrepios, mas foi muito importante para que eu tivesse grandes aprendizados. A vida é feita de aprendizados, assim podemos evoluir.

Já eram nove da noite e nada de ele me ligar ou mandar mensagem. Eu não conseguia fazer nada nas últimas horas, a não ser chorar, socar o travesseiro, falar sozinha e andar de um lado para o outro do meu apartamento. Parecia que as horas viraram anos, eu só conseguia ficar mais nervosa e agitada. Peguei o celular e comecei a ligar e mandar mensagem. "E aí?". Então ele me respondeu: "Tô aqui ainda, já, já devo ir embora. Mas acho que tá tarde, tô cansado, vou trabalhar amanhã. Melhor a gente conversar amanhã".

POR QUÊ? Se eu fosse um dragão eu teria soltado fogo pela boca e destruído o telefone e meu apartamento inteirinho! Fabiana, qual seu problema com dragões? Gritei de raiva. Eu não ia conseguir esperar mais um dia, eu não ia nem conseguir dormir, tinha que ser naquele momento. Liguei pra ele mais de vinte vezes, até que finalmente ele me atendeu.

— Mor, eu tô no carro com a minha mãe, depois eu te ligo.

— NÃO! — eu gritei. — Você não vai deixar para amanhã, você vai vir aqui hoje! — Eu já não era mais capaz de falar, eu gritava!

— Eu não vou hoje, tô cansado. — Parecia que ele estava me provocando.

— Tá cansado pra conversar comigo, mas pra ficar o dia todo no churrasco, você não tava cansado.

— Depois eu te ligo, tô com a minha mãe aqui.

— FODA-SE! — Desculpem meus modos, mas foi o que eu falei, ou melhor, gritei no telefone, porque eu estava cansada, cansada de sempre ser compreensiva, de sempre tentar agradar e sempre ser deixada de lado. — A gente vai conversar hoje! Eu estou CANSADA de tudo isso.

— Eu não vou aí hoje, você está muito nervosa, acho melhor a gente conversar amanhã!

— NÃO! Não vai ter amanhã, você vai vir aqui hoje. Chega de palhaçada. CHEGA! — eu gritava de uma forma que parecia outra pessoa.

— Então tá bom, eu vou levar a minha mãe para casa e vou até aí, já que tudo tem que ser do seu jeito — ele disse puto e desligou o telefone.

Eu sou taurina, sou mandona, gosto de ter as coisas do meu jeito, mas se tem uma coisa que não estava como eu gostaria era o nosso relacionamento; na verdade, passava longe de estar do meu jeito. Eu não sabia se estava certa ou errada, mas eu estava decidida. Decidi parar de ser trouxa. Ele podia ser o homem da minha vida, porque lá no fundo, apesar de tudo, eu ainda sentia que ele era, mas decidi que eu era a mulher da minha vida, e que eu era mais importante do que tudo aquilo. Eu tinha deixado de ser eu, tinha deixado de correr atrás dos meus sonhos e de viver a minha vida! Isso é uma coisa que a gente não pode se permitir fazer por nada nem por ninguém nesse mundo, porque a vida é uma só.

Se passaram quarenta minutos e a campainha tocou, já eram mais de dez da noite, a Amora correu até a porta abanando o rabinho e latindo. Já eu fui até a porta de cara fechada, coloquei a mão na maçaneta e antes de abrir, respirei fundo, olhei pra cima e em silêncio pedi ajuda, ajuda para que eu tivesse força e coragem para fazer o que eu precisava fazer. Então abri a porta.

E lá estava ele, com cara de quem estava sendo contrariado, a Amora pulava nas pernas dele de felicidade. Claramente ela era a única feliz naquele momento. Ele entrou, eu fechei a porta e disse:

— Vem aqui.

Virei as costas e fui andando rumo ao meu quarto, sentei na cama e esperei que ele chegasse e se sentasse em seguida.

Ficamos alguns segundos em silêncio, nem nos olhávamos, dava pra sentir que o clima estava tenso, que a qualquer minuto alguém ia soltar uma faísca e tudo ia voar pelos ares. Então o Leandro decidiu iniciar a conversa:

— O que você queria conversar que era tão urgente? — perguntou, impaciente.

— Olha, Leandro, eu tô cansada de fingir que está tudo bem — falei, já com a voz trêmula. Respirei fundo e continuei. — Você não se importa comigo, nunca liga, desaparece, nem parece que a gente namora — falei já com a voz alta de nervoso.

Ele me olhou, ficou mudo, olhou para o alto, fez que ia começar a falar, mas não disse nada, só ficou me encarando. Como eu já disse, se tem uma coisa que me irrita mais numa briga, é quando você quer brigar, dialogar e a pessoa não abre a boca. Comecei a chorar de nervoso e explodi. Eu sei, eu sei, aleluia, porque eu já tinha demorado demais, demais mesmo.

— LEANDRO! — eu gritei, sim, perdi a razão, mas eu já não me importava mais. Pelo menos assim ele olhou pra mim.

— Fala baixo — ele falou já elevando a voz também.

— Parece que só assim você me escuta. O que a gente tem não é namoro, Leandro. Você não me liga mais, não tá nem aí, não faz questão de sair comigo ou até de me chamar pros eventos da sua família. Você disse que tava cansado e ia dormir hoje à tarde, mas na real você só não queria me ver. Porque teve forças para passar o dia todo bebendo e comendo com a sua família, e ainda cuidando da churrasqueira. Eu não sou idiota, se quer mentir, faz direito, porque tenho sua família inteira no Facebook.

— Eu não menti. Só mudei os planos depois, já falei isso. Mas você acredita no que quer.

— Mentindo ou não, você não se preocupou em me ligar, contar o que ia fazer e menos ainda em me convidar. Sabe onde eu tava quando eu te liguei? Na casa da Cinthia. EU TAVA NA CASA DA SUA PRIMA, E VOCÊ NEM AÍ! — Voltei a falar alto, em meio às lágrimas escorrendo e soluços.

— Eu não te chamei porque não queria você lá — ele disse isso e fiquei calada. Por um segundo tentei reavaliar o que ele tinha dito. Mas tudo aquilo só me fazia chorar mais e colocar pra fora o que havia muito tempo eu vinha engolindo.

Sei que eu fiquei tão nervosa, que, por mais que eu tente, não consigo lembrar direito de tudo que foi dito, parece que minha mente simplesmente parou de gravar o que estava acontecendo ali. Até acho bom, porque costumo ter boa memória, lembrar de tudo, de detalhes, de frases e isso me faz guardar rancor. Rancor envelhece a gente por dentro, então minha mente simplesmente deletou os detalhes desse momento da minha cabeça, lembro do geral e de algumas frases que foram marcantes.

— EU TÔ CANSADA, LEANDRO! — falei em alto e bom som, até hoje não sei se os vizinhos ouviram nossa briga. — Cansada de fingir que está tudo bem, cansada de me esforçar o tempo todo para fazer esse relacionamento durar. Parece que se não fosse por mim, não estaríamos juntos faz tempo. Eu vivo chorando, choro de pensar em você, choro de pensar em como as coisas chegaram até aqui.

Ele continuou mudo, quase não olhava nos meus olhos, eu já estava aos prantos, minha barriga doía de tanto chorar, meu coração parecia ter sido esquartejado por dentro, mas ao mesmo tempo estava saindo pela boca. Eu sabia que aquele era o momento de fazer o que eu havia decidido, mas e se eu não quisesse mais fazer aquilo? É incrível como sempre pensamos que nos conhecemos e temos o completo domínio do futuro, não é?

Eu achava que estava preparada, que o controle da situação estava em minhas mãos, afinal, ele estava errado. Nem percebi que fui me cansando de tudo aquilo – e olha que fui muito paciente –, mas percebi que havia me enganado.

Os argumentos foram acabando e tudo caminhava para uma direção. Tentei reverter a situação, consertar as coisas, recuperar algo que há muito tempo já estava perdido. E não tem coisa pior do que perceber que estamos lutando sozinhos.

Foi então que ouvi as fatídicas palavras saírem da boca dele! Eu precisei dizer para mim: *Calma, Fabiana, não esquece de respirar.* Fiquei chocada! Por mais que eu soubesse que aquilo poderia acontecer, não podia acreditar que de fato tinha acontecido. O poder da situação agora era dele e eu tinha perdido o chão. Tudo bem que sempre fui muito sonhadora e romântica, mas sempre olhava para baixo para ter certeza que não estava longe demais do solo.

Será que aquilo realmente estava acontecendo? Será que eu ouvi direito? Será que aquele ser sentado na minha frente tinha noção do que havia acabado de acontecer? E se eu fingisse que não tinha ouvido? Será que eu ainda poderia fazer alguma coisa para ele voltar atrás? Por que chegamos a este ponto?

Tudo isso passava na minha cabeça ao mesmo tempo. Era como se a Terra tivesse parado de girar para fazer daquele momento horrível o mais longo da minha vida! Sempre fui bem dramática, mas nesse caso não era drama, o meu maior pesadelo estava prestes a se tornar realidade. Afinal, se felicidade dura pouco, isso só pode querer dizer que tristeza não tem fim! Não é mesmo?

Depois que eu gritei, falei, coloquei pra fora tudo que eu engolia havia muito tempo, ele disse em alto e bom som:

— Se tá ruim assim, acho que deveríamos terminar! — Foram essas palavras que fizeram todo o meu mundo desabar, tudo aquilo passou na minha cabeça e comecci a chorar mais.

— Leandro, como chegamos a esse ponto? — eu perguntava aos prantos, acho que nenhum de nós sabia ao certo a resposta para aquela pergunta naquele momento.

E eu chorava muito! Me bateu um desespero que até hoje não sei explicar, por mais que eu o tivesse chamado para conversar e terminar, no fundo eu não queria terminar com ele, achei que a gente conversaria, se resolveria e se amaria. Mas a ferida estava grande demais nos dois, não era simples como só fazer um curativo. Precisava de mais do que isso, precisava de tempo.

— Eu não acho que a gente deveria terminar. Eu te amo, Leandro. E sei que você ainda me ama. O que a gente sente um pelo outro, por mais que nosso relacionamento atualmente esteja uma merda, você sabe que é único. Então a gente tem que se resolver, tentar consertar as coisas. — Eu falava isso aos prantos, porque não podia aceitar que tinha acabado.

— Fabi, a gente já conversou várias vezes, a gente já tentou várias vezes. Eu te amo muito! Mas... — Ele começou a chorar! Ele NUNCA chora. Nesse momento, meu coração apertou mais ainda. Porque os dois estavam sofrendo muito com aquilo tudo, comecei a me questionar, Fabiana por que você não foi capaz de engolir mais essa?

— Le, a gente não precisa terminar. A gente só precisa mudar! Se você mudasse como... — Antes que eu pudesse continuar, ele me interrompeu.

— EU SOU ASSIM E NUNCA VOU MUDAR! — Mesmo com lágrimas nos olhos, ele falou aquilo com raiva e uma voz alta e forte.

Fiquei em silêncio. Aquela frase ecoou na minha cabeça milhares de vezes, quase como se minha voz interior tentasse me mandar um sinal, de que, se ele não iria mudar, não tinha mais o que fazer.

— Fabi, a gente pode dar um tempo! Porque ficar como está não dá mais. A gente dá um tempo e daqui a um mês a gente conversa, se a gente achar que vai dar certo, a gente volta. — Se eu tinha ficado em choque com o que ele tinha falado antes, isso tinha me dado curto-circuito.

— Como assim um tempo? Tipo você segue sua vida, eu sigo a minha e depois a gente volta? — perguntei indignada.

— É. A gente fica um mês separado, sem se falar. E depois a gente resolve se vai terminar ou não.

— NÃO! Pra mim não existe tempo, ou tá junto ou não tá. Se é assim, melhor a gente terminar mesmo! — MEU DEUS, FABIANA, você falou isso mesmo? Por mais que eu tivesse me preparado para terminar, eu não estava pronta, mas as palavras saíram da minha boca.

— Então tá. Então acabou! — ele disse com a voz baixa, olhamos nos olhos um do outro. Por alguns instantes tentamos procurar conforto pensando que era a melhor decisão que podíamos tomar. Mas em um relacionamento que houve amor, amor de verdade, não existe um término sem sofrimento.

— Le, posso te pedir uma coisa? — Eu quebrei o silêncio, comecei a falar em meio a muitas lágrimas e soluços. — Por mais que a gente tenha terminado, eu gosto muito de você, meu aniversário é semana que vem e vai ser a primeira vez que eu vou comemorar aqui no meu apê. Queria muito que você viesse, tá? — E desabei a chorar mais ainda, porque ali as fichas começaram a cair: a gente não se veria mais, não se falaria mais e eu não estava pronta para aquilo.

— Tá. Eu venho! — Ele me olhou meio cabisbaixo, a gente se abraçou e eu chorei, chorei e chorei. Até deixar a camisa dele ensopada. Eu não conseguia parar de chorar nem conseguia largá-lo. Acho que ficamos abraçados um tempão. Ele também chorou, mas pouquinho.

— Fabi, eu preciso ir. Tenho que trabalhar amanhã.

— Tá bom! Pode ir. — Mas eu chorava como se o mundo estivesse acabando, era uma dor insuportável. Eu não conseguia segurar e não me importava que ele visse o quanto eu estava sofrendo.

— Você não quer chamar alguém pra ficar aqui com você hoje? Eu espero! Não quero te deixar assim! — Aquilo me fez chorar ainda mais, como ele podia terminar e ainda se importar comigo?

Liguei para minha irmã zilhões de vezes e nada, liguei para a minha amiga Lele, mandei mensagem para as duas. Mas já era de madrugada, elas deviam estar dormindo e naquele momento eu só queria contar para uma das duas. Não tive resposta.

— Le, pode ir, elas não atendem, devem estar dormindo — disse chorando.

— Mas não quero te deixar assim. — Eu chorava muito, muito!

— Pode ir!

— Não! Então eu vou dormir aqui e amanhã cedo eu vou embora, não quero que você fique sozinha assim.

Eu sabia que não era certo, a gente tinha terminado, colocado um fim na nossa história de amor. Ele tinha que pegar as coisas e seguir com a vida dele e eu com a minha. Mas por mais que o relacionamento tivesse acabado, o sentimento ainda existia e era forte, não só de amor, mas o de amizade também. Eu não consegui dizer não para ele mais uma vez, porque, de verdade, eu não queria mesmo ficar sozinha naquele momento, eu queria estar com um amigo.

Então ele ficou, tirou o sapato e deitou na cama, do lado que era o dele, ligou a TV, trocou de canal, eu deitei do outro lado da cama, mas não conseguia assistir a nada, só chorava, abraçava o travesseiro e chorava. Sabe o que ele fazia? Fazia carinho nos meus cabelos e isso só me fazia chorar mais e mais. Hoje ao escrever essa parte da minha história eu choro, choro de soluçar de lembrar a dor que senti naquele dia.

Logo ele dormiu, mas eu não conseguia dormir, minha cabeça não conseguia desligar, eu pensava em tudo, pensava no que eu tinha errado, me culpava, culpava ele, pensava o que eu poderia ter feito diferente, chorava, lembrava de como nos conhecemos, lembrava como tudo começou, chorava, lembrava de momentos lindos que tivemos juntos e chorava ainda mais.

Saí do quarto e deitei no sofá da sala, porque não queria acordá-lo com meu choro. Eu não dormi aquela noite, chorei a madrugada toda, a Amora veio me procurar e deitou no sofá comigo. Durante a madrugada mandei vários áudios para a Nina e para a Lele explicando mais ou menos o que tinha rolado. Um pouco antes de ele acordar eu deitei na cama novamente, ainda chorando, mas um choro mais contido.

Ele acordou, desligou o despertador, virou pro lado e me viu de olhos abertos, na verdade quase fechados de inchaço, de tanto que eu havia chorado a madrugada toda, passou a mão nos meus cabelos e levantou. Foi ao banheiro, colocou os sapatos, eu levantei e fui para sala.

— Le, posso te pedir uma coisa? — perguntei enquanto ele ainda pegava as coisas dele.

— Sim.

— Não mexe em nada nas redes sociais, ainda. Por favor? Não quero ter que me explicar agora, tá? — Eu pedi, pois como já tinha um grande número de seguidores nas redes sociais na época, as pessoas sabiam que eu namorava, até porque sempre compartilhei muito da minha vida pessoal. E eu ainda não estava preparada para me explicar publicamente sobre o término, eu nunca tinha feito isso, não estava conseguindo nem explicar para mim.

— Tá, sem problemas — ele disse. Fiquei aliviada, pelo menos era uma coisa a menos para resolver. — Fabi, agora eu tenho que ir! — Ele me olhou triste, eu levantei e fui em direção à porta.

— Eu sei. Tudo bem — falei isso com as lágrimas ainda escorrendo no meu rosto. Abri a porta, mas não consegui olhar para ele.

— Tchau! — ele disse quando passou por mim, se virou, pegou no meu queixo e levantou a minha cabeça, dessa forma tive que olhar para ele e ele me olhava nos olhos. — Se cuida, tá? — ele disse o que ele sempre me dizia e aquilo me doeu muito, saber que era a última vez que nos veríamos. Então ele se aproximou e me deu um beijo. Eu beijei de volta, foi um beijo curto, mas um beijo sincero que dizia adeus.

Então ele se virou e foi embora. Eu fechei a porta de casa e caí no choro mais uma vez, mas dessa vez era mais forte, sentei no chão, encostada na porta de casa, a Amora sentou ao meu lado no chão e começamos a chorar, eu chorava de soluçar e ela chorava olhando pra porta, como se soubesse que ele tinha ido embora de verdade desta vez. Eu a peguei no colo e nós duas choramos juntas, abraçadas, porque sabíamos que era o fim!

Fim? Foi isso mesmo que aconteceu. Era o fim! Fim de longos anos! Fim de um relacionamento! Fim de uma linda história de amor! Fim do nosso futuro! Fim da minha vida!

Pera aí! Fim da minha vida? Era isso mesmo? Eu estava apostando todas as fichas da minha vida e felicidade em alguém? *Você tá louca, Fabiana?!* Foi duro e muito difícil, mas foi nesse momento que percebi que não era o fim...

CAPÍTULO 25

TUDO NA *vida* É UMA QUESTÃO DE *escolha*. E EU ESCOLHI SER *feliz*!

A vida continua! Às vezes precisamos chegar ao fundo do poço para perceber que aquilo não é o fim, é só o solo e, ao atingi-lo, podemos dar um impulso e voltar para o topo.

Depois que o Leandro foi embora, chorei por horas, só eu e a Amora, até que a Nina viu minhas mensagens e me ligou. Tentei explicar o que tinha acontecido, mas chorava tanto, que duvido que ela tenha entendido alguma coisa. Em meia hora ela apareceu lá em casa. Conversamos, contei o que vinha acontecendo e disse por cima como havia sido o término, porque eu chorava demais para conseguir dar detalhes. Até hoje eu não consigo entender como eu ainda tinha lágrimas para chorar.

Passei um tempo com ela em casa, contando tudo, chorando e ela só dizia que era melhor assim, que as coisas não estavam bem, mas que iam ficar. Até que ela se saiu bem, tem situações em que as pessoas nunca sabem direito o que falar e essa era uma delas.

— Fabi, vamos passar o feriado lá na mãe? Assim você sai um pouco de casa, se desliga da internet e a gente curte a piscina.

— Pode ser. — Realmente era a melhor coisa pra fazer, precisava ficar cercada por pessoas que me amavam.

— Então separa suas coisas e vamos! Já vou avisar a mãe para ela fazer almoço pra gente.

Então separei umas roupas, nem me preocupei com o que eu estava pegando, não fiz combinações nem nada, só queria me desligar um pouco na casa dos meus pais. Peguei também as coisas da Amora e pegamos estrada rumo ao interior. Parei de chorar e no lugar de lágrimas, dei gargalhadas com a minha irmã no carro, fomos cantando as músicas da Disney, que sempre fizeram parte da nossa infância e nós sabemos as letras de cor.

Chegando lá, a Amora ficou toda feliz em reencontrar os tios caninos dela, o Snow e a Sunny, já foi correndo brincar com eles, nós almoçamos e em seguida fomos para os quartos. Minha mãe entrou no meu quarto, sentou na minha cama e falou:

— O que aconteceu? — Acho que a minha cara de choro era impossível de disfarçar, mesmo que eu não chorasse fazia mais ou menos duas horas. Mãe sabe das coisas. Então caí no choro novamente, deitei no colo dela e me debulhei em lágrimas.

— Eu e o Leandro terminamos! — eu disse isso baixinho, no meio de muitas lágrimas e com a cara encostada nas pernas dela enquanto ela fazia carinho em meus cabelos. Foi ali que mais uma vez percebi que o Leandro não era a única pessoa no mundo que me amava, pode parecer loucura, mas acho que cheguei a um ponto em que me entreguei tanto, que esqueci de mim, esqueci da minha família e amigos. Era como se meu mundo fosse só eu e ele. Mas quando voltei a olhar para os lados, eu me lembrei de que existiam outras pessoas que me amavam como eu as amava.

— Vai ficar tudo bem! — Era o que a minha mãe dizia. Mas eu chorava muito, como se tivessem arrancado parte de mim, que de fato tinha sido arrancada. Comecei a gritar, de desespero, de dor, de ódio, tentando de alguma forma colocar pra fora para tentar aliviar a dor que eu sentia. — Se eu pudesse tirar toda a sua dor e passar ela pra mim, eu faria. Vai ficar tudo bem, filha. — Foi aí que percebi que minha mãe chorava enquanto tentava de alguma forma me acalmar.

Aquilo que mães dizem sobre amor de mãe, que só saberemos quando formos mãe também, eu acredito ser real. Ela estava sentindo a minha dor e, por mais que na época nós não estivéssemos com a melhor relação mãe e filha do mundo, ela me acolheu no seu colo e tentou aliviar meu sofrimento. Uns podem achar que foi um momento de empatia normal, mas foi muito além, parece que nossa conexão foi restabelecida naquele instante e isso acalmou meu coração.

Depois que eu já estava mais calma, consegui explicar melhor o que havia acontecido, não dei detalhes, acho que até hoje, momento em que escrevo este livro, nunca havia falado tão abertamente sobre os acontecimentos daquela noite e como me senti. Choro mais uma vez enquanto relembro e relato aqui pra você, caro leitor, mas são lágrimas de alívio. Às vezes, a gente esquece como faz bem colocar as coisas pra fora, conversar, repensar e refletir sobre o que já vivemos, o que sentimos e como aquilo nos mudou. Hoje vejo a importância desse desabafo, até porque muitas vezes o que já nos causou dor um dia pode ser a dor que o outro está vivendo hoje. Então se de alguma forma a minha história tocar e acalmar o coração de alguém, eu ficarei imensamente feliz.

Passei o resto do feriado sem olhar muito o celular. Troquei algumas mensagens com algumas amigas, mas não estava a fim de falar de novo o que tinha acontecido. Pedi que elas tivessem paciência e disse que futuramente eu explicaria tudo, quando estivesse mais calma. Consegui de certa forma aproveitar aqueles dias ao lado da minha irmã e dos meus pais, assistimos a filmes, dei banho nos cachorros, dormi na cama com a Nina, fomos na piscina, eu chorava às vezes, mas não mais com tanta intensidade como antes.

Teve um momento em que eu já estava mais calma, não chorava mais por qualquer coisa, e aproveitei que minha mãe entrou no quarto em que eu e a minha irmã estávamos para fazer mais um desabafo.

— Meu aniversário já é semana que vem, eu sempre comemoro meu aniversário, esse ano tinha até pensado em fazer um bolinho lá em casa. Mas não tô a fim de ter que ficar escutando as pessoas perguntarem: "Cadê o Leandro?" — falei triste e sem olhar direito para a reação delas. Eu realmente tenho o costume de comemorar meu aniversário todo ano, mas eu não estava muito no clima para isso.

— Pera aí. — Minha mãe disse com uma cara animada e saiu correndo do quarto. Eu não entendi nada, até que ela voltou com o iPad nas mãos. — Eu acho que eu tenho milhas suficientes para vocês duas irem para Nova York — ela disse sorrindo.

— Quê? — Meu coração já acelerou e se encheu de esperança.

— SIM! Eu tenho. Deixa só eu ver se tem passagem pra semana que vem. Assim eu dou de presente de aniversário para vocês comemorarem o aniversário das duas lá. — Eu e a Nina fazemos aniversário muito próximo uma da outra, eu faço dia 10 de maio e ela dia 16. Quase gêmeas, só que com um ano e seis dias de diferença.

— AI MEU DEUS! — eu disse ansiosa. Já podia me imaginar passeando por Nova York com ela. Ia ser demais.

— Tem passagem pra quinta-feira. Vou comprar.

— Ah, não sei se eu quero ir. Tem que ver hotel — disse a Nina, que pra mim parecia preocupada com outros compromissos que ela já havia marcado.

— Nina, eu pago sua parte do hotel. A mãe tá dando as passagens, vamos? Não tem desculpa, você ama Nova York. Por favor! — Eu implorei, aquela viagem seria perfeita e eu sabia que ela amava Nova York, ela já havia morado lá por alguns meses.

— Tá bom! — ela respondeu feliz, mas levemente preocupada, porque provavelmente teria que desmarcar algum compromisso, já que ela estava namorando na época.

— Obrigada, mãe!! — Eu a abracei com muita força. Nunca fui muito boa em expressar meus sentimentos com os meus pais, sobretudo verbalmente, então de certa forma tentei transmitir a gratidão que eu estava sentindo por ela naquele momento através do abraço mais carinhoso que eu era capaz de dar.

Aquela notícia me deu um ânimo, foi totalmente inesperado. Eu amo viajar! É uma coisa que me deixa feliz de verdade. E poder viajar com a minha irmã, que sempre foi minha melhor amiga, minha parceira de vida, naquele momento em que eu precisava sair da caixinha e me redescobrir, seria perfeito ao quadrado.

No domingo, o feriado tinha chegado ao fim e eu e a Nina precisávamos pegar a estrada de volta pra São Paulo. Peguei minhas coisas, coloquei no carro, a Nina fez o mesmo e fui me despedir dos meus pais.

— Tchau, pai! — Dei um abraço apertado nele, que deu um beijo na minha cabeça e disse:

— Vai ficar tudo bem! Vão com Deus!

— Obrigada. — Então eu abracei a minha mãe, já com os olhos recheados de lágrimas.

— Tchau, mãe. — Apertei-a forte e caí no choro.

— Filha, se você quiser voltar a morar aqui, se estiver se sentindo sozinha, pode voltar.

— Tá! — Aquilo me tocou muito, mexeu com a minha cabeça. Mas eu só consegui dizer isso.

— Vai com Deus! — Dei um beijo nela, peguei a Amorinha e entramos no carro.

Quando chegamos em São Paulo, a Nina me deixou na porta do meu prédio, ela tinha outros compromissos marcados para aquele final de domingo. Eu não queria ficar sozinha, mas ela já tinha feito demais por mim. Então me despedi, peguei minhas coisas e entrei no prédio. Enquanto subia o elevador com a Amorinha no meu colo, tive uma sensação estranha. Acho que era medo, medo de ficar sozinha, medo do desconhecido, ansiedade e todos esses sentimentos ruins misturados e que nos fazem nos sentir impotentes.

Lá estava eu, de frente para a porta do meu apartamento, depois de quatro dias que meu *status* de relacionamento havia mudado. A Amora parecia ansiosa para entrar, pulava e arranhava a porta, já eu, mesmo com a chave na mão, hesitei por alguns segundos. Então respirei fundo, destranquei a porta e entrei. A Amora já passou correndo pela porta e foi logo dar aquela conferida na casa toda, ela parecia feliz por estar de volta para o que ela conhecia como seu lar e aquilo me animou.

Deixei minhas coisas no chão, tranquei a porta, acendi as luzes e sentei no sofá. Novamente aquela sensação ruim que eu havia sentido pouco tempo antes no elevador voltou, comecei a chorar, as cenas do término voltaram a passar pela minha cabeça como se eu estivesse revivendo aquele momento mais uma vez. Eu quase podia ouvir as nossas vozes, o meu choro, as palavras duras e frias dele. Lembrei também do que minha mãe havia dito: "Filha, se você quiser voltar a morar aqui, se estiver se sentindo sozinha, pode voltar". Pera aí, Fabiana, você já chegou até aqui!

Era como se houvesse uma Fabiana interior, que era forte, firme e segura de si, diferente daquela Fabiana que estava sentada no sofá chorando e se lamentando, mas que eu nunca tinha prestado atenção no que ela tinha a dizer. Então comecei a dar ouvidos a ela. *Você não morava com o Leandro, você já morava sozinha, então não é porque você não namora mais com ele que vai se sentir sozinha no seu apartamento. É o seu apartamento. Até porque você fez tudo sozinha pra chegar até aqui. Como a Taci disse, você namorava um fantasma, que nunca estava presente. Vai sentir falta do quê? Para de se lamentar, mulher, levanta a bunda desse sofá e vai ocupar a cabeça. Nós somos fortes!*

É engraçado pensar que uma voz interior me disse tudo isso; entenda como quiser, mas foi isso que aconteceu, me deu um estalo e todas essas coisas vieram à tona e me fizeram acordar. Na mesma hora enxuguei as lágrimas, levantei do sofá e peguei meu celular decidida a fazer alguma coisa e ocupar a cabeça. Como era domingo e fim de feriado, muitas amigas ainda estavam voltando de viagem ou tinham saído pra jantar.

Vi que minha tia tinha me mandado mensagem perguntando se estava tudo bem. Claro que a essa altura a família toda já estava sabendo, porque minha mãe deve ter falado para a minha avó, que já repassou a informação para todo o mundo. Ainda bem que naquela época a minha avó ainda não era muito conectada nas redes, porque senão ela já teria publicado a informação. Decidi então mandar mensagem para minha tia.

— Oi, tia, vamos sair pra jantar?
— Vamos. Tá tudo bem?

Ela respondeu quase na mesma hora.

— Tá. Eu e o Le terminamos, mas não quero falar sobre isso, tá? Queria só sair e ocupar a cabeça.

Já fui logo sincera, porque ainda não estava pronta para explicar o que havia acontecido sem cair no choro. E se tinha uma coisa que meu corpo não aguentava mais era chorar.

— Claro. Vou chamar o tio e arrumar as crianças. A gente passa aí e te pega, pode ser?
— Pode. Me avisa quando for pra descer.

Logo eles me buscaram e fomos jantar em um restaurante mexicano. Falamos sobre várias coisas, demos risada, comemos e foi ótimo.

Pude me desligar um pouco daquele assunto. Me senti bem, porque havia tomado a decisão de sair do sofá e fazer algo e fiz. Uma sensação de dever cumprido. Sei que ainda estava longe de eu me sentir realmente bem, mas já sentia que as coisas iriam melhorar e que realmente aquilo não era o fim, era só uma rua sem saída. Só que uma rua sem saída sempre tem uma saída, a gente só precisa dar meia-volta e escolher outro caminho.

A noite acabou e eles me deixaram em casa, agradeci do fundo do coração por eles terem tirado aquelas horas do final do domingo deles para estarem comigo, acho que até hoje eles não sabem como aquele momento foi importante pra mim.

Quando entrei em casa novamente, a sensação foi diferente do que eu havia sentido mais cedo, acho que era um certo alívio. A Amora já veio correndo pular em minhas pernas, eu a peguei no colo feliz e fomos dormir juntas no quarto. Na manhã seguinte a minha avó me ligou, perguntando se podia ir lá em casa depois do almoço. Achei ótimo, queria mesmo ter alguém para conversar ou assistir TV junto.

Então fui para a faculdade de manhã, minhas amigas já estavam me esperando do lado de fora da sala, a cara delas era um misto de apreensão e curiosidade. Mas eu já cheguei quando a aula estava prestes a começar, elas me abraçaram e disseram que tudo ia ficar bem e que eu poderia contar com elas, agradeci e entramos para assistir à primeira aula.

No intervalo de uma aula e outra eu expliquei para elas, bem por cima, o que havia acontecido; consegui, por incrível que pareça, fazer isso sem derramar uma lágrima. Claro que houve momentos em que a voz tremeu, os olhos ficaram úmidos, mas consegui segurar. Depois conversamos sobre outras coisas, rimos, contamos piadas e até uma delas que estava solteira disse: "Bom, Fabi, bem-vinda ao time, já vamos marcar seu primeiro rolê, hein?". Eu ri, foi um riso de nervoso, porque ali me dei conta de que não sabia mais ser solteira, mas ao mesmo tempo foi uma risada leve, porque percebi que eu teria ajuda para voltar para esse universo paralelo da paquera.

Quando acabaram as aulas do dia, fui até a praça de alimentação da faculdade almoçar, depois fui logo pegar meu ônibus de volta pra casa. Pouco tempo depois que cheguei em casa, minha avó tocou a campainha. Chegou com um bolinho de cenoura com chocolate, meu favorito. Avó sabe agradar uma neta, né? Ficamos assistindo a um filme no sofá, depois ela me ajudou a guardar umas roupas, dar uma geral na casa até quase o final da tarde.

Decidi tomar um banho, enquanto a minha avó assistia à novela de que ela gostava. Assim que saí do banho, enquanto ainda me secava com a toalha, dei aquela conferida no celular que eu havia deixado em cima da pia e gelei com a mensagem que vi. Estava escrito: "Uma chamada perdida de Leandro".

Como assim? Ele me ligou para quê? Meu coração foi ao limite, meu corpo todo estava pronto para partir em disparada, exceto pelo fato de que eu estava pelada. Respirei fundo, tentei me acalmar, mas eu não conseguia entender o motivo daquela ligação. Abri o celular e mandei uma mensagem para ele: "Me ligou?". E quase no mesmo instante ele respondeu: "Posso te ligar?". Então saí do banheiro e fui correndo me vestir.

Quando já estava vestida e com a porta do quarto fechada, respondi: "Pode". Em menos de um minuto meu celular tocou, era ele. Por que ele estava me ligando? Eu não queria falar com ele, ainda estava com muita raiva, mas sou muito curiosa, então é óbvio que atendi.

— Alô? — Atendi como se recebesse uma chamada não identificada.

— Oi, Fabi. Tudo bom? — ele disse meio sem jeito. Que pergunta besta de se fazer, era óbvio que não estava nada bem, senão a gente não estaria tendo esse constrangimento todo para falar ao telefone. Mas eu respondi.

— Tá, sim. Por que me ligou? — Seca e direta ao ponto.

— Queria ver se você vai estar em casa mais tarde e se eu posso passar aí pra gente conversar. — Quando alguém fala que precisa conversar comigo, independentemente de quem seja, eu já fico nervosa.

— Vou, sim. Mas conversar o quê?

— Quero falar com você pessoalmente, pode ser?

— Tá. — Que ódio, quando eu estava começando a ficar bem, ele aparece pra me deixar nervosa e curiosa?

Dei uma desculpa para a minha avó não ficar para o jantar. Assim que ela foi embora eu fiz uma *make* leve, porque não queria parecer acabada pro ex, sabe? O que ele queria conversar comigo? Só fazia cinco dias que havíamos gritado um com o outro, chorado e colocado um fim na nossa história juntos. Será que ele tinha se arrependido? Duvidava, mas a ansiedade não cabia em mim, não via a hora de ele chegar e acabar logo com a minha curiosidade.

A campainha tocou, o coração parou de bater por um segundo, respirei, criei coragem e abri a porta. Lá estava ele, na minha frente mais uma vez, e me arrepiei, como podemos sentir sentimentos tão distintos por uma pessoa ao mesmo tempo? Eu ainda o amava, vê-lo ali na minha frente era como um lembrete do amor que senti por ele na primeira vez que o vi, mas eu também sentia ódio – palavra pesada, né? Mas era isso que eu sentia, ódio por não estarmos mais juntos, ódio pelo sofrimento que ele me fez sentir e ódio por, mesmo assim, ainda ser capaz de amá-lo.

Mas apesar de todos esses sentimentos, mesmo que poucos dias houvessem se passado entre a despedida e esse reencontro, eu tinha aprendido a me valorizar. Então dei um sorriso simpático e disse:

— Oi, pode entrar — falei com um ar de uma colega de trabalho, sem afeto e nem rancor. Ele entrou, pareceu querer me cumprimentar com um beijo no rosto ou um abraço, mas eu desviei disfarçadamente fechando a porta.

— Oi. Oi, Amora. — Ele agachou e fez um carinho nela, que pulava de felicidade ao revê-lo. — Tudo bem?

— Tudo, sim. Diga, o que você queria conversar?

— Ah, podemos conversar no quarto? — ele disse isso olhando para a porta e eu já entendi o que ele quis dizer. A porta do meu apartamento dava pra porta do vizinho e tudo que era falado na sala dava para ser ouvido do corredor, então normalmente só conversávamos no quarto. Eu fiz que sim com a cabeça e fui até o quarto, sentei na cama, coloquei a Amora na cama também e depois ele se sentou.

— Então, na verdade temos algumas coisas para resolver. Você me convidou para vir no seu aniversário, mas acho que, como não estamos mais juntos, não faz sentido. Então não vou vir, tá? — ele disse isso muito devagar, como se estivesse pisando em ovos, com medo da minha reação.

— Tá, sem problemas! — eu disse numa boa e ele ficou levemente surpreso com a minha reação. Mal sabia ele que eu não iria mais fazer festa nenhuma, porque estaria em Nova York com a minha irmã. Ai,

Fabiana, tenho certeza de que você pensou isso enquanto dava pulos de felicidade por dentro.

— Legal. E outra coisa, sabe aquela conta no banco que a gente abriu pra juntar dinheiro e tal?

— Sei. — Era uma conta no meu nome, que abrimos só para ir juntando dinheiro para o futuro, para viagens ou até para comprar um apartamento juntos. Me lembro bem quando decidimos abrir essa conta, era como se estivéssemos dando um passo juntos.

— Como podemos resolver isso?

— Fácil, amanhã mesmo eu vou ao banco, saco tudo, transfiro a sua parte e encerro a conta — respondi bem grossa, porque de certa forma senti que ele estava sendo precipitado e me senti incomodada com a pergunta, como se eu fosse fazer algo errado, ou sei lá. Se tem uma coisa que eu sou é correta, a gente não estava mais junto, eu estava com raiva dele, mas o que é dele é dele e o que é meu é meu.

— Tá bom. Não precisa ser amanhã, só queria saber como iríamos resolver — ele respondeu na defensiva.

— Inclusive eu já separei todas as suas coisas que estavam aqui. — Peguei uma sacola de dentro do armário, onda havia algumas blusas, um perfume, uma escova de dentes e mais algumas peças de roupa que ficavam em casa, para quando ele dormisse lá. Coloquei na cama na frente dele. — E as minhas coisas que ficaram na sua casa, você separa por favor e deixa na portaria, tá? — Fui bem incisiva, afinal, já que ele queria resolver as coisas, quis mostrar que por mim já estava tudo mais do que resolvido.

— Tá bom. — Agora ele também havia se irritado um pouco, percebi pela mudança em sua voz. — Tem mais uma coisa...

— O quê? — Eu atravessei a sua fala, já estava ficando impaciente com tudo aquilo.

— Eu sei que você pediu para não mudar nada nas redes sociais por conta do seu trabalho e tudo mais. Mas até quando nós vamos prolongar essa mentira?

Oi? Prolongar essa mentira? Só fazia cinco dias que havíamos terminado. Eu precisava de um tempo para processar tudo aquilo, até porque, depois que essa notícia se tornasse pública, eu teria que estar preparada para a enxurrada de perguntas e comentários que surgiriam das pessoas que me seguiam nas redes e também daquelas que usam a internet só para disseminar ódio. Era óbvio que ele queria tirar as coisas do nosso relacionamento das redes, porque ele queria liberar o caminho para as mulheres aparecerem.

QUE ÓDIO! Calma, Fabiana, respira. Mas o meu sangue ferveu, não tive tempo de me acalmar, como ele podia estar sendo tão sem noção e insensível? Não aguentei, perdi a postura de quem já havia superado que eu estava tentando mostrar.

— Prolongar essa mentira? — perguntei indignada, mas não dei tempo para ele responder, até porque já estava bufando de raiva. — Pode tirar tudo das redes sociais, fotos, *status*, tudo. MAS TIRA HOJE! — falei com ênfase no final e nitidamente brava.

— Tá bom! — ele disse meio que tentando me acalmar, mas parecia satisfeito com a minha resposta.

— Mais alguma coisa? — perguntei.

— Não. Era só isso!

— Então tá. — Já disse isso me levantando e indo em direção à sala, como quem diz: pode ir embora. Ele veio atrás, com a sacola nas mãos, e eu abri a porta.

— Tchau, Amora — ele disse isso enquanto olhava ela pular em suas pernas. Então ele passou pela porta. — Tchau, Fabi.

— Tchau, Leandro. — Dei um sorriso, que naquele momento era forçado, balancei a cabeça como quem diz tchau. E ele se virou e foi embora, sem abraço, sem beijo. Fechei a porta e dessa vez me senti bem ao fazer isso.

Agora sim tínhamos dado tchau. Resolvemos as pendências e colocamos um ponto-final na nossa história. Por mais que eu ainda sentisse que havia amor entre a gente, o que estava muito mais visível era o desgaste que um causou no outro ao longo dos anos, havia um ressentimento que não era mais saudável e agora eu sabia disso.

A partir daquele momento, não chorei mais. Não mente, Fabiana. Tá, chorei pouquíssimas vezes, quando estava de TPM ou quando algo me fazia lembrar de certos momentos bons que passamos. Mas jurei pra mim mesma, depois de fechar aquela porta, que eu já havia chorado o suficiente por ele, que agora era hora de levantar a cabeça e cuidar de mim. E foi isso que eu fiz!

Pode parecer loucura dizer que parei de chorar, porque decidi que seria assim. Mas não é. Tudo na nossa vida é uma questão de escolha, podemos escolher entre lamentar ou aprender com algo ruim que nos aconteceu. Podemos escolher ficar com alguém que não nos faz bem por medo de ficar sozinha ou criar coragem, enfrentar nosso medo e descobrir que ficar sozinha pode ser maravilhoso e libertador.

LIBERDADE! Era esse o sentimento que agora me preenchia por completo. Pode parecer loucura, porque eu não estava aprisionada, sentenciada nem nada do tipo. Mas era assim que eu me sentia dentro do meu relacionamento e da minha vida, não porque o Leandro fizesse algo específico que fazia com que eu me sentisse assim, mas porque eu mesma esqueci de pensar em mim e fazer as coisas por mim.

Então estar sozinha e ter que aprender a desfrutar da minha própria companhia foi libertador, pois pude descobrir o ser humano incrível que eu sou! Que você também é, caro leitor. Todos nós somos, mas muitas vezes não permitimos nos descobrir, nos entender, não nos permitimos sair do óbvio, remar contra a maré, não tentamos ouvir e entender o outro. Esquecemos que a opinião mais importante sobre nós mesmos é a nossa, mas a deixamos de lado, ouvimos as opiniões dos outros, que não nos conhecem por inteiro, não sabem da nossa história, das nossas verdades, das nossas cicatrizes e dos nossos pensamentos, nos julgam muitas vezes para que eles mesmos se sintam melhor com seus próprios problemas e defeitos. E isso é errado, mas mais errado ainda é darmos mais ouvido a eles do que a nós mesmos. E aí, acabamos por não confiar mais em nós, a não acreditar mais em nós e chegamos ao ponto de não gostarmos mais de nós.

Então aproveitei esse momento que eu estava vivendo para virar uma chave: eu poderia sofrer e lamentar por meses, ou eu podia aprender com tudo aquilo e aproveitar para explorar o mundo, o meu mundo interior e o mundo mesmo.

E foi assim, no que para muitas pessoas seria considerado um fim, que muitos outros capítulos da minha vida começaram. Mas isso fica para um outro livro...

Fim

EPÍLOGO

Como eu sou curiosa, e acredito que muitos dos que vão ler este livro também são, vou aguçar um pouco dessa curiosidade com um spoiler do que vem a seguir:

Em um dia da semana qualquer meu interfone tocou de madrugada.

— Oi, Fabiana, deixaram uma flor pra você aqui na portaria — disse o porteiro.

— Oi. Quem deixou? — perguntei meio surpresa.

— Olha, eu não sei não, a pessoa pediu para não falar quem era.

— Tá bom. Tô indo aí. Na portaria 2, né? — No meu prédio havia duas portarias, em ruas diferentes, minhas correspondências sempre chegavam pela portaria 2 e também era o endereço que eu passava pra todo mundo, por ser a entrada mais próxima do meu bloco.

— Não, Fabiana, na portaria 1. — Achei estranho. — Tá bom. Tô indo.

Coloquei um chinelo e desci, de pijama mesmo, de madrugada, porque a curiosidade fala mais alto. Cheguei à portaria e lá estava um lindo vaso de orquídeas brancas. Assinei o livro de registro das correspondências, peguei o vaso, agradeci ao porteiro, virei as costas e enquanto caminhava em direção ao elevador, peguei o cartão que estava grudado no embrulho do vaso, abri e... ESTAVA EM BRANCO! Quem me deixou essas flores na portaria de madrugada, com um cartão em branco? Quem sabe o endereço da portaria 1? AH... E um nome surgiu na minha mente.

AGRADECIMENTOS

Gostaria de começar agradecendo aos meus pais, por me amarem, me criarem e me deixarem voar longe, mesmo sofrendo a crise do ninho vazio. Obrigada por acreditarem em mim, na minha capacidade e nos meus sonhos, mesmo quando eu era só uma menininha ou até quando cresci mas não acreditei em mim mesma.

Pai, obrigada por sempre estar ao meu lado, mesmo quietinho. A sua presença me conforta e me traz paz. Todos falam que você fala pouco, até porque a mãe fala pelos cotovelos, né? Mas você sempre sabe o que dizer! Obrigada por ter assistido a todas as minhas apresentações de balé, ter me levado e buscado nos ensaios, mesmo tarde da noite, porque sabia que eu queria me tornar uma bailarina profissional, e obrigada por não ter ficado bravo quando eu desisti. Te amo!

Mãe, sei que já brigamos muitas vezes, acho que é normal em uma relação de mãe e filha, e sei que era pro meu bem, mas obrigada por, mesmo brava comigo, sempre estar me empurrando pra frente e me fazendo crescer. Sei que você, mais do que qualquer um, quer ver meu sucesso e fica feliz com cada passinho que dou, mesmo que às vezes eu não saiba muito bem se estou indo no caminho certo. Você sempre me inspirou, com seu jeito segura de si e trabalhadora, a querer sempre mais. Obrigada por mais uma vez acreditar no meu sonho e por ter lido o meu livro em apenas três dias, no intervalo de suas reuniões, na estrada enquanto o pai dirigia e até de madrugada. Te amo!

Não posso deixar de agradecer à minha irmã Nina, que, apesar de ser mais nova que eu, sempre me fez colocar o pé de volta no chão. Obrigada por ser minha melhor amiga, por acordar uma hora mais cedo quase todos os dias quando eu estava no intercâmbio para falar comigo; você não faz ideia de como isso fazia a diferença nos meus dias lá, e por ter ficado ao meu lado em um dos momentos mais difíceis da minha vida e por ter participado de muitos e muitos momentos bons desde pequenas até hoje. Nina, você sabe que a gente tá junto pra tudo, né? Fazendo dieta ou fugindo dela, que é o mais comum, rindo, chorando e até brigando se for preciso. Te amo, sis.

Vó Wilma, tenho que te agradecer por ser a melhor avó do mundo e por ser nossa mãe, quando necessário, por me levar ao médico toda vez que fico doente, porque eu não gosto de ir sozinha, por se preocupar comigo, por cuidar da minha Amora, por fazer as melhores sobremesas e não contar pro Le que fui na sua casa comer escondido. Obrigada por ter lido livros de histórias quando eu e a Nina éramos pequenas, mesmo que a gente só gostasse de dois livros (*O aniversário de Nita* e *O Grúfalo*), e você os tinha que ler repetidas vezes. Obrigada por ser minha avó e minha fã número 1!

Leandro, obrigada por me deixar escrever a nossa história, mesmo que na minha versão você pareça o vilão para quem lê; quem te conhece de verdade sabe do seu caráter e do seu coração. Admiro tantas coisas em você, que aqui não caberia descrever, eu só posso dizer obrigada, por tudo! Tudo mesmo, momentos bons e os ruins também, porque foi assim que eu cresci, aprendi e pude me tornar quem eu sou hoje. Obrigada por me apoiar, acreditar nos meus sonhos e estar sempre ao meu lado. Espero que a gente ainda faça muitas histórias juntos, para que possam ser contadas em muitos e muitos livros.

À minha sogra Solange, a quem, apesar do nosso passado, hoje sou grata por tudo que já vivemos juntas. Acredito que você teve um papel muito importante na minha vida, assim como eu tive na sua. Hoje vivemos uma nova fase, bem diferente do que conto neste livro. Agradeço por ter me autorizado também a contar sobre nossos desentendimentos, mesmo que seja apenas a minha versão dos fatos e que eu tenha, de certa forma, exagerado e apimentado um pouco. Obrigada por ser a mãe do homem da minha vida, por tê-lo criado para ser uma pessoa de tão bom coração, por ser a minha sogra, por ter me aconselhado e me acolhido como filha nos momentos em que me desentendi com a minha mãe e por todos os momentos bons que já vivemos e ainda vamos viver.

Tenho que agradecer a todas as pessoas que passaram pela minha vida e marcaram a minha história, porque acredito que sempre que conhecemos alguém, de certa forma influenciamos o caminho daquela pessoa e ela influencia o nosso. Nada é por acaso. Agradeço a todas as pessoas citadas neste livro: ao meu irmão Nino; às minhas cunhadas; aos meus tios e primos que foram importantes nos momentos em que eu precisei; ao Raufh, que me apresentou o Leandro; à Lele, por ter sido e ainda ser a amiga mais doidinha que eu tenho; à Bella, pela amizade de anos; às meninas da faculdade (Aline, Carlinha, Nacima e Melissa), por serem mais do que amigas pra mim; à Taci, por ter me falado a verdade nua e crua quando eu precisava ouvir; à Cinthia, que, apesar de ser prima do Le, sempre me tratou como prima; ao meu sogro; à Paulinha, minha amiga de infância; e a todos os outros que citei direta ou indiretamente.

Não posso deixar de agradecer à Editora Planeta pela oportunidade e por acreditar junto comigo neste projeto, que não é só mais um livro, mas sim o primeiro de uma carreira de escritora que está só começando. Gostaria também de agradecer a Bianca Briones, que foi minha coach durante este processo; ela foi muito paciente, me incentivou constantemente e reviveu comigo a minha história, quando eu lhe mandava fotos da minha cara chorando no WhatsApp enquanto escrevia alguns capítulos.

Apesar de o mundo dos livros ser completamente novo para mim, como escritora, já conheço bem o mundo digital, onde hoje me realizo trabalhando, gravando vídeos, postando fotos e mostrando a minha vida para os meus fãs, seguidores ou amigos digitais (nunca sei o nome certo, mas os considero amigos!). Então venho agradecer a vocês, que me acompanham nas redes sociais, me apoiam, gostam do meu trabalho, torcem pelo meu sucesso, pois hoje dei mais um passo, mas dei esse passo junto com vocês! Muito obrigada! E peço desculpas a quem me acompanhava na época do término com Leandro. Espero que hoje, com este livro, vocês entendam por que nunca expliquei o que realmente aconteceu, mas agora a explicação tá aí.

E não posso deixar de agradecer a você, caro leitor, por ter lido este livro, tornando possível meu sonho de ser escritora. Tem coisas na vida que você sonha em fazer, mas acha que nunca irá acontecer?

Essa era uma delas, achava que não seria capaz, ou que ninguém iria querer ler meus livros. Mas chegamos até aqui, ao fim do meu primeiro livro, e você continua lendo, então parece que eu consegui. Escrever este livro não foi uma jornada fácil, mas valeu cada minuto e todas as olheiras. Se me perguntarem se eu faria de novo? A resposta é: eu vou fazer, aguardem.

Que não me faltem memórias para recordar, que não me faltem histórias para contar e que não me faltem horas para escrever! Nos vemos no próximo livro.

**Acreditamos
nos livros**

Este livro foi composto em Adobe Caslon Pro e Bodoni e impresso pela Gráfica Santa Marta para a Editora Planeta do Brasil em fevereiro de 2021.